Der Schriftsteller Claus Haresch bekommt überraschend Post aus den USA: Eine Frau hofft, mit seiner Hilfe einen weißen Fleck in der Geschichte ihrer Mutter aufzuklären. Bevor diese verstarb, habe sie von einem Heinrich Haresch gesprochen und von einem Konzertflügel, der für beide von großer Bedeutung gewesen sei... Angeregt durch diesen Brief, macht sich Claus Haresch auf Spurensuche. Bruchstück um Bruchstück rekonstruiert er die schicksalhafte Verflechtung zweier Familien – ein Mosaik aus Geschichten wird sichtbar: der Onkel, der aus bisher ungeklärten Umständen als Fremdenlegionär in Indochina umkam, und die Jüdin Lea Grünberg waren ein Liebespaar, bis die Nazis 1938 ihrem Glück ein jähes Ende setzten. Der Flügel, Symbol dieser Liebe und Relikt aus besserer Zeit, wird erst von Claus Haresch wiederaufgespürt.
In seinem zeitkritischen Roman über das unheilvolle Aufbrechen deutscher Vergangenheit hat Klaus Modick einen bewegenden Abschnitt der eigenen Familiengeschichte aus der Vergessenheit geholt und auf spannende Weise gestaltet. Das Buch, das in Deutschland, Amerika, Frankreich, Nordafrika und Indochina spielt und einen Bogen schlägt von der Reichspogromnacht bis zu den fremdenfeindlichen Anschlägen der Gegenwart, ist ein bemerkenswerter Roman über Liebe und Haß, Schuld und Unschuld sowie über die Notwendigkeit, Verdrängtes aus der Dunkelheit ans Licht zu bringen.
»Ein sehr spannendes Buch. Ich habe Seite für Seite verschlungen.«
Volker Hage, *Deutschlandfunk*

Klaus Modick, 1951 geboren in Oldenburg, lebt in Wiefelstede (Niedersachsen). Er wurde mit verschiedenen Literaturpreisen ausgezeichnet. Im Fischer Taschenbuch Verlag sind bereits die Romane ›Die Schrift vom Speicher‹ (Bd. 11760) und ›Das Licht in den Steinen‹ (Bd. 11759) erschienen. Zuletzt veröffentlichte Klaus Modick die Novelle ›Das Kliff‹ (1995).

Klaus Modick
Der Flügel

Roman

Fischer Taschenbuch Verlag

Veröffentlicht im Fischer Taschenbuch Verlag GmbH,
Frankfurt am Main, November 1996

Lizenzausgabe mit freundlicher Genehmigung der
Schöffling & Co. Verlagsbuchhandlung GmbH, Frankfurt am Main

Druck und Bindung: Clausen & Bosse, Leck
Printed in Germany
ISBN 3-596-12969-9

Gedruckt auf chlor- und säurefreiem Papier

I. BUCH

Heimflug

It's time to come home, Sarah ... hatte Dr. Gifford schließlich in seinem New Jersey-Slang genuschelt und aufgelegt, aber sie hatte den Hörer noch eine Weile ans Ohr gehalten, eine der schillernden Schneckenmuscheln, die sie und David als Kinder am Strand gefunden hatten, und in das Rauschen hineingehorcht, ins auf- und abschwellende Wispern, zu dem alle Worte verschmolzen, die zwischen hier und dort gewechselt wurden. Vielleicht versteckte sich in diesem Dauerton eine Botschaft, ein Trost vielleicht oder ein Widerruf? Und vielleicht warf er in seinem sich immer feiner verästelnden Hintergrund noch Echos von Stimmen in die Gegenwart, vielfach gespiegelte Stimmen aus vergangener Zeit, gebrochene Stimmen von fernen, vergessenen Orten, längst verstummte Stimmen, die im Schall des Äthers ein schattenhaftes Geisterleben führten?

Das Rauschen war auch jetzt zu hören, ein gleichmäßiger, fast vibrationsfreier Schub der Triebwerke, der sie nach Haus trug, der sinkenden Sonne entgegen. Über das gleißende Aluminium der Tragfläche, die Sarah McColby vom Fenster aus sehen konnte, zuckte das Licht manchmal in rot aufschießenden Garben, als ob die Flügel der Maschine durch Blut schnitten, und darunter schwamm die Wolkendecke wie ein schimmerndes Meer. Sarahs Mutter war vor fast sechzig Jahren mit dem Schiff in die gleiche Richtung gefahren, hatte an der Reling gestanden und zu den Wolken aufgesehen, die tief und düster über den Schornsteinen des Dampfers hingen; der Wind riß den Rauch nach Osten, knatterte in den Sternen und Streifen der Flagge, zerrte an ihrem Haar, das die Farbe des Rauchs hatte, und schmolz die schwarzen Schwaden schließlich an einem fernen, imaginären Punkt des Horizonts, aus dem damals Lea Grünberg zusammen mit ihrem Vater gekommen war, um von zu Haus fortzugehen und nie wieder zurückzukehren, ins trübe Grau von Meer und Wolken ein. Zwischen Wolken und Himmel, durch den vor drei Tagen ein Telefonsatellit Dr. Giffords näselnde Sachlichkeit geschickt hatte, flog Sarah zurück zu ihrer Mutter, die als Lea Grünberg ihre Heimat verlassen mußte und jetzt als Lea McColby in Long Hills / New Jersey im Sterben lag.

Wie lange noch? hatte Sarah gefragt, und Dr. Gifford hatte gesagt: Einen Monat noch, höchstens …

Zeit, nach Haus zu kommen.

Rechts neben ihr saß eine Amerikanerin, Typ Wenn-Grace-Kelly-noch-leben-würde, die sie mit einem kargen *Hi, nice meetin' you* begrüßt hatte, seitdem jedoch wort- und atemlos hinter einem Exemplar von John Grishams *The Firm* verschwunden war und selbst während des Essens die Augen nicht aus dem Buch hob. Der deutsche Jungunternehmer links von Sarah, dessen Namen sie nicht verstanden hatte, als er sich ihr als offenbar größte Hoffnung Europas in Recycling-Technologie zu erkennen gab (und unsinnigerweise darauf bestand, mit ihr Amerikanisch zu sprechen, wofür er sein hessisch getränktes Englisch zu halten schien: Ungeheure Möglichkeiten, Riesenmärkte, und wenn Al Gore auch nur fünf Prozent von dem wahr macht, was die Clinton-Regierung angekündigt hat, sind wir drüben dick im Geschäft, that I can tell you!), war inzwischen eingeschlafen, nachdem er erst auf seinem Laptop eine Stunde lang mit allerlei bunt flakkernden Skalen und Tabellen gespielt hatte, um dann gelangweilt im *Handelsblatt* zu blättern. Die aufgeschlagene Zeitung lag jetzt wie eine Decke über Brust und Bauch des leise Schnarchenden, und ein Artikel mit der Überschrift »Rechtsradikale Exzesse schaden deutscher Exportwirtschaft« hob und senkte sich im Atemrhythmus des Schlafs.

Ja, es war Zeit, nach Haus zu kommen – so, wie es vor drei Jahren Zeit gewesen war, New York zu verlassen und nach Deutschland zu gehen. Sie sah sich wieder vor dem Schreibtisch ihres Chefredakteurs Tom P. Patterson sitzen, der in Hemdsärmeln und breiten Hosenträgern hinter dem Chaos aus Büchern, Manuskripten und Fotos, Telefonen, Monitoren und Tastaturen thronte und mit einer dunklen Zigarre, deren Qualm das Büro erfüllte wie der Nebel die Nordküste Kaliforniens, allen Nichtraucherkampagnen trotzte, die er im übrigen nach dem Motto »Wer Meinung macht, muß wissen, wovon er spicht« durch die Redakteure seines Nachrichtenmagazins *The Herald* selbstverständlich und rigoros unterstützen ließ. Als sie eingetreten war, hatte Patterson gleichzeitig an zwei Telefonen gehangen, in eins spanisch, ins andere englisch geflucht, Sarah aber herangewinkt und mit einer Geste zum Platznehmen aufgefordert. Er wird langsam, aber sicher zu seinem eigenen Klischee, dachte Sarah und verstand soviel, daß *The Herald* über die Situation in Kuba eine Story plante, in der es darum gehen sollte, ob sich Castros Regime angesichts der fortschreitenden Auflösung des Weltkommunismus würde halten können oder nicht.

Macht, was ihr wollt, knurrte Patterson auf Englisch, aber macht nichts Langweiliges, auf Spanisch. Und es darf ruhig schnell gehen.

Er legte die Telefonhörer auf und blies eine frische Wolke Zigarrenqualm in Sarahs Richtung. Sie hüstelte und wedelte mit der Hand vor ihrem Gesicht herum.

Tja, Sarah, grinste Patterson, daran müssen Sie sich jetzt gewöhnen. In Deutschland wird noch viel mehr geraucht als hier.

In Deutschland?

Genau da. Und davon mal ganz abgesehen, ist in Deutschland jetzt 'ne Menge los. Letztes Jahr ist die Mauer gefallen, und in diesem Herbst werden sich West und Ost vereinigen. Die DDR tritt der Bundesrepublik bei. Man könnte auch sagen, Westdeutschland kriegt Ostdeutschland geschenkt. Fragt sich bloß, ob das Grund zur Freude sein wird. Na, wir werden ja sehen. Und Sie, Sarah, werden es ganz genau sehen.

Wie meinen Sie das?

Ich möchte, daß Sie für den *Herald* nach Deutschland gehen. Wir brauchen da für unsere Redaktion eine absolut erstklassige Fotoredakteurin, die ...

Entschuldigen Sie, aber ich weiß nicht, ob ich ...

Ich weiß, daß Sie eine erstklassige Fotoredakteurin sind, Sarah. Und außerdem sprechen Sie deutsch. Ihre Mutter ist doch in den dreißiger Jahren aus Deutschland emigriert, nicht wahr?

Ja, das stimmt, aber woher wissen Sie das?

Patterson machte eine vage Handbewegung: Woher, woher. Das ist doch egal. Sprechen Sie deutsch oder nicht?

Schon, aber natürlich nicht perfekt; ich bin in

den USA geboren und aufgewachsen, mein Vater war Amerikaner und daher ...

Niemand ist perfekt. Aber soweit man es sein kann, sind Sie es für diesen Job. Sie sind unabhängig, seit ein paar Jahren geschieden, glücklich, Patterson kniff ein Auge zu, geschieden, wie man hört, kinderlos ...

Sarah dachte kurz und unsentimental an Gary, ihren ehemaligen Mann, der jetzt irgendwo im Mittelwesten mit neuer Frau und mittlerweile drei Kindern die Ehe führte, die Sarah ihm nicht hatte bieten können, dachte an Michael, ihren Freund, der ihr mit seinen Heiratsabsichten auf die Nerven fiel – Distanz konnte nicht schaden. Während Patterson redete und der Rauch seiner Brasil an den Fenstern entlangstrich, so daß die beiden Türme des World Trade Centers wie aus einer Nebelwand über das Panorama der Stadt ragten, dachte sie auch an ihre Mutter, die immer Heimweh nach Deutschland gehabt hatte, das Heimweh aber verdrängte, wie sie jeden Widerspruch und alles, was die ruhige Sicherheit ihres Lebens gefährden konnte, verdrängte. Lea McColbys Bild von Deutschland war in den mehr als fünfzig Jahren, seit sie das Land verlassen hatte, um es mit grimmiger Entschlossenheit nie wieder zu betreten, in ihrer Erinnerung zu einem janusgesichtigen Klischee erstarrt, dessen Profile nicht nach links oder rechts, Ost oder West, vorn oder hinten blickten, sondern voll Schrecken einerseits, voll Trauer andererseits, dem Doppelgesicht eines Deutschland in die toten Augen starrten, das in den Trümmerlandschaften des Zweiten Weltkriegs ausgelöscht worden war: Die eine Seite dieses Januskopfes war stiernackig, kurzgeschoren, über der geröteten Wange ein Schmiß, der Mund fanatisch zum Sieg-Heil-Geheul aufgerissen; die andere Seite zeigte das ebenso ernste wie heitere Profil eines Menschen, der nachdachte, schrieb oder las, der lächelnd musizierte oder lauschte.

Außerdem sind Sie schon mal in Deutschland gewesen, hörte Sarah Patterson sagen und sah sich als Siebzehnjährige wieder auf dem Rheindampfer stehen, der als Teil des *Germany in Six Days*-Programms die Schlösser und Burgen abfährt; Gemütlichkeit und deutscher Wein, Sauerkraut und Trachtenkapellen, ein von den Brüdern Grimm entworfenes Disneyland, zu dem Sarahs Vater als Belohnung für ihren Schulabschluß den Eintritt bezahlt hat, während auf der anderen Seite der Welt Helikopter über Dschungel tuckern, Patrouillenboote durch sumpfige Flüsse ziehen und andere Teenager zur Musik von Jimi Hendrix und den Doors zerfleischt werden; David, Sarahs Bruder, hätte wohl auch lieber die sterbenslangweilige Rheinfahrt mitgemacht, statt sich …

Sarah? Patterson hob die Stimme. Hören Sie mir überhaupt zu?

Natürlich, Tom, ich habe eben nur ...

Es müßte doch unheimlich spannend für Sie sein, ließ Patterson sich nicht aus dem Konzept bringen, die Heimat Ihrer Mutter genauer kennenzulernen. Und dann noch in dieser politischen Situation. In Deutschland wird gerade Geschichte geschrieben, Weltgeschichte. Fragt sich bloß, wer die schreibt.

Und was ist mit Brecker? Ich denke, Walter Brekker macht den Job in Deutschland.

Nicht mehr, leider. War ein sehr guter Mann. Brecker hat gestern einen schweren Autounfall gehabt und liegt in Wiesbaden im Armeekrankenhaus. Wann er da wieder rauskommt, wenn er überhaupt je wieder rauskommt, ist ungewiß. Und ob er dann wieder arbeiten kann, weiß kein Mensch.

Das ist ja furchtbar.

Allerdings. Und deshalb möchte ich, daß Sie den Job machen. Über die finanziellen Dinge redet Osborne mit Ihnen. Sie bekommen natürlich die entsprechende Auslandszulage. Einverstanden?

Habe ich Bedenkzeit?

Vierundzwanzig Stunden.

Hogan's Heroes

Achtundvierzig Stunden später war Sarah in Frankfurt gelandet – Frankfurt am Main natürlich (daß es auch ein Frankfurt an der Oder gab, erfuhr sie erst später) –, hatte ihren Paß dem Beamten gereicht, der, grün uniformiert und kurzgeschoren, streng und interessiert durch die Sichtvermerke blätterte, die belegten, daß die amerikanische Staatsbürgerin Sarah McColby, Haare: schwarz, Augen: grün, Größe: 174 cm, besondere Kennzeichen: keine, geboren am 17. November 1952 in Orange/New Jersey, wohnhaft in New York/N.Y., unbefristete Arbeitsgenehmigung für die Deutschlandredaktion des Nachrichtenmagazins *The Herald*, erteilt durch die Botschaft der Bundesrepublik Deutschland in Washington, in den vergangenen Jahren viel von der Welt gesehen hatte – Japan, Griechenland, Kenia, Frankreich, Chile, England, Australien, Karolinen-Inseln, Jamaika. Der Grenzbeamte sagte: Angenehmen Aufenthalt, und stempelte den Einreisevermerk in Sarahs Paß – Deutschland also.

Als sie drei Jahre später wieder auf dem Flughafen eingetroffen war, um in die Maschine nach Newark einzuchecken, das näher am Wohnort ihrer Mutter lag als die New Yorker Flughäfen, war ihr ein Dutzend Afrikaner aufgefallen, die dicht zusammengedrängt, als frören sie und wollten sich durch ihre Körper gegenseitig Wärme geben, in der Abflughalle standen und sich verängstigt und verständnislos umblickten. Wie Schäferhunde, die eine Herde zusammenhielten, umkreisten vier oder fünf bewaffnete Grenzbeamte mit Funksprechgeräten in den Händen die Gruppe, und Sarah wußte, daß hier eine Abschiebung von Menschen vor sich ging, denen niemand angenehmen Aufenthalt gewünscht hatte und deren Aufenthalt auch nicht angenehm gewesen war. Kein Kontrolleur würde ihnen den Ausreisevermerk in den Paß stempeln, oder wenn, dann einen, der jede Rückkehr unmöglich machte. In Sarahs Paß saß der Ausreisevermerk nun direkt neben dem Einreisevermerk; dazwischen lagen drei Jahre, und während nun Dunkelheit über Deutschland gefallen war, hatte das Flugzeug den Bereich der letzten Leitstelle Westeuropas verlassen und zog im rötlichen Zwielicht über den Nordatlantik. In der weitgespannten Dämmerung schien das Fließen der Zeit für einige Stunden stillgestellt, und die Schatten des Flugzeugs auf den Wolkenschluchten waren wie Schatten der Vergangenheit.

Die Stewardessen ließen die Verdunkelungsklappen vor den Fenstern hinunter, weil jetzt ein Film gezeigt werden sollte, aber Sarahs Nachbarin knipste sofort die Leselampe über dem Sitz an und hastete weiter durch die Untiefen ihres Justizthrillers, während das leise Schnarchen des ökologischen Jungunternehmers, dessen papierene Decke aus der Welt der Wirtschaft leise raschelnd zu Boden gerutscht war, in einen unregelmäßigen, gelegentlich durch gedämpftes Stöhnen variierten Pfeifton überging. Richard Gere machte auch als Heimkehrer aus dem amerikanischen Bürgerkrieg eine sehr gute Figur, und Jodie Forster spielte eine Penelope aus Georgia, deren begründetes Mißtrauen gegen den Mann, der sich da nach all den Jahren als der ihre ausgab und doch so ganz anders war, als sie ihn in Erinnerung hatte, erst mit erwachender Leidenschaft verschwand, so daß der Unbekannte und Fremde zum Nächsten und Liebsten wird und die Schrecken der Vergangenheit zu Schatten verblassen; aber die Schatten sind lang, in ihnen brütet etwas, und wenn man Fragen stellt, beginnt sich dort zu regen, was tot zu sein schien.

Die ohnehin dürftige Bildqualität der Projektionsfläche wurde durch das Seitenlicht der Leselampe noch mehr gemindert, so daß Sarah nach einer Weile lieber die Augen schloß und gegen die Schlafgeräusche von rechts das Klassikprogramm im Kopfhörer aktivierte, in dem letzte leichte Takte einer Mozart-Symphonie verschwebten, um von wie Nebel aus einem Abgrund steigenden Streichern der *Rheingold*-Ouverture abgelöst zu werden, die sich mit dem Rauschen des Fluggeräuschs verbanden. Und da war plötzlich wieder das Geräusch der Bugwelle des Rheindampfers, auf dem sie vor zwanzig Jahren gestanden hatte, das Tosen der Schraube am Heck jenes Schiffs, mit dem ihre Mutter damals aus Deutschland gekommen war, das anschwellende Murmeln der Menschenmenge in jener Nacht am Brandenburger Tor, der ohrenbetäubende Jubel, als das Schwarzrotgold am Mast hochging, Wir sind ein Volk! und Deutschland Deutschland über alles! Und Sarah, die in der *Herald*-Redaktion in Frankfurt zusammen mit ihrer Kollegin Hilda Spätschicht schob und die nationale Rauschnacht der Deutschen auf dem Fernsehschirm verfolgte, auf dem der inszenierte Taumel noch unwirklicher erschien, miniaturisiert, ein Puppentheater, das Weltgeschichte sein wollte und sollte, schreckte auf, als Feuerwerk in den Himmel über Berlin geschossen wurde, Krachen und Heulen und berstende Nacht, und sitzt plötzlich wieder daheim in Long Hills in der Küche, trinkt Milch, ißt ein Sandwich mit Erdnußbutter und Gelee, versucht beunruhigt nachzurechnen, wie viele Tage seit ihrer letzten Regelblutung vergangen sind und hofft, daß die marihuana-bedingte Rötung ihrer

Augen morgen früh abgeklungen sein möge; es ist halb zwei Uhr morgens, Rick Drabert hat sie soeben, nach einem äußerst ausgedehnten Besuch im Autokino und einer anschließenden Spritztour an den Strand, zu Hause abgeliefert, und durch die geöffnete Küchentür sieht Sarah ihren Vater, John McColby, der im Pyjama mit schweren Schritten die Treppe herunterkommt; an seinem gequälten Gesichtsausdruck erkennt sie, daß er nicht wegen ihres späten Heimkommens aufgestanden ist und ihr keine Vorwürfe machen wird, sondern dies ist wieder eine der schlaflosen Nächte, in denen der ehemalige Major der US Air Force von den Bildern verfolgt wird, die er »das gottverdammte Feuerwerk« nennt, Bilder von Brandbombenteppichen, die der Bomberpilot John McColby auf deutsche Städte fallen ließ; er setzt sich zu Sarah an den Küchentisch und schenkt sich ein Glas Milch ein.

Manchmal, sagt er, und Sarah weiß, daß er es sagen wird, wie er es schon oft gesagt hat und immer wieder sagen wird, ein vergeblicher Versuch, die Bilder mit Worten aus seinem Kopf zu verbannen, manchmal hat es ausgesehen, als ob gigantische Weihnachtsbäume durch die Nacht gefallen wären, die Explosionen von unten wie Wunderkerzen, die roten und weißen Garben des Flak-Sperrfeuers, genau wie ein gottverdammtes Feuerwerk am Unabhängigkeitstag. Er trinkt die Milch in kleinen Schlucken und sieht Sarah an. Hast du geweint?

Nein, wieso?

Deine Augen sind ganz rot.

Ich bin so müde, sagt sie und schämt sich, daß sie ihrem Vater nicht die Wahrheit sagt.

Wir haben Koffeintabletten genommen, sagt er, jede Menge Amphetamine. Wer da oben einschlief, war ein toter Mann. Manchmal meine ich, die Wirkung immer noch zu spüren. Und dann kann ich nicht schlafen.

Zwischen den auf- und abströmenden Klangwellen des *Rheingolds* trieben Erinnerungen durch Sarahs Halbschlaf, manche klar wie die Pressefotos, mit denen sie arbeitete, andere verschwommen, den Filmbildern auf der Projektionsfläche des Flugzeugs ähnlich. Am Anfang hat Vater Deutschland gehaßt, und er hat Mutter geliebt, eine deutsche Emigrantin. Wahrscheinlich hat er sie sogar deswegen geliebt. Er hat Städte zerstört, weil er das Land bestrafen wollte, daß seine Frau gequält hat. Er war so leicht zu beeinflussen in seiner politischen Paranoia. Später, spätestens seit dem Korea-Krieg, zu dem er sich wieder als Pilot meldete, aber zu seinem Ärger wegen zunehmender Kurzsichtigkeit abgelehnt wurde, hat er dann gehorsam die Sowjetunion und China gehaßt, Nazis, Kommunisten, das war für ihn ein- und dasselbe Gespenst, mal im roten

Umhang, mal im braunen. Im Keller ihres Hauses in Long Hills hat er Vorkehrungen getroffen, um den drohenden Dritten Weltkrieg zu überleben, Lebensmittel werden eingelagert, Feldbetten aufgestellt, die Fenster mit hölzernen Klappen verbarrikadiert; Mutter weigert sich, dies Spiel mit der Angst mitzuspielen, sitzt oben auf der verglasten Veranda und liest Goethe, Eichendorff und Thomas Mann, wenn Sarah und David von ihrem Vater durch ein Szenario nach dem Fall der russischen Bombe kommandiert werden. Das war die Zeit der Kuba-Krise, und Sarah mußte lächeln, wenn sie daran dachte, daß ausgerechnet Kuba jetzt eine der letzten Inseln einer versunkenen Wahnidee bildete. Und natürlich fand ihr Vater es richtig, daß David nach Vietnam ging, um dort die Freiheit zu verteidigen, für die schon John McColbys Vater im Ersten Weltkrieg in Flandern gekämpft und in deren Namen John McColby selbst seine Bombenteppiche über deutsche Städte gelegt hatte, und Sarahs Lächeln erfror; wegen Davids Versuch, nach Kanada zu entkommen, hatte es zwischen John und Lea McColby den einzigen, ernsthaften Ehekrach gegeben, an den Sarah sich erinnern konnte.

Mein Vater und ich sind auch weggegangen, als unser Leben bedroht war, sagt Lea leise und bestimmt, aber John schreit: Das ist Desertion!

Nach dem Krieg gefiel ihm Westdeutschland, fleißig, sauber, politisch zuverlässig, er fühlte sich als Befreier vom Faschismus, sein Einsatz hatte sich gelohnt. Da er Deutschland immer nur nachts und immer nur von oben gesehen hatte, war er nie einem Nazi begegnet, und um so ungehemmter formte sich sein Bild von Nazis als eine Mischung aus teuflisch Bösem und dümmlicher Karikatur, wie sie vor allem seine Lieblings-Fernsehserie *Hogan's Heroes* vermittelte, die auch Sarah und David mit Vergnügen sahen; die Nazis dieser Filme waren Trottel, die Schulz, Schmidt und Meyer hießen und ununterbrochen »Schweinehund!«, »Jawohl, Herr Hauptmann!« und »Zu Befehl!« brüllten.

Daß seine Frau sich immer weigerte, ihre Heimat zu besuchen, verstand John McColby im Grunde nie; seine Angebote, mit ihr *Germany in a Week* oder auch nur *in Three Days* zu erleben, schlug sie beharrlich aus, indem sie sagte: Das Land hat mich nicht gewollt, und jetzt will ich es nicht mehr.

Wenn er noch leben würde, hätte er sich über die Vereinigung Deutschlands gefreut, weil sie das Ende des Kommunismus besiegelte. Das rote Gespenst war tot. Aber was war mit dem anderen, dem braunen Gespenst in Lederstiefeln und Hakenkreuzbinde? Sarah sah wieder Bilder vor sich, die in den vergangenen drei Jahren über ihren Schreibtisch und durch ihre Hände gewandert waren; nach den Fotos von Jugendlichen, die auf der Berliner Mauer tanzten, von Trabi-Kolonnen ins gelobte Land, von Politikern, die vollmundig blühende Landschaften ankündigten, wo nur Rott und Bruch geblieben war, oder pathetisch orakelten, jetzt wüchse zusammen, was zusammen gehöre, wo bereits die neuen Mauern in den Köpfen wuchsen, nach diesen Bildern der Berauschung, die inzwischen einer brutalen Ernüchterung gewichen war, kamen die anderen Fotos von kahlköpfigen Jugendlichen mit Springerstiefeln, die hinter der alten Reichskriegsflagge oder faschistischen Phantasie-Symbolen hermarschierten, Nazilieder grölten, jüdische Friedhöfe mit völkischen Parolen und Hakenkreuzen schändeten, Grabsteine umwarfen, Attentate auf Gedenkstätten der Konzentrationslager verübten, »Ausländer raus!« brüllten und an die Wände schmierten, Ausländer verprügelten, Asylantenunterkünfte in Brand steckten, Frauen und Kinder ermordeten, während deutsche Bürger auf ihren Balkonen beim Bier saßen und Beifall klatschten, während deutsche Polizisten tatenlos zusahen, während deutsche Politiker Verständnis für den fanatisierten Pöbel äußerten. Fleißig, sauber, politisch zuverlässig – wovon hatte ihr Vater die Deutschen befreit?

Ja, Sarah schlug die Augen auf, der Film war vorbei, es war Zeit, im Kopfhörer Brahms, nach Haus zu gehen. Ihre Mutter hatte es immer kommen sehen, es war ihre fixe Idee – das Land ist unverbesserlich! –, die sich jetzt, da sie starb, zu erfüllen schien. Als Sarah, schon auf gepackten Koffern sitzend, sie vor drei Jahren von New York aus angerufen hatte, um ihr mitzuteilen, daß sie nach Deutschland gehen würde – für einen Abschiedsbesuch war keine Zeit mehr gewesen –, hatte Lea gesagt: Ja, geh. Geh du für mich. Sieh es dir an.

Während der ersten Wochen und Monate, in denen Sarah sich einarbeiten mußte, hatte sie außer ihrem Hotelzimmer, der Redaktion und Frankfurter Restaurants und Kneipen kaum etwas gesehen. Obwohl die Redaktion ihr behilflich war, stellte es sich als überaus schwierig heraus, eine Wohnung zu finden. Als sie schließlich eine gefunden hat, die ihr gefällt und die nicht unbezahlbar ist, sondern nur unverschämt teuer, und sie sich im Büro der Hausverwaltungsfirma einfindet, um den Vertrag zu unterzeichnen, mustert sie der etwa fünfzigjährige Mann im eleganten, dreiteiligen Anzug bei ihrem Eintreten von oben bis unten mit schamloser Eindringlichkeit, ihre schwarzen Haare, der dunkle Teint, und fragt, bevor er ihr noch Platz angeboten hat:

Sie sind Ausländer?

Ja, sagt Sarah und fragt sich, warum er das fragt und ob es nicht Ausländerin heißen müßte? Ich bin Amerikanerin.

Ah, das ist natürlich etwas anderes, sagt der

Mann mit einem verbindlich-glatten Lächeln. Nehmen Sie bitte Platz.

Nein danke, sagt Sarah, dreht sich auf dem Absatz um und geht. Im Fahrstuhl glaubte sie die Stimme ihrer Mutter zu hören. Sieh es dir an …

Frankfurt, 20. August 1990

Liebe Mama!

Ich habe jetzt endlich eine Wohnung gefunden und werde morgen aus dem Hotel ausziehen. Ich kann das Appartement meines Vorgängers übernehmen. Der arme Walter Brecker ist nach seinem Autounfall wieder transportfähig, wird aber auf absehbare Zeit nicht arbeiten können und geht nach New York zurück. Ein deutscher Kollege hat dazu gesagt: Wat den enen sin Uhl, is den annern sin Nachtigall. Kennst Du das Sprichwort noch? Ich hatte es vorher nie gehört.

Sprachlich komme ich immer besser zurecht. Natürlich hört jeder sofort meinen amerikanischen Akzent heraus, aber das finden die meisten Leute besonders charmant. Sie wollen dann immer gleich wissen, wieso ich so gut deutsch spreche, und dann erzähle ich ihnen von meiner Mutter. Es war einmal ein deutsches Mädchen aus Oldenburg …

Natürlich denkt dann gleich jeder, daß wir Juden sind, und ich lasse sie ganz gern in dem Glauben.

Bei unseren Namen müßte man ja sonst die Geschichte von Großvater Grünberg miterzählen. Das muß ein merkwürdiger Mensch gewesen sein, und während ich das schreibe, fällt mir ein, wie Du David und mir mal die Geschichte erzählt hast. Weißt du das noch? Das war, glaube ich, bei unserem ersten oder zweiten Ski-Urlaub in Colorado, als Papa sich ein Bein gebrochen hatte. Das Beste an der Geschichte ist natürlich, daß er sich nicht katholisch, sondern evangelisch taufen ließ!

Wir haben hier so viel zu tun, daß ich bislang außer Frankfurt noch gar nichts von Deutschland gesehen habe, außer im Fernsehen natürlich. Ich werde wahrscheinlich im September vierzehn Tage Urlaub nehmen können, weil ich auch noch Anspruch aus dem letzten Jahr habe (übrigens haben die Deutschen unglaublich viel Urlaub, da könnte man neidisch werden!). Ich werde Dich dann natürlich besuchen. Und ich hoffe, daß ich es vorher noch schaffe, nach Oldenburg zu fahren. Die versprochenen Fotos wären doch ein schönes Mitbringsel für Dich.

Ich hoffe, es geht Dir gut. Grüß alle in Long Hills von mir.

Alles Liebe,
Deine Sarah

PS: Warum mußte deine Familie auch ausgerechnet aus Oldenburg in Oldenburg stammen? Das »liegt völlig ab vom Schuß« (sagt man das so?).

Herbart oder Hindenburg

Während sich das Flugzeug über Neufundland jetzt dem Luftraum der USA näherte, verteilten die Stewardessen Formulare der amerikanischen Einreisebehörde und des Zolls. Sarah überlegte, ob sie die kleine Kamera deklarieren mußte. Weil sie in ihrem Beruf Tausende von Fotos sah und beurteilte, bestellte und verglich, ablehnte oder annahm, verwarf oder akzeptierte, nahm sie selbst nur ungern eine Kamera in die Hand; sie wußte, wie schwierig es war, aus einer Folge beliebiger Augenblicke den Moment zu treffen, der die Essenz des Geschehens oder das Wesen eines Menschen einfing, jenen Moment, der in einer genau zu treffenden Konstellation aus Licht und Schatten ein winziges Stück Gegenwart so festhielt, daß die Vergangenheit noch als unsichtbarer Rand spürbar blieb und das Kommende bereits wie ein Augenaufschlag aus dem Bild heraussah. Die meisten Pressefotos, mit denen Sarah zu tun hatte, waren mehr oder weniger aussagekräftige Dokumente des Augenscheins, Beweise von Fakten für ein faktensüchtiges Publikum; aber manchmal gab es eben doch Bilder, die Geschichten erzählten oder in denen sich wie in einem Brennglas Erfahrungen einer ganzen Epoche bündelten: Der Junge mit den erhobenen Händen vor dem Warschauer Ghetto, das Hissen der Flagge auf Iwo Jima, Stalin, Roosevelt und Churchill in Jalta, das schreiende, napalmverbrannte Kind auf der Straße von Da Nang, der letzte, von einem Dach des Botschaftsviertels abhebende Hubschrauber, der schwarze Rauch brennender Ölfelder in Kuwait ...

Entschuldigen Sie bitte, sagte Sarahs inzwischen erwachter Nachbar, dem zwei Fotos aus der Brieftasche gerutscht waren, als er seinen Paß herausgezogen hatte. Die Fotos lagen vor Sarahs Füßen; sie hob sie auf, Fotos von Kindern, die in einem Garten standen, und reichte sie dem Mann zurück.

Danke. Das ist Jan. Vier Jahre alt. Und das ist Lena, kommt jetzt schon in die zweite Klasse. Und das hier, er tippte auf ein kaum erkennbares, braunes Knäuel im Gras, ist Pelle.

Pelle?

Der Kater.

Ach so ...

Haben Sie auch Kinder?

Nein, Sarah schüttelte den Kopf, sie hatte keine Kinder; sie war jetzt auch zu alt zum Kinderkriegen, und als sie jung genug war, hatte sie keine Zeit gehabt. Manchmal dachte sie daran, ein Kind zu adoptieren. Pelle, der Kater. Wie hatte die Katze geheißen, die ihre Mutter in Deutschland lassen mußte? Es gab doch auch ein Foto von Lea Grünberg im Garten; sie ist etwa zehn Jahre alt, 1930 also oder 1931, sitzt in einem weißen Matrosenkleid, die Haare zu langen Zöpfen geflochten, auf einem Korbstuhl unter dem Apfelbaum, und auf dem Tischchen neben dem Stuhl liegt die Katze; im Hintergrund sieht man das Haus, das Dach mit den beiden Erkern, hinter denen man Bäume erkennt, Linden natürlich, Fachwerk an der Giebelfront, wilder Wein an den Mauern, ein Wintergarten mit gußeisernen Trägern.

Topas, sagt ihre Mutter zu Sarah und zeigt mit dem Finger auf die Katze. Und dann klappt sie das Album mit den an den Rändern langsam vergilbenden Fotos zu.

Ja, Topas hat sie geheißen.

Als Sarah an einem Sonnabend im September auf dem Bahnhof von Oldenburg ankam, ein hübscher, stilecht erhaltener Klinkerbau des norddeutschen Jugendstils, kaufte sie sich am Zeitungsstand einen Stadtplan und suchte im Straßenindex die Lindenallee. Es war nicht weit, der Spätsommer lag behäbig über der Stadt, das Laub begann sich zart zu färben, und so ging sie zu Fuß durch eine kleine Parkanlage an einem Flüßchen entlang, Stadtgraben, sagte der Stadtplan, Enten auf grünlich schimmerndem Wasser, an den Ufern Pappeln und Weiden, sacht umspültes, dunkles Wurzelwerk in den Böschungen, und wo die tief hängenden Zweige manchmal den Wasserspiegel streiften, zog die träge Strömung langgezogene Muster, Namen, Worte, Briefe, ins Wasser geschrieben; von einem Kirchturm schlug es eins, St. Peter, sagte der Stadtplan; auf einer Holzbrücke standen zwei kleine Mädchen mit einer älteren Dame und warfen den Enten aus einer Tüte Brotbröckchen zu.

So, hörte Sarah sie im Vorbeigehen sagen, die Enten sind satt, jetzt wollen wir auch essen.

Gute Idee, dachte Sarah, und als sie am Ende der Parkanlage einen Platz mit drei Cafés erreichte, Julius Mosen Platz, sagte der Stadtplan, entschied sie sich für CAFÉ KLINGE – GROSSHERZOGLICHE HOFKONDITOREI. *Täglich wechselnder Mittagstisch.* Sie setzte sich in einen wintergartenähnlichen Anbau aus Metall und Glas mit Blick aufs Wasser und bestellte Suppe und Salat. Ein anderes Flüßchen, Haaren, sagte der Stadtplan, mündete hier in den Stadtgraben, und Sarah sah, daß sie jetzt keine zweihundert Meter von der Lindenallee entfernt war. Mutter mußte oft in diesem Café, wenn auch nicht in dem postmodernen Wintergarten, gesessen und von den Fenstern aufs Wasser geblickt haben, das behäbige Ziehen des Wassers, morastig, fast faulig, die Sonnenreflexe merkwürdig matt, als ließe sich diesem Wasser nicht auf den Grund kommen. Der Stadtgraben floß in die Haaren, die Haaren in die Hunte, die Hunte mündete irgendwo in die Weser, die Weser ging zum Meer, zum Wasser der Nordsee, Bremerhaven, Überseebrücke, das Wasser der Nordsee reichte bis England, dann der Atlantik, New York, die Küste von New Jersey, Lea McColby, geborene Grünberg, war mit dem Wasser gezogen, und jetzt saß die Tochter wieder da, woher die Mutter gekommen war, wo sie entsprungen war, sagte man das so? entsprungen, vertrieben dann, verjagt, saß da und schaute aufs Wasser, das immer schon so geflossen war, und die Jahre flossen mit dem Wasser und die Erinnerungen wurden träger im Lauf der Zeit. Fotos konnten helfen, Erinnerungen lebendig zu halten, aber manchmal verzerrten sie die Erinnerungen auch, froren sie ein in willkürliche Augenblicke; dann verloren diese Augenblicke ihre Lebendigkeit und wurden zu Museumsstücken des eigenen Lebens. Sarah fotografierte nicht gern; aber sie würde jetzt in die Lindenallee gehen und ein Foto des Elternhauses ihrer Mutter machen, das dritte Haus nach der Schule, und dann würde sie in die Stadt gehen, Achternstraße Ecke Marktplatz, und das Gebäude fotografieren, das das Geschäft ihres Großvaters David Grünberg gewesen war; Mutter würde sich über die Fotos freuen. Sarah stand auf – und faßte sich an den Kopf: Sie hatte ihre Kamera in Frankfurt vergessen!

Sie zahlte das Essen und fragte die Serviererin nach dem nächsten Fotogeschäft; es lag nur ein paar Schritte vom Café entfernt in der Fußgängerzone. Zum Glück war verkaufsoffener Samstag, Sarah fand verkaufsoffene Samstage lächerlich, warum blieben die Läden nicht immer auf?

Sie hatte die handliche Kamera gekauft, die sie beim Zoll nicht deklarieren würde, nein, durchaus nicht, und war dann in die Lindenallee gegangen. Wo waren die Linden? Hatte ihre Mutter nicht davon gesprochen, daß die Straße tatsächlich so aussehe, wie ihr Name es verhieß?

Die Zweige, sagt Lea McColby zu ihrer Tochter und zeigt auf ein Foto, auf dem man wie durch einen Tunnel aus Bäumen blickt, haben bei Wind gegen die oberen Fenster geklopft, und wenn man die Fenster im Frühling zu schließen vergaß, lag ein Teppich von Lindenblüten auf dem Parkett.

Es gab keine Linden mehr in der Lindenallee. Vielleicht hatte es die Anwohner gestört, daß die Zweige gegen die Fenster klopfen, aber da war die Schule, ein klotziger, düsterer Bau aus rotem Backstein, der auch ein Gefängnis hätte sein können; die ersten beiden Häuser nach dem Schulhof, renovierte Stadtvillen der Gründerzeit, das dritte Haus, nein, das konnte es nicht sein, viel zu neu, das vierte Haus eine Jugendstilvilla, das fünfte ... Sarah sah in ihr Notizbuch: Lindenallee, drittes Haus hinter der Hindenburg-Schule. Oder war es das dritte Haus vor der Schule? Oder das dritte auf der gegenüberliegenden Seite? War dies überhaupt die Lindenallee? Und das die Hindenburg-Schule?

Sie sprach einen Mann an, der einen blauen Arbeitskittel trug, zwei Kugelschreiber und einen Schraubenzieher in der Brusttasche, und, ein Fahrrad schiebend, soeben durch das Tor des Schulhofs auf die Straße kam, der Hausmeister vielleicht, ob dies die Hindenburg-Schule ...?

Jawohl, schnaubte der Mann, beziehungsweise nein. Das sei mal die Hindenburg-Schule *gewesen*, heiße jedoch seit einigen Jahren Herbart-Gymnasium, was jedenfalls auch mit H anfange. Nicht Herbert, wie Wehner, Her*bart*, mit einem ganz langen Bart. Ob Sarah das klar und ob sie etwa Ausländer sei? Egal, sagte der Mann, bevor Sarah antworten konnte, aber wenn sie ihn frage, sage er nur: Absolut lächerlich. Ein Unding. Er wolle ihr, dem Frollein, nun mal etwas sagen: Der alte Hindenburg sei gar kein Nazi gewesen. Die Deutschen könnten mit ihrer Vergangenheit nicht umgehen, da liege der Hase begraben. Einen wie Hindenburg könne man doch heute gut gebrauchen, einen Hindenburg, sage er, keinen Hitler oder Kaiser Wilhelm, auch keinen Adenauer oder Schönhuber. Hindenburg, eins A. Dann käme Disziplin in den »Laden«, wenn Sarah ihn schon frage. Lasch sei alles und lau, Franz

Josef Strauß sei leider auch schon tot, ein Unding. Grafitti an den Wänden, Ausländer raus oder rein, das sei Jacke wie Hose. Auf den Klos werde Heroin geraucht und Hasch gespritzt, und er müsse es wegmachen, so oder so. Und dann wunderten die Leute sich über Aids! Keiner packe mehr zu. Wer, bitte, Deutschland aufgebaut habe? Asylanten etwa? Jetzt käme noch das ganze »Pack« aus dem Osten; Zigeuner kämen und sagten, sie hätten eine deutsche Oma, und schon habe man »das schönste Asylrecht«. Und Zahnersatz gebe es auf Krankenschein, was gleichfalls ein Unding sei. »Drüben« sei alles verrottet, ein Billiglohnland bestenfalls. Leipzig sei bereits heute das Neapel Deutschlands. Stasiknechte, fauchte er bitter, Altkommunisten. Gearbeitet hätten die nie. Wandlitz, sage er nur. Und Stolpe! Die Bonzen hätten immer Bananen gehabt, aber man müsse sich einmal fragen, ob Hindenburg Bananen gehabt habe, und die Antwort laute: Nicht im Traum. Und ein »Herr« Honecker säße in Chile in der Sonne und lache sich ins Fäustchen; dort säßen übrigens noch jede Menge alter Nazis, dort unten in Chile und Argentinien, Uruguay, Paraguay, was Jacke wie Hose sei, alte Nazis und Stasispitzel. Solle doch der »Herr« Honecker mit denen Skat spielen. Herbart-Gymnasium? Daß er nicht lache, was er auch nicht tat, sondern einen Fuß aufs Fahrradpedal stellte. Herbartstraße reiche doch wohl, oder nicht? Dort, die Parallelstraße, Herbartstraße, nicht wahr? Man müsse sich zu allem bekennen. Hindenburg-Schule, jawohl!

Der Mann beendete seine Suada so überraschend, wie er sie begonnen hatte, schwang sich aufs Fahrrad, trat so energisch in die Pedalen, als marschiere er per Rad, schwankte jedoch unentschlossen oder gar alkoholisiert hin und her, und verschwand.

Herbart-Gymnasium, schrieb Sarah in ihr Notizbuch. Das wird Mama gerne hören. Wer zum Teufel war denn überhaupt Herbart?

Das erste Foto zeigt das dritte Haus nach der Schule, ein vierstöckiger, schmucklos-sachlicher Neubau. Das zweite Foto zeigt die gläserne Eingangstür dieses Gebäudes mit den acht Klingelschildern daneben. Das dritte Foto zeigt den asphaltierten Hof hinter dem Gebäude, acht Autostellplätze, Müllcontainer hinter Waschbetonfassaden, über die mannshohe Mauer zum hinteren Nachbargrundstück ragen ein paar Obstbäume; damals muß Garten an Garten gegrenzt haben, dazwischen vielleicht ein Zaun, eine Pforte. Das vierte Foto zeigt die gekachelte Fassade einer Kaufhausfiliale, das Eckhaus Achternstraße/Marktplatz; ein KONFEKTIONSHAUS GRÜNBERG – FÜR MODEBEWUSSTE DAMEN UND HERREN gibt es dort nicht mehr.

Mein Großvater Moses Grünberg, euer Urgroßvater, erzählt Lea McColby ihren Kindern Sarah und David an einem langen Abend im Skihotel in Colorado, hat das Geschäft in Oldenburg gegründet, als er 1871 als Offizier aus dem Deutsch-Französischen Krieg zurückgekommen ist; er war praktisch, unsentimental und überzeugter Agnostiker, der sich christlich taufen ließ, bevor er Emma Westermann heiratete; eure Urgroßmutter war katholisch, aber Moses ließ sich evangelisch taufen; ein paar Unterschiede müssen sein, soll er gesagt haben, und daß er mehr auf Worte als auf Weihrauch vertraue; er hat aber seinen Kindern jüdische Namen gegeben, was seine Frau als biblisch durchgehen ließ; und mein Vater hat es auch so gehalten – und ihm und mir ist das schlecht bekommen, aber deshalb eben erst recht! und euerm Vater war es sowieso egal; seit drei Generationen sind also in unserer Familie das einzig Jüdische die Namen. Das fünfte Foto zeigt mehrere Reihen schwarzer, grob behauener Basaltpfeiler, die so gestaffelt sind, daß einer nach dem anderen in der Erde zu versinken scheint; eine Tafel erläutert, daß an dieser Stelle die Oldenburger Synagoge gestanden hat.

Lea McColby hatte sich die Fotos angesehen, die ihre Tochter in Oldenburg gemacht hatte, genickt und gesagt: Verstehst du jetzt, warum ich nie wieder zurück wollte?

Das war vor zwei Jahren gewesen, als Sarah während des Urlaubs ihre Mutter besucht hatte. Sarah schnallte sich an, stellte die Rückenlehne ihres Sitzes senkrecht und klappte das Tischchen zurück. Im Landeanflug auf den Flughafen Newark, zwanzig Autominuten von Long Hills entfernt, dachte sie an das Geschenk, das sie mitbrachte; sie hatte es vor einigen Monaten zufällig in einer Frankfurter Buchhandlung entdeckt. Ob ihre Mutter es noch würde lesen können? Einen Monat noch, höchstens, hatte Dr. Gifford gesagt. Lea Grünberg hatte Deutschland verlassen, aber Lea McColby nie ihre Sprache. Die Bücher waren zu Haus und Garten geworden und die Sprache zu Heimat, die es sonst nicht mehr gab. Und deshalb war das Buch eines Schriftstellers, der ebenfalls aus der Stadt stammte, in der ihre Mutter geboren war, ein Souvenir im doppelten Sinn. Sarah und ihr Bruder David waren zweisprachig aufgewachsen, Englisch ihres Vaters, Deutsch ihrer Mutter, und doch wurde ihnen die Vatersprache zur »Muttersprache«, weil sie in ihr spielten, dachten und träumten, und weil außer ihrer Mutter niemand in Long Hills Deutsch sprach. Im Meer des Englischen war die umständliche Präzision des Deutschen für Sarah eine exotische, wenn auch vertraute Insel geblieben, auf der merkwürdige Umlautgewächse, rachenverrenkende Kehllautkräuter, bizarr wuchernde Konjunktivblüten, unregelmäßiges Verbgestrüpp und verfilztes Der-die-das-Unterholz wuchsen, und obwohl sie nie den amerikanischen Akzent verlor, war ihr Deutsch nach einigen Monaten in Frankfurt immer flüssiger und selbstverständlicher geworden, als ob etwas aus einem jahrelangen Halbschlaf erwachte. Und irgendwann hatte sie angefangen, auf Deutsch zu träumen und gewußt, daß es Zeit war, nach Haus zu gehen.

Ein Totenreich

Lea las nicht mehr. Auf dem Tisch neben dem Bett lagen zwischen den Ampullen und Fläschchen, Kapseln und Tabletten, zwar noch ein paar Bücher, und Sarah legte das von ihr mitgebrachte dazu, aber es waren für immer geschlossene Museen der Erinnerung, die von Lea nicht mehr geöffnet werden konnten. Kurze, sehr lichte Momente fast überwacher Aufmerksamkeit flackerten manchmal hoch, zerstäubten dann aber gleich wieder im Zwielicht einer halbschlafenden Dämmerung, die sich laut Dr. Giffords Prognose sukzessive verdüstern und schließlich schmerzlos im schwarzen Schlaf enden würde.

Kurz nach Sarahs Ankunft hatte Lea einen wachen Augenblick gehabt und ihre Tochter sogleich erkannt.

Gut, daß du da bist, Kind.

Sarah, die Nachbarin Mrs. Ethel Vanhoop (eine der Freundinnen Leas aus dem Country Club von Long Hills) und eine schwarze Krankenschwester namens Gloria Manley, die auf Stundenlohnbasis für die Nachtschicht aus Newark herüberkam, wechselten sich bei der Krankenwache ab; abends, wenn Sarah am Bett saß, schaute Dr. Gifford, sobald die Praxis geschlossen war, auf eine kurze Visite herein, obwohl er mit seinem Latein am Ende war.

Sie wandert von hier nach dort, sagte er, hin und zurück, und die Strecke wird immer länger und mühsamer.

Dann ging er. Das Zuschnappen der Eingangstür schnalzte wie der Zungenschlag einer fremden Sprache durch das Haus. Sonnenlicht fiel durch die Zweige der Eichen und Ahornbäume und wurde von den Blättern zu Mustern zerlegt, die sich über die Ornamente des Teppichs bewegten. Im verbleibenden Licht tanzte regellos Staub, und der Schatten der Fenstersprossen legte ein langsam länger werdendes Kreuz darüber. Obwohl es sich in der Dämmerung, die schon in den Zimmerecken kauerte, zusammenzuziehen schien, wirkte das Haus in dieser Stille plötzlich noch größer, unsinnig groß für eine Person, und Lea lebte hier allein, seit sich John McColby an einem Morgen vor sieben Jahren beim Frühstück plötzlich ans Herz gefaßt hatte, lautlos vom Küchenhocker rutschte und auf der Stelle tot war.

Sarah? sehr müde jetzt und wie aus einem anderen Land, Sarah, bist du noch da?

Natürlich, Mama. Ich bin hier neben dir.

Kommt David auch?

Bestimmt, Mama. Morgen vielleicht ...

Das ist gut.

Du mußt ruhig bleiben, Mama, ganz ruhig.

Ganz ruhig, ja, natürlich ... Sie ist sehr ruhig geblieben, ruhig wie ein Stein, denn sie hat es schon gewußt, als sie das merkwürdig nichtssagende Foto in der Zeitung gesehen hat; gewußt, als an jenem Morgen die Türklingel wie ein Schrei ins Haus bricht; längst gewußt, als sie die Uniform auf der Schwelle stehen sieht, das bemüht betroffene Gesicht des Offiziers; hat es gewußt und ganz tonlos gesagt: Es ist gut, junger Mann, mein Sohn ist tot. David, Sarahs Bruder, vier Jahre älter als sie und seit fast fünfundzwanzig Jahren tot, ein Name unter vielen auf der schwarzen Mauer in Washington. Nur ein Name, denn sein Körper kam nicht zurück, vermißt, vermodert irgendwo im Dschungel, in Morast und Schlamm und Blut. Er war nicht freiwillig gegangen; man hatte ihn eingezogen in die letzten Zuckungen dieses fast dreißigjährigen Kriegs, den Frankreich geführt und verloren hatte, ehe Amerika ihn fortsetzte und verlor. Geh nach Kanada, hatte seine Mutter zu ihm gesagt, als der Einberufungsbefehl kam, und David war nach Norden gefahren, aber in Wisconsin geriet er in eine Highway-Kontrolle, und auf der Liste abgängiger Wehrpflichtiger stand auch sein Name: David McColby, Long Hills/

New Jersey, Jahrgang 1948. Er hatte vierzehn Tage im Gefängnis verbracht, drei Tage zu wenig, denn dann hatte man ihn in den Tod geflogen. Sein erster Einsatz, irgendwo am Rand der längst aufgegebenen Stadt, war sein letzter gewesen – einer der letzten dieses Kriegs überhaupt. Zwei Tage später ging ein Bild um die Welt, ein merkwürdig unscharfes, nichts- und allessagendes Pressefoto: Ein Hubschrauber hebt von einem flachen Gebäude ab, auf dessen Dach immer noch Menschen stehen, und die Palmen biegen sich unter dem Luftdruck der Rotoren. Lea McColby, geborene Grünberg, schiebt ihrem Mann die Zeitung vor den Frühstücksteller, deutet auf das Bild und sagt auf Englisch: Ich bin quitt mit diesem Land. Es hat mich genommen. Und ich habe ihm mein Kind gegeben.

Dunkelheit stieg aus den Hecken und Büschen, Bäumen und Sträuchern der von ausländischem Personal gepflegten Gärten in die Colonial- und Tudor-Villen Long Hills'; die Männer waren aus den Banken und Büros Manhattans zurück, hatten mit den Kindern ein Basketballspielchen vor der Garage gemacht, ihren Cocktail getrunken, zu Abend gegessen, aus den Fenstern brach das bläuliche Flimmern der Fernsehgeräte, und aus einem Nachbargarten drang gedämpftes Lachen und Grillduft herüber. Sarah schaltete die Stehlampe mit dem hellgrünen Schirm an, ging in die Küche hinunter, machte sich ein Truthahnsandwich, schenkte sich ein Glas kalifornischen Chablis ein und trug ihr Abendbrot auf einem Tablett nach oben ins Schlafzimmer ihrer Mutter. Sie setzte sich in den Ledersessel neben der Lampe, aß und trank mit schlechtem Appetit, lauschte auf die flachen Atemzüge der Sterbenden, aufs Picken und Flattern der Insekten und Falter, die an den Fliegengittern vor den Fenstern scheiterten, aufs beharrliche, metallische Ticken der französischen Standuhr auf der Kommode.

Wir haben nur wenig mitnehmen können, sagt ihre Mutter, aber die Uhr hier mußte mit. Mein Vater, David Grünberg, hat sie meiner Mutter Emma zur Hochzeit geschenkt. Da, und sie zeigt auf eins der Fotos, die in Silberrahmen neben der Uhr stehen, das sind sie, bei meiner Taufe. Schade, daß ihr eure Großeltern nicht mehr erlebt habt. Eure Großmutter ist 1928 bei der Geburt des Kindes, das mein Bruder werden sollte, gestorben, und das Kind hat nur zwei Tage gelebt.

Und Großvater, fragt David, warum lebt der nicht mehr?

Nachdem wir nach London gegangen sind, 1938, sagt Lea, Großvater hatte da Geschäftsfreunde, hat er sich wieder als Teilhaber eines Konfektionsgeschäftes etabliert. Als die Deutschen 1941 London bombardiert haben, ist das Gebäude in Brand geraten; mein Vater hat beim Löschen geholfen, und dabei ist eine Mauer eingestürzt und hat ihn unter sich begraben. Eine Woche später ist er im Krankenhaus gestorben.

War das das gleiche Krankenhaus, in dem du Daddy kennengelernt hast? fragt Sarah.

Lea schüttelt den Kopf und lächelt: Nein, das war in einem Lazarett, und das war drei Jahre später.

Hat er noch etwas gesagt? will David wissen.

Wer?

Na, Großvater natürlich.

Er hat gesagt: Jetzt hat mich der Wahnsinnige doch noch erwischt.

Wer ist denn der Wahnsinnige?

Hitler, sagt Lea. Euer Großvater hat erst über Hitler gelacht, hielt ihn für eine Witzfigur, die man bändigen würde. Großvater war ein ziemlich nationaler Mann, war stolz auf seine Orden aus dem Ersten Weltkrieg, und Hitler hielt er für ein lächerliches Nichts, das den Mund aufriß. Großvater hat sich geirrt; fast alle haben sich geirrt. Und dann war da noch unser Familienname und unsere jüdischen Vornamen; vielleicht hätte Urgroßvater seine Kinder doch besser Hans und Grete nennen sollen; Grete Grünberg, warum nicht? Und natürlich das Geschäft in Oldenburg, das hat böses Blut gemacht, jüdisches Kapital, was aber gar nicht stimmte, und so weiter, Arisierungen, dieser völkische Wahnsinn, hinter dem ganz handfeste Interessen standen. Nun ja, so war das damals, aber das könnt ihr noch nicht verstehen ...

Draußen schrie ein Käuzchen, wurde aber sogleich vom Fauchen einer wildernden Katze übertönt. Topas hat sie geheißen. Sarah stand aus dem Sessel auf und ging leise zur Kommode. Ihre Großeltern, elegant im Stil der Zwanziger Jahre gekleidet, vor dem Portal einer Kirche; Großmutter hält ein Kissen, von dem eine weiße Spitzendecke fällt, aber das Baby ist gar nicht zu sehen; daneben ein streng aussehender Pfarrer mit gestärkter Halskrause. Du hast uns viel erzählt, dachte Sarah, aber im Grunde weiß ich wenig von dir und deinen Eltern, wenig von dem, was in Deutschland passiert ist; ich glaube, du hast viel verdrängt, verdrängen müssen vielleicht. Warum hast du so oft gesagt, das könnt ihr noch nicht verstehen? Ich wüßte gern mehr, mehr von der Familie, die in mir steckt; aber jetzt ist es zu spät; warum hat man immer erst Zeit zum Zuhören, wenn es zu spät ist? Warum bist du nie nach Deutschland zurückgegangen? Was hat man dir wirklich getan? Und wer? Das Hochzeitsfoto ihrer Eltern, aufgenommen vor dem Empfang im LONG HILLS COUNTRY CLUB: Er strahlend in Majorsuniform, sie ganz in weiß, die Familie McColby komplett, sie ganz allein – seit gestern ist Lea McColby, geborene Grünberg, die von Deutschland nach England und von England nach Amerika kam, *a citizen of the United States*.

John? Leas Stimme plötzlich lebendig und klar. Bist du das?

Nein, Mama, ich bin's, Sarah.

Ah, gut. Sie richtete sich mühsam in den Kissen auf, das früher schwarze Haar jetzt ganz silbern, vom Liegen verwirrt. Gib mir bitte was zu trinken.

Natürlich. Hier ist noch Tee. Oder lieber Wasser?

Unsinn. Ich möchte einen Sherry.

Was?

Einen schönen, halbtrockenen Sherry. Du weißt doch, wo die Bar ist.

Gewiß, Mama, sofort.

Sarah lief in den Salon, fand den Sherry im Barschrank, schenkte einen Fingerbreit in ein Glas und lief wieder nach oben. Lea war noch bei Bewußtsein.

Aber Kind, das ist doch kein Sherryglas. Das ist ein Martiniglas. Das ist wirklich stillos, ich bitte dich. Mein Vater hat immer gesagt, auch gute Manieren sind eine Form des Antifaschismus. Na, es hat nichts geholfen. Ich bin jetzt müde, sehr müde ...

Sie sank in die Kissen zurück, schloß die Augen, der grünliche Schein der Lampe verfärbte ihr Gesicht – ein Wesen zwischen hier und dort, gestern und heute, Deutschland und Amerika, Leben und Tod. Sie atmete flach und ruhig.

Sarah setzte das Martiniglas mit dem Sherry auf

dem Tischchen neben den Medikamenten und Büchern ab. Ihr zu spät gekommenes Geschenk lag oben auf dem Stapel. Wenn sie es nicht mehr lesen kann, werde ich es für sie lesen, dachte Sarah, nahm das Buch und setzte sich wieder in den Sessel. Wenige Tage, bevor der Anruf von Dr. Gifford gekommen war, hatte sie damit begonnen, eine Reise nach Italien zu planen. In einer Frankfurter Buchhandlung kaufte sie zwei Reiseführer, Rom und Latium, und kam mit der Buchhändlerin ins Gespräch; wenn Sarah nach Rom führe, müsse sie unbedingt auch dies lesen, sagt die Buchhändlerin und drückt ihr das Buch eines Autors in die Hand, dessen Namen sie schon einmal gehört, von dem sie aber noch nie etwas gelesen hat – Claus Haresch. Sarah blättert darin herum, lange, lyrisierte Sätze, die kaum ein Ende zu finden scheinen, mäandern über die Seiten; sehr deutsch, denkt sie, obwohl es in Italien spielt, und will das Buch schon wieder zurücklegen, als sie im Klappentext auf die Angaben zu Leben und Person des Autors stößt und augenblicklich weiß: Das ist ein Buch für Mama. Also kauft Sarah es. Nun schlug sie es auf und las lange, wie von einer Brise schwach aufgekräuselte Sätze, deren Rhythmus sie bewegte und zugleich müde machte. Wir selbst und unsere Bestandteile, las sie, kommen und gehen, scheiden und kehren wieder, und wir besitzen nichts, das uns nicht fremd würde, und es gibt nichts Fremdes, das nicht einmal unser sein wird. War die Erinnerung etwa ein Totenreich, las sie weiter, ein mit Blumen der Nostalgie bedecktes Familiengrab, in dem nichts starb oder geboren wurde, was nicht schon tot oder lebendig hineinging? Aber manchmal schien sich die Erinnerung andere Nester zu suchen als das Gehirn, und dann stiegen Vorstellungen von Menschen und Dingen in mir auf, die ich nie kennengelernt, nie persönlich erfahren hatte, sondern nur aus Geschichten oder von Bildern kannte, wie meinen Großvater oder meinen als vermißt geltenden Onkel …

Sind Sie eingeschlafen, Miß? Die resolute Stimme der schwarzen Krankenschwester weckte Sarah; das Buch lag auf ihren Knien. Hier kommt Gloria, Miß. Ihre Ma wird eingeh'n, Miß, das' mal sicher. Der gute Gott wird se aufneh'm in seine Herrlichkeit, Miß, darauf könn'se Gift neh'm. Is 'ne dolle Frau, Ihre Ma, Miß, da könn'se was drauf wetten. Die hat sowas von Stil, ganz großartig. Der Herr da oben nimmt nich jeden, das' ja sowieso klar, aber Ihre großartige Ma, Miß, die geht ein, die geht ein, Halleluja, Miß, die Heilig'n wer'n 'ne Riesenparty schmeiß'n, da würd' man sich wünschen, beizusein, wenn Ihre Ma eingeht, das is' mal bombensicher, Miß. Geh'n Se mal schlaf'n, Miß, Ruhe und Frieden, die gute alte Gloria Manley übernimmt das hier, kein Problem, nein, das wird 'n Fest, sag ich Ihnen, geh'n Se zu Bett …

Den beruhigenden Singsang von Gloria Manley im Ohr schlief Sarah ein und irrt durch eine unbekannte, graue Stadt, deren Straßenfluchten am Horizont mit Mauern und Stacheldraht abgesperrt sind, aber auf den mit unleserlichen Grafitti beschmierten Mauern sitzen Menschen in Jeans- und bunten Trainingsanzügen, Sektflaschen in den Händen, und singen im Rhythmus von Glorias Gospel: Wir sind ein Volk, das is' mal bombensicher, Ausländer raus, Halleluja, Ruhe und Frieden, Hindenburg war Eins A, Deutschland über alles und ausgerechnet Bananen – und als Sarah fürchtet, gleich müßten ihr die Trommelfelle platzen, weil ein Flugzeug der Alliierten zur Feier des Tages brennende Tannenbäume über dem Brandenburger Tor abwirft, tritt ein elegant gekleideter Herr aus dem Kirchenportal, der Ähnlichkeit mit Richard Gere im Flugzeug hat, verneigt sich und sagt auf Deutsch: Ich habe mich soeben taufen lassen, meine Haare sind noch ganz naß. Er nimmt sie bei der Hand und führt sie weg von den lärmenden Patrioten, weg von den Einschlägen der Tannenbäume, in ein stilles Quartier dieser Stadt, bis sie an eine Allee kommen, über der sich die Baumkronen zu einem Tunnel wölben; am Ende des Tunnels ist Licht, vielleicht auch nur das Gegenteil der Düsternis, ein schwacher Schimmer, aber je näher sie dem Schimmer kommen, desto weiter rückt er von ihnen weg; der elegante Herr sagt, er müsse sich hier leider verabschieden, da er nur Blütenstaub der Linden im Wind sei, und eine Böe fährt durch die Allee, und Sarah fröstelt in ihrer Einsamkeit, schnallt sich an, stellt die Lehne des Sitzes aufrecht, Jimi Hendrix spielt *The Star Spangled Banner*, ein Sägen, Splittern und Kreischen, David McColby fällt in den Sumpf, Jim Morrison singt *This is the end*, ein endloser Schrei, der Dschungel ist entlaubt, klappernde Baumskelette, die Linden sind abgeholzt, über Großvater David Grünberg bricht eine brennende Mauer zusammen, Gloria sagt: Ihre Ma wird eingeh'n, und als die Flaksalve das Flugzeug trifft, ruft ihr Vater: Wer hier oben einschläft, ist ein toter Mann!

Strandstücke

Claus Haresch sah aufs Meer. Es trug keine Spuren der Arbeit, keine des Daseins, keine der Zeit; niemand hatte da draußen seinen Ort, nur das Flüchtige, im Entstehen schon wieder Zerfallende, zeigte sich, und wenn die Sportboote dicht am Strand durchs Wasser pflügten, verschwanden ihre Schaumspuren schnell in der Dünung. Die Schritte der Kinder im Wasser höhlten zarte Spuren, Abtönungen, schieden für Augenblicke das Grün vom Blau, aber gleich war die Färbung wieder geglättet. Schattenflächen der Wolken streiften das Ende des Blicks, wo Himmel und Meer ununterscheidbar wurden. Wenn sich abends der Strand leerte und Dunkelheit übers Land spannte, leuchtete die See noch in schwachem Schimmer. Durch welche Energie? Durch welche Reflektion der Tage? Im Aufschäumen und Brechen der Brandung, im Schollern und Reiben der vom Sog mitgerissenen Steine und Muscheln, gab es dann manchmal Geflüster, Gelächter, aber auch Seufzen und Weinen, und einmal sogar einen Singsang, ein Lied aus der Kindheit, aus vielen, längst verlorenen Kindheiten, Geschichten, Gerüchte, Klatsch, die man an Sommerabenden auf der Steintreppe vor der Haustür von Nachbarskindern zu hören bekam; aber die Kindheiten waren vergangen wie der Schaum auf den Wellen, gefolgt von der nächsten, Generation auf Generation, Welle auf Welle, und die Geschichten verloren ihre Konturen, wurden zum gleichmäßigen Rauschen, die Menschen darin wie die Muscheln und Steine im Sog. Wie weit ließ sich die Klangspur eines einzelnen Steins verfolgen, wie weit schlug das angespannteste Horchen eine Schneise ins Schäumen und Prasseln? Ließ sich die Geschichte eines Menschen erzählen? *Eines* Menschen? War nicht jeder so ununterscheidbar mit anderen verbunden wie Meer und Himmel am Horizont? Stürzten nicht alle, aufgewühlt von den Wellen der Generationen, wie Kiesel durcheinander, gestoßen und selber stoßend, von anderen zum Klingen gebracht, wieder andere zum Klingen bringend? War die Melodie eines Lebens, das Motiv einer einzelnen Existenz, die Stimme eines Menschen, je herauszuhören aus dem Gewirr des Ganzen und der Verzettelung der Zeit? Und wenn man sein eigenes Leben nähme, das man ja am besten zu kennen glaubt (was natürlich ein Irrtum ist)? Es wäre von Anfang an auch das Leben der Geschwister, der Eltern, der Großeltern – und weiter und weiter zurück; und von einem bestimmten Zeitpunkt an würde es zum

Leben des Menschen, mit dem man sein Leben zu teilen begann, zum Leben der Kinder, die dieser Teilung entsprangen, und all der Menschen, die einem begegneten, grüßten, vorüberzogen, und, mit dem sanftesten Anstoß noch, die eigene Richtung veränderten – und weiter in die Breite, die Tiefe, und gar nicht absehbar. Je mehr man über etwas wußte, desto schwieriger wurde es, sich darüber mitzuteilen, weil aus jeder Mitteilung neue Fragen entstanden – so fragten die Kinder: Und dann? Und dann?

Woran denkst du? fragte seine Frau, die vom Baden zurückkam und sich jetzt, in ein Handtuch gewickelt, die Haare tropfnaß, neben Claus Haresch in den Strandkorb setzte.

An nichts, sagte er.

Aha, sagte Anne.

Beziehunsgweise an alles, sagte er und blickte zur Sonne.

Ist das nicht zu anstrengend im Urlaub? fragte sie und frottierte sich mit einem anderen Handtuch das Haar.

Eigentlich schon, sagte er und lächelte.

Es ist gleich fünf, sagte sie nach einer Weile. Ich hol jetzt mal die Kinder vom Ponyreiten ab. Wir gehen dann gleich in die Pension. Kommst du nach?

Er nickte und beobachtete, wie sie mit kleinen Schritten in Richtung Promenadentreppe durch den Sand stapfte, schlug die Zeitung auf und blätterte darin herum; die Brise fuhr in die lappigen Blätter und faltete sie wie Segel auf. Massenarbeitslosigkeit im Osten, Hauptstadt ohne Regierung, ein konservativer Minister will »Auschwitz historisch einordnen«, um Präsident zu werden, ein Sitz im Sicherheitsrat der UN, Brandanschläge auf Asylantenheime und türkische Läden. Claus Haresch sah eine Landkarte Deutschlands vor sich, deren Metropolen Rostock, Hoyerswerda, Mölln und Solingen hießen. War das noch sein Land? Die Aufgeregtheiten und Gereiztheiten der ersten Seiten, von Kommentatoren als historisch bedeutsam erklärt oder verklärt, fand weiter hinten, im Kulturteil und den Buchbesprechungen, verdünnten Niederschlag; die Feuilletonredakteure hörten folgsam auf die Stimmen ihrer Herren und fragten nicht, wie einer schrieb, sondern was einer schrieb. Literatur als bunter Bilderbogen des Weltgeistes, der wieder durch deutsche Lande ritt, Literatur als schönes Ornament dessen, was sowieso jeder längst wußte, der Zeitung las und fernsah. Literatur als feinsinnige Hilfsdisziplin des Journalismus. Aber die hastigen Versuche, dem aktuellen Geschehen ästhetische Bilder abzugewinnen, verkamen zur Reportage, zum ornamentalen Indiz jener Kunstfeindlichkeit, die Literatur aufs Äußere verpflichten will, auf diese verdammte, von den Redaktionen kindisch geliebte Faktenhuberei, die ihre Faszination aus der Zahl und dem Ereignis, nicht aus den zu Sprache gewordenen Gedanken bezog. Diese besserwisserische Redlichkeit einer vorgeblich klaren Sprache, deren Bewegungen tautologisch immer dort endeten, wo die Welt früher mit Brettern vernagelt war und heute in ihrem eigenen Müll erstickte. Aber war das Schreiben denn nicht eine Möglichkeit, die Vorstellung abzuschaffen, daß Realität Wahrheit sei, eine Möglichkeit, sich von den Verlautbarungen und Lügen zu distanzieren, die unsere politische Existenz bestimmten? Literatur war doch kein Abbild der Wirklichkeit, sondern eine eigene Realität, die sich zwar in der Tatsachenwelt fand, in der Geschichte, aber sie war eine einsame Realisierung *trotz* aller Welt; eine Art der Aussage über die Wirklichkeit, wie sie nicht in Tabellen und Statistiken, nicht in den Informationskürzeln der telematischen Medien und Zeitungen, anzutreffen war, und sie bot Möglichkeiten, menschliche Beziehungen, Verhaltensweisen und Erfahrungen zu verstehen, die nicht in Regel und Vorschrift, Verbot und Verwaltung anzutreffen sind, nicht in der Informationsfunktion aufgingen oder in der politischen Äußerung zum Tage, die morgen schon wieder der Schnee von gestern sind. Hatte die Literatur statt dessen nicht nachzuahmen, was in den Dingen, in den Menschen, in der Geschichte, undefinierbar blieb, immer undefinierbar bleiben würde?

Ganz hinten in der schaumigen Weite, die sich in ungeheuren Verkürzungen zum Horizont verlor, zogen die Schiffe. Woher? fragten die Kinder. Aus Häfen, aus Nebel und Tauwerk, Kränen und Containerhöfen; Bagger reinigten Fahrrinnen, auf Hängebrettern schwebende Matrosen überstrichen den Rost der Bordwände, Farbe auf den Zahn der Zeit; am Ende von Molen warfen Leuchtfeuer Blitze, Bojen antworteten auf Sirenen, Fässer trieben zwischen Algen und stinkendem Abfall; Autoschlangen, die auf Fähren eingeschifft werden wollten, Archen des Tourismus. Dockanlagen, Silos. Und weiter draußen die Deiche, die Buchten, die Strände und Dünen, Tang und Ginster und Gras im Sand; und wir mit Eimern, Schaufeln, Strandkörben, Badetüchern, plötzlich ganz leer in der Glättung der Flut, ihr ruhiges Hin und Her, das sich jeden Tag verschob, Jahr für Jahr, und draußen zogen die Schiffe. Wohin? fragten die Kinder. Nach England, nach Amerika, nach Afrika, nach Indien. Und dann? Um die ganze Welt? Dort hinten zogen sie ihren Kurs. Dort? Was war das für ein Dort? Wie weit? Wie nah? Man konnte es nicht sagen, nicht schätzen. Um zu sagen, wie weit die Schiffe vom Strand entfernt waren, müßte man wissen, wie groß sie aus der Nähe waren. Klein und nah? Groß und fern? Dort war wie hier, vorhin wie jetzt, und in der Monotonie des Wasserfeldes ertrank die Zeit.

Aber konnte sie nicht auch aus dem Wasser wieder auftauchen wie jeden Morgen die Sonne? War das Gestern nicht immer da, nur verdeckt von der Masse der Welt? Ja, da hinten auf einem der Schiffe konnte etwas begonnen haben; vielleicht war dort auch etwas zu Ende gegangen; alles war möglich, überall lagen Schlüssel zur Welt, zum Leben, zu Geschichten, jedes Stück Treibholz ein Schlüssel, jede verrostete Tonne, jeder Teerbrocken. Da hinten auf einem der Schiffe lag jetzt vielleicht die Fläche des offenen Meeres wie ein schwarzes Rund unter der helleren Kuppel des Nachthimmels; verloren auf dieser Fläche hielt das Schiff seinen Kurs, und hinter ihm zog sich die verschlafen schäumende Wegspur in die Ferne, wo der Horizont dunkel und trauervoll schien; im Kielwasser zersprang das Mondlicht zu Splittern, und das Echolot kreiste, gab hin und wieder einen dünnen Piepton von sich und zeigte traurig und geheimnisvoll etwas an. Was zeigte es an? Wer fuhr auf dem Schiff? Es gab so viele Geschichten und Gedichte über das Meer, an die er sich hier erinnerte, aber wenn sie ihm in den Kopf kamen, schoben sie sich wie Filter zwischen ihn und die Anblicke, denn es waren nicht seine Geschichten, nicht seine Gedichte, und über das Meer wollte er auch keine Geschichte schreiben, aber er hoffte doch, ohne es sich recht einzugestehen, daß ihn das Meer in eine Geschichte hineintrüge wie in jenem

Gedicht, an das er sich schwach erinnerte, ohne seinen Wortlaut in sich wachrufen zu können; er nahm sich vor, es nach seiner Rückkehr nachzuschlagen. Auch nachts lag das Meer nicht in Ruhe, gab aber dem unruhigen Denken, dem Grübeln und Suchen, wie anzufangen, wo anzufangen sei, die Möglichkeit des Schlafs, eine Zusage von Ruhe, so wie die Nachtlampe in der Steckdose für die Kinder, die sich bei ihrem Schein weniger einsam fühlten. Im Dunkeln glich dann die See der Musik, die nicht wie die Sprache vom Flüstern, Sprechen, Schreien der Dinge umgeben bleibt; sie scheint von Menschen zu schweigen, ist aber erfüllt von ihren Regungen. Einmal, im Traum, war die See glatt wie ein Spiegel gewesen, über dem ein Möwenschwarm kreiste; aber kreiste er über dem Spiegel oder in der Tiefe? Und was war gespiegelt und was wahr? Das Geflatter war gespenstisch, und noch schlafend fragte er sich, ob er selbst beflügelt sei oder nur mit den blutleeren Fiktionen seiner erfundenen Geschichten Kreise zog; dann schreckte er schweißgebadet hoch und kritzelte unter den Eintrag »Brandungsgedicht nachschlagen« hastig etwas in sein neben dem Bett liegendes Notizbuch.

Letzte Siesta

Gloria? Ethel?

Nein, Mama, ich bin's, Sarah. Gloria ist wieder weg, und Mrs. Vanhoop ist auch nach Haus gegangen.

Nach Haus, ja. Gut ... Lea hob den Kopf aus den Kissen, ihr Gesicht durchsichtig wie eine im Wind zergehende Wolke.

Möchtest du etwas trinken, Mama? Oder essen?

Trinken, ja ... Etwas Tee vielleicht.

Sarah stand auf, legte das Buch aufgeschlagen aufs Tischchen, schenkte Tee in eine Schnabeltasse, löste das verordnete Schmerzmittel darin auf und setzte Lea die Tasse an die Lippen. Sie trank in kleinen, gierigen Schlucken. Weißt du eigentlich, was das ist? fragte sie und deutete auf das Medikament.

Sarah nahm die Packung, ein Schmerzmittel.

Auf Morphiumbasis, sagte Lea. Morphium. So weit ist es mit mir gekommen. Dein Vater hat auch Morphium bekommen, damals, als ihn die deutsche Flak erwischt hatte; sein Navigator hat's nicht überlebt.

Aber Mama ...

Lea legte den Kopf aufs Kissen zurück und drehte die dunklen Augen zum Fenster, durch das wie gestern, wie vorgestern, schon Abendlicht brach. Die Sonne singt, sagte sie.

Ja, Mama, sie geht bald unter.

Nicht sinken, singen. *The sun's singing.* Ich kann es hören. Was liest du da eigentlich?

Einen Roman, Mama, den ich …

Was denn für einen Roman?

Einen deutschen Roman, den ich dir mitbringen …

Die Töne der Sonne vibrierten in unregelmäßigen Rhythmen durch ihre Erinnerung, die immer transparenter zu werden schien, je mehr sie sich von der Abfolge in der Zeit löste und zu Bildern wurde, die von innen heraus leuchteten, aus sich selbst, aus ihrer unzerstörbaren Essenz. Die Nähte der gestärkten Rot-Kreuz-Uniform drücken gegen ihre Hüften, als sie mit übereinandergeschlagenen Beinen neben dem Bett des noch immer schlafenden Bomberpiloten sitzt; er ist mit knapper Not vom Einsatz zurückgekehrt – im Grunde keine schwere Verletzung, aber hoher Blutverlust; wenn er aus seinem Morphiumschlaf erwacht, soll Lea sofort den Arzt rufen. Sie liest, das Buch auf dem Knie, ab und zu blickt sie vom Buch auf und ins unrasierte Gesicht dieses, wie heißt er gleich? McColby, John McColby, und irgendwie gefällt ihr das Gesicht auf den ersten oder zumindestens zweiten und spätestens dritten Blick. Sie liest, wie er läuft mit ackerschweren Füßen, das Spießgewehr in hängender Faust. Es ist das Ende, das Ende des Buchs. Seht, er tritt einem ausgefallenen Kameraden auf die Hand, – tritt diese Hand mit seinem Nagelstiefel tief in den schlammigen, mit Splitterzweigen bedeckten Grund hinein. Noch eine Seite, eine letzte Seite. Was denn, er singt! Wie man in stierer, gedankenloser Erregung vor sich hin singt, ohne es zu wissen, so nutzt er seinen abgerissenen Atem, um halblaut für sich zu singen:

Ich schnitt in seine Rinde
So manches liebe Wort –

Die Obstbäume im Nachbargarten, die Buchen, Eichen, Linden im Schloßpark. Verbrennen die Bäume in den Bombennächten auch? Sie liest, wie er liegt, das Gesicht im kühlen Kot, die Beine gespreizt, die Füße gedreht, die Absätze erdwärts …

Muß ja ein spannendes Buch sein, das Sie da lesen, Miß!

Er ist aufgewacht, ohne daß sie es bemerkt hätte, hat sie seit geraumer Zeit beobachtet und grinst sie fröhlich und ein bißchen schmerzverzerrt an. Sie errötet und klappt das Buch zu. Und so hat es angefangen mit Lea und John. Ein paar Tage später, Arm in Arm im Garten des Lazaretts, das vor dem Krieg der Landsitz eines Lords war und es nach dem Krieg wieder sein wird, Arm in Arm auf der Bank am Teich, in dem sich die Sonne spiegelt, die Sonne, deren Klänge Lea jetzt, seltsam genug, hören kann, ein Flirren und harmonisches Schwingen, fragt John plötzlich: Warum liest du immer noch deutsche Bücher? Du hast Deutschland doch verlassen müssen.

Ja, nickt sie, aber die Sprache hat Deutschland auch verlassen; sie lebt jetzt in Santa Monica und in Schweden, in Pacific Palisades und in London, in New York und in Mexiko.

Und später hat die Sprache in Long Hills/New Jersey gelebt, in Leas über die Bücher geneigtem Kopf, und sie hat sogar in Leas Kindern ein schartiges Exil gefunden; aber David lebte nicht mehr, und wer würde mit Sarah Deutsch reden, wenn Lea bald nicht mehr aus diesen durchsichtigen Bereichen zurückkehrte, in denen alles Sprache war, sogar das Licht Sprache, das schwindende Licht.

Sarah? Gefällt es dir?

Was?

Das Buch.

Ja, Mama. Weißt du, ich habe es eigentlich für dich gekauft, weil nämlich ...

Wie heißt es denn?

Letzte Siesta, sagte Sarah, und als sie die beiden Worte aussprach, wurde ihr bewußt, wie zweideutig das klang an diesem Totenbett.

Letzte Siesta, aha ... Das ist gut. Klingt aber nicht sehr deutsch.

Doch doch. Das Buch handelt nämlich von Italien, von Rom. Der Autor stammt übrigens aus ...

Italien, wie schön ...

Da pulsieren blaugetränkte Bilder aus den Klängen der Strahlen, Bilder, deren Ränder von weißem Licht überflutet werden, weiße und gelbe Mauern, Pinien und braune Schatten; Leas Vater trägt sich mit dem Gedanken, seinem Konfektionsgeschäft eine Abteilung hinzuzufügen, in der aus Italien importierte Schuhe angeboten werden sollen, und so geht er auf Geschäftsreise in dies hellere Licht, in diesen ungeheuren Azur, und Lea und das Kindermädchen dürfen ihn begleiten; Lea trägt ein bis zu den Knien reichendes, rüschenverziertes Badekostüm, rot-weiß-quergestreift, und steht an der Wasserlinie eines Strandes, sehr weiß, sehr blau, das Meer hüpft in witzigen, winzigen Wellen zu ihren Füßen hinauf, zu den Waden, schäumt, rauscht, hüpft wieder zurück, sehr blau, und ganz hinten, wo der Himmel das Meer trifft, dunkelflaschengrün; Lea, ruft das Kindermädchen, aber nicht so tief hinein. Nein, nicht so tief hinein ins große Blau, das immer näher kommt ... Wie hieß nur das Kindermädchen? Anna? Hanna? Wie war noch der Name?

Sarah, bist du noch da?

Natürlich, Mama.

Wie war doch noch gleich der Name?

Haresch.

Haresch, sagst du? fragte Lea, als habe sie nicht verstanden.

Ja, der Autor dieses Buchs heißt Claus Haresch. Geboren 1951 in Oldenburg, lebte mehrere Jahre …

Oldenburg in Oldenburg?

Ja, Mama. Dein Oldenburg in Oldenburg. Deshalb habe ich das Buch doch für dich gekauft.

Ich verstehe, murmelte Lea, ich verstehe. Haresch, ja … Es fügt sich zusammen, es schließt sich …

Sagt dir der Name etwas, Mama?

Sagen? Der Name? Sagen …

Mama, hörst du mich noch?

Sagen, ja. Sie muß es Sarah jetzt sagen, sonst wird es nie mehr gesagt. Es ist ja noch alles da, aber es ist schwer, die Zunge zu bewegen, den Mund zu öffnen, die Worte zu formen. Die Bilder sind leicht und klar, an den Rändern strahlen sie im weißen Licht; manchmal blendet es, dann fließen die Bilder ineinander. Lea geht durch den Garten, öffnet die Holzpforte, das leise Knarren, steht, geschützt von Johannisbeersträuchern, Stachelbeersträuchern, ja, Stachelbeersträuchern, in dem weichen Schatten, im Garten der Nachbarsfamilie. Haresch. Sagt dir der Name etwas? Und da kommt Heinrich auf sie zu, Heinrich Haresch, er hat längst auf sie gewartet, und sie umarmen sich, es ist schwer, den Mund zu öffnen, küssen sich, die Zunge zu bewegen, küssen sich, schwer, Worte zu formen, aber dann sagt Lea: Mein Vater verreist in einer Woche, dann ist es soweit, dann kommst du zu mir, und sie küssen sich wieder, sagen: Ich liebe dich, Lea, und: Ich liebe dich, Heinrich. Sagen? Sie will es Sarah ja sagen, aber es ist schwer zu sagen, schmerzhaft zu sagen; Heinrich braucht sie es nicht zu sagen, er muß es ja mit ansehen, mit Knüppeln schlagen sie auf ihn ein, Rassenschänder, brüllen sie, mit Stiefeln treten sie ihn zusammen, und jetzt die Judenhure, grölen sie. Ihrem Vater hat sie es gesagt, er hat es ihr an den Augen abgelesen, und dann ist es aus ihr herausgebrochen. Jetzt ist es genug, sagt ihr Vater, schlägt mit der Faust auf den Tisch, zerschlägt eine von Großmutters chinesischen Vasen auf dem Parkett, schreit: Genug! Kriegstreiber, Mörder, Diebe, Brandstifter. Dies Land ist ein Schweinestall. Es ist genug. Wir gehen, Lea, wir gehen nach London. Ich muß gehen, sagt sie zu Heinrich Haresch, sagt es ihm über den Gartenzaun, und er antwortet nicht, aber er nickt, weil er weiß, daß sie gehen muß, wenn sie überleben will. Sonst sagt sie es niemandem, es ist nicht möglich, die Zunge, der Mund verweigern die Worte. Selbst John kann sie es nicht sagen, ihm am wenigsten, es würde alles zerstören; die Hochzeitsreise nach Mexiko, das Bett vor der geöffneten Balkontür, das Meer, und die Sonne, die sie so gut hören konnte jetzt, im Zimmer. Sag mal, sagt John und gleitet sanft mit den Fingerspitzen über ihren Rücken, dieser andere, war das – ein Nazi? Sie fährt herum, hält ihm den Mund zu, schüttelt den Kopf, daß die Haare fliegen. Frag mich nie danach. Ist ja schon gut, sagt er und fragt nie wieder. Vielleicht hat er ihn getötet bei einem seiner furchtbaren Nächte über Deutschland, mit einem Fingerdruck getötet? Und Heinrich? Ist er am Leben? Haresch, sagt dir der Name was? Ohne Heinrich wäre sie nicht nach London gekommen, nie nach Long Hills; ohne Heinrich kein John, kein David, keine Sarah. Und jetzt wurde der Schein immer heller, das Klingen der Strahlen deutlicher, jetzt war die Zeit, es zu sagen.

Sarah? flüsternd, sehr schwach.

Ja, Mama.

Ich muß dir etwas sagen. Es ist wichtig. Kannst du mich hören?

Ja.

Es ist meine Geschichte.

Ja?

Und die Geschichte von Heinrich, von Heinrich Haresch. Leas Stimme war kaum noch zu hören. Sarah legte das Ohr an ihren Mund. Und es ist auch deine Geschichte, Sarah. Und vielleicht auch die von diesem Schriftsteller, diesem Claus Haresch. Hörst du mich noch?

Ja, Mama.

Es ist unsere Geschichte, ja, unsere Geschichte. Wir kommen nicht davon los. Ich kann es jetzt nicht mehr sagen. Das Licht ist zu hell …

Mama?

Ich habe es aufgeschrieben, damals, weil ich es nicht sagen konnte. Ein Brief. Ich wußte gar nicht, für wen ich das schrieb, an wen. An Heinrich vielleicht. Oder an dich. Oder an alle.

Ja?

Heinrich wußte es. Am letzten Abend, am Gartenzaun, habe ich es ihm gesagt. Ich bin fast da, die Sonne singt, der Brief …

Mama?

Der Flügel, der Flügel …

Mit dem Sterben hat es folgende Bewandtnis: Nach gewissen Zuständen der Abwehr, der Angst, des Ekels, die nur noch ein wacher Wille gewaltsam überwinden könnte, fällt die Orientierungsfähigkeit in der direkten Umgebung aus, Orte und Zeiten, die man erlebt, gelebt hat, schieben sich ineinander; dann mag man sich nicht mehr der Anstrengung aussetzen, zu begreifen, was geschieht, was geschehen ist, mag nicht mehr der Erinnerung die Gewalt der Worte antun; alles Sprechen fällt hinter die Wirklichkeit zurück, die gewesene, die des Moments, und der Rest ist Schweigen; das Denken, wenn es noch Denken ist, fällt schwerer und schwerer, Worte schmelzen, Ursachen und Wirkungen verschwimmen zu flimmernden Lichtbahnen auf nächtlichen Meeren, Begriffe, was sind Begriffe? haften nicht mehr; es ist, als würde alles Wirkliche und Abstrakte zurückgenommen wie Dimmerlicht in einem Kino, bevor sich der Vorhang öffnet, als sähen die Augen auf die innere Leinwand, um dort Gründe für das Verschwinden der Geistigkeit zu erhaschen. Gefäßkrämpfe im Gehirn machen noch einmal alles durchscheinend klar. Dann kommt wohl eine Art Schlaf, aber das Ich ist noch nicht fort, es geht träumerische Wege, flutende Wege, an deren Ende Licht glüht, aber man kann das Ende nicht absehen in dieser Glut. Dann verschwindet das Ich, erstickt wie eine im Sand gelöschte Fackel, nachdem schon das, was manche volles Bewußtsein nennen, längst entschlafen ist. Schließlich gibt auch der Anruf keine Reflexe mehr, kein Name, kein Klang, holt Erinnerungen wieder herauf. Aber die Nägel wachsen noch weiter. Und das Haar.

Ein Brief

Sie waren kaum zu Hause angekommen, als es zaghaft zu tröpfeln begann, und nachdem sie das Gepäck ins Haus geschafft hatten, fiel ein dichter Landregen, als ob das Wetter ein Ausrufezeichen hinter das Ferienende setzen wollte. Während Anne Haresch mit den Kindern die Koffer auspackte und den Haushalt auf Alltagsniveau brachte – morgen mußten die Kinder wieder zur Schule –, ging Claus zu den Jungmanns hinüber, den Nachbarn, die während ihrer dreiwöchigen Abwesenheit die Blumen gegossen, die Katze gefüttert und den Briefkasten geleert hatten. Als Dank brachte er eine Flasche deutschen Wein mit, halbtrockenen Mosel, den seine Mutter einmal als Gastgeschenk mitgebracht hatte; und weil das Rentnerehepaar von trockenem Wein nichts wissen wollte (»da kann man ja gleich Essig trinken«), von ausländischen Erzeugnissen schon mal gar nichts (»Chianti paßt zu Pizza, aber nicht zu uns«), waren Herr und Frau Jungmann (»Papa, warum heißen die eigentlich Jungmann? Sind doch schon Oma und Opa«) dankbare Abnehmer dieses deutschen Erzeugnisses.

Ach, der Herr Haresch. Herzlich willkommen daheim.

Frau Jungmann trug ein zu einer Art Turban verschlungenes Küchenhandtuch auf dem Kopf, was ihr ein fast morgenländisches Aussehen verlieh, und hatte eine Schürze mit der gestickten Aufschrift Wo Mutti kocht, brennt nichts an umgebunden. Gerüche im Flur ließen auf Blumenkohl schließen.

Kommen Sie doch rein. Eberhard ist grad mit Rauhbein Gassi gehen, muß aber jeden Augenblick wiederkommen. Essen ist ja gleich fertig. Kommen Sie nur ...

Nein nein, ich will nicht stören, nur die Post ...

Aber Sie stören doch nicht, kommen Sie.

Frau Jungmann zog Claus durch den Flur ins Wohnzimmer und nötigte ihn auf ein schweres, dunkelbraunes Ledersofa; links die volle Eichenwucht einer altdeutschen Schrankwand, rechts ein mit Spitzenstores verhangenes Blumenfenster, an der Stirnwand des Raums eine Kommode mit Familienphotos in silbernen Standrahmen, darüber die Reproduktion von Van Goghs *Sonnenblumen*, an der Wand über dem Sofa ausladend gerahmte, düstere Tannen: Schwarzwaldlandschaft ohne Baumsterben. Claus stellte die Weinflasche auf das Spitzendeckchen des Couchtisches.

Das ist für Ihre Mühe.

Ach, das hätt doch nicht nötig getan. Trinken Sie einen Tee?

Vielen Dank, nein. Ich wollte nur die Post abholen und dann …

Ach was, soviel Zeit muß sein, bestimmte Frau Jungmann, die aus Aurich stammte und als hartgesottene Ostfriesin ständig heißen, nahezu kaffeeschwarzen Tee vorhielt, der nur durch gewaltige Kandisbrocken und Sahne trinkbar wurde.

Während sie noch in der Küche hantierte, trat Herr Jungmann samt Cockerspaniel Rauhbein ein, der sofort auf Claus zustürmte und auf seinem Schienbein begeisterte Begattungsbewegungen ausführte.

Pfui, Rauhbein! zischte Herr Jungmann, woraufhin der Hund von Claus abließ und sich in eine Ecke verzog. Na, wieder in Deutschland? prustete der rüstige Oberpostsekretär in Ruhe, ließ sich in einen Sessel fallen und rief: Mutti, ich nehm 'n Pils, ja!

Ja, nickte Claus. Das heißt, wir waren gar nicht im Ausland, sondern auf …

Muß man heutzutage ja auch gar nicht mehr hin, winkte Herr Jungmann weltmännisch ab, das ganze Ausland ist doch inzwischen bei uns. In der Blumenstraße hat jetzt noch so'n Türkenladen aufgemacht, Im- und Export. Frag mich, was die da eigentlich importieren. Ich hab gar nichts gegen die Türken, das nicht. Aber wenn die hier Rauschgift reinschleusen, das geht zu weit. Knoblauch, gut ... Das ist Geschmacksache, aber ansonsten ...

Frau Jungmann stellte die Teetasse vor Claus auf den Tisch, drückte ihrem Mann eine Flasche Bier in die Hand und verschwand wieder in der Küche.

Die EG, sagte Herr Jungmann und sog einen Schluck Bier aus der Flasche, die EG, ah ..., wenn das deutsche Reinheitsgebot kippt, dann ist Schluß. Maastricht, gut und schön. Der Kohl hat wahrscheinlich recht. Deutsche Einheit geht nur europäisch. Aber wenn das Reinheitsgebot kippt, dann können wir hier was erleben. Synthetisches Bier gibt's dann, bestrahlt; machen die im Ausland schon immer. Hollandtomaten, sage ich nur. Ohne mich. Beim Reinheitsgebot hört der Spaß auf. Dann ist Schluß mit der CDU. Ich würd natürlich nicht die Reps wählen, das wahrscheinlich nicht, beziehungsweise, obwohl die im Grunde ..., ich mein, man muß auch Verständnis haben für die jungen Leute. Keine Arbeit, keine Wohnung. Und wenn's doch Arbeit gibt oder mal 'ne Wohnung, dann werden da Asylanten reingesetzt, Neger, ich mein Schwarze, und Zigeuner, Russen, was weiß ich. Die Kinder betteln in der Fußgängerzone, direkt vor C & A, muß man sich mal vorstellen. Das hätt's früher hier nicht gegeben, sag ich mal so. In Oldenburg nicht. Oder was?

Nun ja, murmelte Claus und nippte am Tee, aus dessen schwarzbraunem Spiegel der Kandis wie ein Eisberg ragte, ich wollte eigentlich nur die Post abholen und mich bedanken, daß Sie eingehütet haben.

Herr Jungmann winkte wieder lässig ab: Post annehmen ist doch Ehrensache, Bürgerpflicht sozusagen, ist schließlich mein Metier gewesen. Über vierzig Jahre Postdienst, da brauch ich nicht mehr ins Ausland. Die ewige Meckerei über die Zustellzeiten, das ist Ignoranz. Miesmacherei. Was meinen Sie wohl, wie lange ein Brief in Anatolien läuft, oder 'n Einschreiben womöglich. Tja ... Da war übrigens mal 'ne Nachgebühr fällig bei Ihrem Postgut, einsfuffzig, mit Beleg. Und Drucksachen gibt's überhaupt nicht mehr. Auch ein Unding. Sie kriegen ja überhaupt unheimlich viel Post, Herr Haresch. Sagenhaft. Auch Zeitungen. Na ja, Sie sind Dichter, das leuchtet ein. Haben Sie denn was Schönes geschrieben im Urlaub? Oder schreiben Sie im Urlaub nicht? Vielleicht mal ein hübsches Gedicht oder so, könnt ich mir denken. Gedichte hab ich immer schon gemocht, war auch gut in der Schule mit Gedichten. Bloß heute, dies moderne Zeug, wie sagt man noch dazu? Lyrik? Das sagt mir weniger, wenn's sich gar nicht mehr reimt. Da kann man auch gleich Zeitung lesen oder lieber was vom Konsalik, das ist grundsolide. Der hat was drauf, ein Aufklärer, wie er im Buche steht, super ...

Eberhard, Essen ist fertig! schrillte Frau Jungmann vom Herd und bewahrte Claus vor weiteren Exkursen ihres Gatten in die Untiefen der Welt- und Literaturgeschichte. Herr Jungmann überreichte ihm mit amtlich-ernstem Gesichtsausdruck zwei prall gefüllte Plastiktüten; eine enthielt Zeitungen, die andere die übrige Post der vergangenen drei Wochen. Claus entrichtete ordnungsgemäß die Nachgebühr von DM 1,50, verabschiedete sich, ging auf die Straße hinaus und genoß den Regen wie ein reinigendes Bad nach einer schweren Schicht im Stollen deutscher Gemütlichkeit.

Ist doch ideal, daß die nie in Urlaub fahren, sagte Anne, als Claus die Jungmanns als einen Abgrund an miefiger Kleinbürgerlichkeit beschimpfte. Man kann sich seine Nachbarn schließlich nicht aussuchen.

Leider, knurrte Claus, während er am Küchentisch die Post sortierte, Telefonrechnungen, Kontoauszüge, kein erfreulicher Anblick, Steuerberater, Finanzamt, lächerlich, daß ein Schriftsteller als Unternehmer galt; Briefe von Redaktionen und Verlagen sortierte er gesondert aus, um sie später in Ruhe durchzusehen; Mitgliedsbeiträge: Tennisverein, PEN-Club, Eltern für unbelastete Nahrung, sag mal, müssen wir eigentlich überall Mitglied sein?

Ansichtskarten von Freunden aus allen Himmelsrichtungen, Gutkes wie stets Toskana, Beilerts diesmal Kanaren, Proßmanns französische Atlantikküste, Drahthoff gar USA, Chicago, Uniprofessor müßte man sein, Reitberger wieder mal Norwegen, Hünkens Polen, wie mutig. Sein Land aber auch nicht, murmelte Claus.

Was?

Man kann sich seine Nachbarn nicht aussuchen, aber leider auch nicht sein Land ... Ministerium für Wissenschaft und Kultur? Was wollen die denn? Auch Mitgliedsbeiträge? Er riß den Umschlag auf, las halblaut: Sehr geehrter ... etc. pp ... schlage ich Sie hiermit gemäß 53 Landeshaushaltsordnung als Stipendiat für einen Studienaufenthalt in der *Cité Internationale des Arts* in Paris vor ... muß mit Rücksicht auf die Auslastung des Apartements bereits zum 1. September angetreten werden. Die Höhe des Stipendiums beträgt monatlich ... der Büchner-Preis wär mir lieber, aber immerhin. Und Paris ...

Wie schön, Paris, sagte Anne, setzte sich an den Tisch und nahm Claus das Schreiben aus der Hand. Hast du dich darum beworben?

Er schüttelte den Kopf: Ich wußte gar nicht, daß es sowas gibt. Aber einem geschenkten Gaul ...

Das ist ungerecht, sagte Anne, hör mal: Die Apartements sind lediglich für eine Person bemessen und eingerichtet, so daß eine Unterbringung von Familienmitgliedern nur vorübergehend möglich ist und daher ...

Die Kinder müssen sowieso zur Schule, unterbrach sie Claus. Das läßt sich nun mal nicht ändern. Aber ich muß das ja nicht annehmen ...

Natürlich mußt du.

Nein.

Doch.

Also gut. Merci, ma chérie d'amour ...

Claus raffte Post und Zeitungen zusammen, ging in sein Arbeitszimmer, setzte sich an den Schreibtisch und bahnte sich einen Weg durch »Verlagsabrechnung II/92«, sehr unerfreulich, kein Schwein will mehr Romane lesen, »Eilige Korrektur« seines Musil-Aufsatzes, so eilig nun auch wieder nicht, kann warten, Anfrage eines gewissen *Food and Art*-Verlags, was es alles gibt! ob er zur Anthologie *Literarischer Restaurantführer Norddeutschland* einen Beitrag liefern wolle, Kochbücher, ja, das schien noch zu funktionieren; eine Nachricht seines Verlags, daß die italienische Übersetzung von *Letzte Siesta* vorerst nicht erscheinen könne, da der italienische Verleger im Augenblick wenig Chancen sehe, der also auch nicht; zwei Briefe von Lesern, einer mit Signierwunsch, das umfangreiche Manuskript eines verkannten Dichters, der um Lektüre und Vermittlung an einen Verlag bat, und noch ein Brief von seinem Verlag, der einen weitergeleiteten Luftpostbrief aus den USA enthielt. Der Absender war ihm unbekannt. McColby?

Long Hills / New Jersey
27. Juli 1993

Sehr geehrter Herr Haresch!

In der Hoffnung, daß Sie dieser Brief via den Verlag erreicht, wende ich mich in einer etwas ungewöhnlichen Angelegenheit an Sie. Um mich zu erklären, muß ich ziemlich weit ausholen.

Nachdem ich aus beruflichen Gründen drei Jahre in Deutschland verbracht habe, mußte ich vor einigen Wochen wieder in die USA zurückkehren, da meine Mutter starb.

Meine Mutter, Lea McColby, stammte aus Oldenburg. Sie wurde dort 1921 geboren, als einziges Kind des Textilkaufmanns David Grünberg und dessen Frau Emma (geborene Westermann), die bereits 1926 verstorben ist. 1938 mußten mein Großvater und meine Mutter nach England emigrieren. In London lernte meine Mutter dann den amerikanischen Offizier John McColby kennen – meinen Vater – und kam so schließlich in die USA.

Meine Mutter hat offenbar sehr an ihrer Heimat gehangen, denn sie hat oft und gern über ihre Kind-

heit in Oldenburg erzählt. Allerdings muß dies eine Art Haß-Liebe zu Deutschland gewesen sein, denn sie hat sich merkwürdigerweise immer geweigert, nach dem Krieg noch einmal dorthin zurückzukehren. Ich vermute, daß dies unter anderem mit den Umständen ihrer Emigration 1938 zusammenhängt, Umstände, von denen sie nur ganz selten und dann in vagen und widersprüchlichen Andeutungen gesprochen hat.

Nun werden Sie sich fragen, warum ich Ihnen das alles schreibe. Das ist so: Durch einen Zufall bin ich kurz vor meiner Rückkehr in die USA auf Ihren Roman »Letzte Siesta« gestoßen und habe das Buch gekauft, um es meiner Mutter mitzubringen; ich ging nämlich davon aus, daß es ihr vielleicht Freude machen würde, einen Autor zu lesen, der aus der gleichen Stadt stammt wie sie selbst. Leider hat meine Mutter wegen ihres sehr schlechten Gesundheitszustands das Buch nicht mehr lesen können (ich habe es gelesen, und es hat mir durchaus gefallen – aber deshalb schreibe ich Ihnen nicht); allerdings hat sie Ihren Namen noch zur Kenntnis genommen. Daraufhin hat meine Mutter dann kurz vor ihrem Tod erklärt, daß ihr der Name Haresch aus ihrer Oldenburger Zeit vertraut war. Offenbar hat sie eine enge oder jedenfalls für sie wichtige Beziehung zu einem gewissen Heinrich Haresch gehabt. Und diese Beziehung scheint vermutlich wie-

derum im Zusammenhang mit den ungeklärten Umständen ihrer Emigration zu stehen.

Leider hat meine Mutter über diese Umstände und diese Beziehungen nicht mehr zusammenhängend sprechen können, aber ich habe doch immerhin soviel verstanden, daß die Geschichte der Familie Haresch (oder jedenfalls die des Heinrich Haresch) unmittelbar mit der Geschichte meiner Familie verknüpft gewesen sein muß und daß dies alles von großer Wichtigkeit gewesen sei, für meine Mutter, für Heinrich Haresch, vielleicht sogar für beide Familien. Möglicherweise hat meine Mutter darüber auch Aufzeichnungen verfaßt, sprach sie doch am Ende von einem entsprechenden Brief, den ich aber in ihrem Nachlaß nicht auffinden konnte.

Nun ist Oldenburg keine sehr große Stadt, und der Name Haresch ist vermutlich nicht besonders häufig. Deshalb also schreibe ich Ihnen: Könnte es eventuell möglich sein, daß es sich bei Heinrich Haresch um ein Mitglied Ihrer Familie handelt? Vielleicht lebt dieser Heinrich Haresch noch? Wissen Sie etwas über die Beziehungen Ihrer Familie (wenn es sich denn um die gleiche Familie Haresch handelt) zur Familie Grünberg?

Ich hoffe, daß ich Sie mit diesen Fragen nicht belästige. Ich stelle sie, weil es in der merkwürdigen Geschichte meiner Familie mütterlicherseits offenbar eine Art weißen Fleck gibt, der mich, je länger ich nach dem Tod meiner Mutter darüber nachdenke, mit wachsendem Interesse erfüllt. Vielleicht überschneiden sich an dieser unbekannten Stelle die Kreise Ihrer und meiner Familie auf eine Weise, von der ich gar nichts weiß. Wissen Sie etwas?

Bitte verzeihen Sie nochmals mein plötzliches Eindringen in Ihre Welt und Ihre Geschichte. Ich wäre Ihnen sehr dankbar, wenn Sie mir eine kurze Antwort zukommen lassen würden; vielleicht handelt es sich ja auch nur um ein Mißverständnis, oder die Sache läßt sich mit drei Sätzen aufklären?

Mit freundlichen Grüßen
Sarah McColby

PS: Meine Mutter hat unmittelbar vor ihrem Tod noch von einem »Flügel« gesprochen, aber ich habe nicht mehr verstanden, was sie damit sagen wollte und weiß auch nicht, ob dies Wort einen Zusammenhang mit Heinrich Haresch haben sollte. Vielleicht hilft Ihnen das Wort weiter?

Das Wort, das Wort ... Vielleicht hilft es Ihnen weiter? Heinrich Haresch? Es könnte Onkel Heinrich gewesen sein, der jüngere Bruder von Claus Hareschs Vater, jener Onkel, den Claus nie kennengelernt hatte, weil er gefallen war. Gefallen. Ein zynischer Euphemismus. Aus dem Tritt gekommen, gestolpert, gefallen. Verreckt war der irgendwo. Wo eigentlich? Rußland? Er wußte so gut wie nichts von Onkel Heinrich. Grünberg? Familie Grünberg? Nie gehört. Wahrscheinlich Juden. Er wußte nichts von Oldenburger Juden. Merkwürdige Geschichte. Ging sie ihn etwas an? Das Wort ... Claus nahm sich vor, seine Mutter zu fragen, die er sowieso in den nächsten Tagen besuchen wollte. Dieser Brief verlangte nach einer Antwort, das war klar. Das Wort. Woran erinnerte es ihn? Gespenstisches Geflatter, Möwen, die über einem Spiegel kreisen, oder unter einem Spiegel, es war nicht zu unterscheiden gewesen. Er blätterte in seinem Notizbuch, »Meerfarben«, »Wellengeräusch«, nein, »Ponyreiten Montags 16–17«, »Produktive Langeweile«, auch nicht, »Flügel? Oder gespiegelt und abgemalt?«, ja, das war's, dahinter die Notiz »drei Uhr morgens«. Was war das? Was hatte er geträumt? Schon ausgewaschen, fadenscheinig geworden, die Notiz nur noch das hohle Echo einer Erinnerung, die verfallen war. Auf der selben Seite ganz oben der Eintrag »Brandungsgedicht nachschlagen«; richtig, das war ihm damals sehr wichtig vorgekommen, als könnte ihm das Gedicht Wege weisen, eine Richtung geben. Was hatte dieser Schwätzer vorhin gelallt? Lyrik nenne sich das, sage ihm nichts, wenn's sich gar nicht mehr reime, da könne man lieber gleich Zeitung lesen. Er ging zum Bücherregal und ließ den Zeigefinger an den Rücken entlanglaufen, eine blau eingebundene Kassette, Band I wahrscheinlich; er schlug im Index nach, Band I, ja, Seite ..., er blätterte fast gierig, da:

... Wo Wasser ist, kann man noch einmal leben,
noch einmal mit dem Tod im Chor die Welt
herübersingen,
noch einmal aus dem Hohlweg rufen: Seht,
wir sind geborgen,
seht, das Land war unser ...

Papa? Marie kam ins Zimmer. Stör ich dich?

Nein. Das heißt, im Augenblick ...

Guck mal, unser Muscheltelefon. Sie hatte eine der vom Strand mitgebrachten, großen Muscheln in der Hand. Irgendwie hatten sie und Till es fertiggebracht, durchs untere Ende der Muschel ein Loch zu bohren, ohne daß die Muschel dabei zersplittert war, und durch das Loch war ein Wollfaden gezogen, der aus dem Arbeitszimmer durch den Flur lief. Till steht mit dem anderen Ende im Wintergarten, sagte Marie und drückte Claus die Muschel in die Hand, hör mal, ob du ihn verstehen kannst.

Er legte die Muschel ans Ohr, das dünne Rauschen, als ob viele ferne Stimmen durcheinandersprachen und dennoch einen gemeinsamen Ton erzeugten. Weiße Flecken in der Familiengeschichte, sagte ein Stimme von jenseits des Ozeans. Oder braune Flecken. Unsere Familiengeschichten sind übersät mit braunen Flecken. Viel zu lange her, ausgestorben fast, in Altersheimen vegetierend. Und Nachbar Jungmann? Und die Mörder und Brandstifter in den blühenden Landschaften dieses Landes? Vielleicht überschneiden sich an unbekannten Stellen die Kreise unserer Familien auf eine Weise, von der ich nichts weiß? *Seht, das Land war unser …*

Kannst du Till hören? erkundigte sich Marie.

Ja, ich glaub schon. Ich glaub, er hat Hallo gesagt, Hallo Papa, hörst du mich?

Es funktioniert, rief Marie begeistert und verschwand wieder.

Hallo Papa, dachte Claus Haresch, hallo Papa, hörst du mich? Sein Vater hätte gewußt, was mit seinem Bruder Heinrich Haresch passiert war, was mit den Grünbergs. *Das Land war unser.* Aber Claus Hareschs Vater war seit sieben Jahren tot. Entscheidende Fragen konnte man immer erst stellen, wenn es zu spät war, wenn die Wasser sich getrübt hatten, wenn Gras über die Gräber gewachsen war. Ein paar dieser Muscheln hatte er selbst gefunden, tief in Sand eingeschlemmt, als er einmal mit den Kindern eine Sandburg gegen die einkommende Flut gebaut hatte; sie hatten ein tiefes Loch gegraben, in das von unten langsam Wasser nachdrückte, und den hochgeholten Sand und Schlick zu einem Wall aufgeschichtet, höher und höher, und der weiße Sand hatte seine Farbe verändert, wenn die Brandung gegen ihn anrollte, und sie hatten tiefer gegraben, immer tiefer, damit der Wall höher wurde, und schließlich hatten sie Muscheln aufgelesen und damit den Wall ihrer Burg bestückt, Zacken und Zinnen, vielleicht auch Ritter oder Soldaten, und irgendwann kam die große Welle, schäumte über alles hinweg und hinterließ nur einen flachen Haufen nassen Sands, den die nächste Welle vollständig einebnete. Dann waren sie nach Haus gegangen. Claus Haresch hatte bei diesem Spiel eine merkwürdige Befriedigung empfunden. Da war das unmittelbare Vergnügen, mit seinen Kindern zu spielen, das ihn zugleich in seine eigene Kindheit zurückversetzte, wenn er das Scheuern des scharfen Sandes auf Knien und Händen spürte, ein Glücksgefühl, in dem alles Gegenwart war, Vergangenheit nur der gestrige Tag und Zukunft etwas Unvorstellbares. Aber das unermüdliche, im Grunde auch ganz sinnlose Emporholen des Sandes, dies unverzagte Buddeln und Graben, das sich gegen eine Flut stemmte, die nie aufzuhalten war, hatte in ihm noch eine andere Assoziation wachgerufen, an die er sich jetzt nicht mehr erinnern konnte. Hatte er sich nichts notiert? Er blätterte in seinen Aufzeichnungen. *Wo Wasser ist, kann man noch einmal leben*, blätterte, *noch einmal mit dem Tod im Chor die Welt herübersingen*... Ausgraben, stand da, ausgraben? Und dann: Die Lust am Schreiben besteht in der Überraschung, sich plötzlich an etwas zu erinnern, von dem man nicht wußte, daß man es weiß.

Bei Muttern

Während der NDR nach den Katastrophenmeldungen des Verkehrsfunks sein Programm mit den *Classic-Highlights* fortsetzte und Vivaldis unvermeidliche *Vier Jahreszeiten*, vermischt mit dem Duft der milde köchelnden Burgundersauce, aus der geöffneten Küchentür drang, hob sich die Feuchtigkeit aus Rasen, Büschen und Bäumen und zog in feinen Schleiern ins Blaue, wo sie spurlos verging. Claus Haresch stand in der Küchenloggia seines Elternhauses, stützte die Hände auf die hüfthohe Mauerbalustrade, über die sich Triebe der Weinranken von der Hauswand fächerten, und sah in den Garten hinaus. Alles war wie immer, und doch hatte er das Gefühl, daß etwas fehlte. Da krümmte sich der verkrüppelte Apfelbaum, der nie geschnitten wurde und dennoch Jahr für Jahr soviel Früchte trug, daß er unter seiner eigenen Last zusammenzubrechen schien, die Rosenstöcke, die Wäschepfähle, an denen seit Jahren keine Wäsche mehr getrocknet wurde; die Rhododendron-Hecke zum rechten Nachbargrundstück hatte auch in diesem Jahr so heftig ausgetrieben, daß man sie würde zurückschneiden müssen, links vom Haus die Einfahrt mit der Garage, daneben das durchsichtige Hellgrün der Stachelbeerbüsche mit ihren starren Blättern, die lappigen Blätter der Johannisbeersträucher, deren Spitzen schon über die mannshohe Mauer zum hinteren Nachbargrundstück hinausragten, dahinter der asphaltierte Hof mit den Autostellplätzen und Müllcontainern hinter Fassaden aus Waschbeton vor dem vierstöckigen, schmucklos-sachlichen Appartementbau mit acht Eigentumswohnungen, der nach Verkauf und Abriß des alten Hauses in den sechziger Jahren errichtet worden war. Damals hatte Garten an Garten gegrenzt, getrennt nur von einem mürben Holzzaun, und durch die Pforte geht Claus Haresch, um mit dem Nachbarsjungen zu spielen, oder der Nachbarsjunge kommt durch die Pforte in Hareschs Garten, um dort mit Claus zu spielen. Sie klettern auf den Zaun, dann aufs Garagendach und von dort in die große Astgabel des Birnbaums, in der sie sich mit ein paar Brettern einen Hochsitz ... Jetzt wußte er, was ihm am Anblick des Gartens fehlte.

Es ist aufgedeckt! rief seine Mutter aus der Küche. Früher war diesem Ruf stets noch der Satz gefolgt: Wasch dir die Hände. Schinken in Burgunder, strahlte Johanna Haresch ihren Sohn an und band sich die Schürze ab, ist doch dein Leibgericht, oder?

Er nickte und dachte, Burgunderschinken bei 30 Grad im Schatten, eine lieb gemeinte Zumutung, setzte sich an den Tisch, ließ sich von seiner Mutter vorlegen, die durch die Loggia strömende Tageshitze verband sich mit den Kochschwaden zu einem drückenden Treibhausklima, so daß ihm Schweiß auf die Stirn trat, bevor er noch den ersten Bissen zum Mund führte.

Hast du den Birnbaum fällen lassen? fragte er unvermittelt, fast barsch, ohne sie anzusehen.

Aber ja, das hab ich dir doch gesagt.

Mir gesagt? Nicht daß ich wüßte.

Natürlich hab ich's dir gesagt, seufzte sie. Oder jedenfalls dem Gärtner. Es ging ja so auch nicht weiter.

War der Baum denn krank?

Krank? Im Gegenteil! Das war doch das Elend. Du weißt selbst, wie im Herbst die Birnen aufs Garagendach krachen. Furchtbar.

Das hat dem Dach aber nie geschadet.

Ach, Junge, wer weiß. Das ist ein altes Dach und wird nicht neuer. Die Fenster in der unteren Wohnung, da müßte auch wieder der Maler ran. Die Mieter kümmern sich nicht drum. Ich muß alles selbst machen, Gott sei Dank. Ich tu's ja nur für euch. Was du ererbt von deinen Vätern. Und in der Mansarde ist eine feuchte Stelle. Mich hat der Lärm gestört.

Welcher Lärm?

Nimm noch ein Stück Fleisch. Und Bohnen. Damit du mal ordentlich satt wirst. Nichts gegen Anne, du weißt, wie sehr ich sie schätze. Daß sie das alles unter einen Hut bekommt, die Kinder, den Laden. Aber dies vegetarische Kochen, also ich weiß nicht. Soll ja gesund sein, hört man. Reformkost war schon damals modern. Aber teuer. Die Kinder sehen manchmal sehr blaß aus. Als ob sie nicht richtig satt würden. Bei mir futtern sie immer wie die Scheunendrescher, als ob sie zu Hause nicht …

Also bitte, Mutti!

Ich kann dann nachts nicht schlafen, wenn die Birnen runterkrachen. Das ist wie in den Bombennächten. Hab ich dir das schon mal erzählt, wie ich mit Tante Elfriede in diesen Fliegeralarm geraten bin? Vierundvierzig war das, oder sechsundvierzig, ach nein, da war der Krieg schon zu Ende, und wie wir dann in diesen Hausflur geflüchtet sind und der Blockwart …

Ja, hast du bestimmt schon zehnmal erzählt.

So? Na ja. Ist auch lange her. Tante Elfriede ging noch zur Hauswirtschaftsschule. Der Blockwart hieß, glaub ich, warte mal …, ich komm jetzt nicht drauf.

Lenken.

Was?

Der Blockwart hieß Lenken.

Richtig. Woher weißt du das denn? Übrigens hat Mathilde Drohst, meine Nichte, deine Cousine, jetzt eine Stelle als Hauswirtschaftslehrerin bekommen. Hab ich dir das schon erzählt?

Ich denk, als Krankengymnastin?

Als Heilpädagogin, ja, so was Soziales jedenfalls. Das liegt uns im Blut. Familiensinn. Sich um andere kümmern. Du kümmerst dich viel zu wenig um meine Familie. Das ist schließlich auch deine Familie. Aber die wohnen eben nicht in Oldenburg. Familie Haresch, da war immer so'n Dünkel, so eine Art Hochnäsigkeit ... Da könnte ich dir Geschichten erzählen, da faßt man sich an den Kopf. Ach, das kann ich dir noch gar nicht sagen, das erzähl ich dir vielleicht mal später. Das verstehst du noch nicht, kannst du auch gar nicht verstehen, du hast es ja nicht erlebt. Das war die schlechte Zeit damals. Man muß es einfach erlebt haben. Schwarzmarkt, furchtbar. Wer was zu tauschen hatte, stand gut da. Vati hat sich Tabak auf dem Balkon gezogen. Manchmal muß man ja fürchten, daß alles wiederkommt. Alles wiederholt sich. Diese furchtbaren Dinge, die da überall passieren. Ich bete, daß ihr das nicht erleben müßt. Die Stadt hat jetzt Container aufgestellt. Wo soll man denn auch hin mit all den Menschen? Jugoslawien, Afrika, wo die alle herkommen. Wir müssen jetzt auch den Müll genauer trennen und ...

Sag mal, Mutti, was weißt du über Onkel Heinrich?

Onkel Heinrich? Welchen Onkel Heinrich?

Heinrich Haresch, Vatis Bruder.

Ach so, der. Das muß ein ganz entzückender Mensch gewesen sein. Leider hab ich ihn nie kennengelernt. Muß sehr, sehr charmant gewesen sein. Hochmusikalisch. Auch poetisch. Nimm noch Kartoffeln, sind Frühkartoffeln. Viel Vitamin C. Die Müllgebühren sind schon wieder erhöht worden. Furchtbar. Die Stadt nimmt's von den Lebendigen ...

Als du nach Oldenburg gekommen bist, war Onkel Heinrich also schon tot?

Ja, gewiß. Ich bin neunundvierzig hierher gekommen. Ach, das war nicht leicht. Deine Großmutter hatte sich eine andere Schwiegertochter gewünscht. Erstmal war ich katholisch. Und das in Oldenburg! Und dann hab ich kein Vermögen mitgebracht, nur eine kleine Aussteuer. Zum Beispiel das Schränkchen im Wohnzimmer, das gehörte dazu, und ...

Wie ist Onkel Heinrich denn gestorben?

Wie der gestorben ist? Gefallen, gefallen wie all die anderen. Oder vermißt, ja, ich glaub, der ist vermißt gewesen.

Wo denn?

Ja, das weiß ich natürlich überhaupt nicht. Darüber ist nie gesprochen worden. Merkwürdig, wo du das jetzt sagst. Rußland vielleicht, Stalingrad. Ich glaub, der war auch U-Boot-Mann. Furchtbar. Mein Bruder Engelbert ist auch in Stalingrad geblieben. Oder Leningrad. Nimm doch noch Fleisch! Mit mir ist ja überhaupt nicht gesprochen worden hier im Haus. Schweig still! das war die Parole deiner Großmutter. Immer den Mund halten, nicht aufmucken. Dein Vater hat auch nie was gesagt. Der könnte dir was von Onkel Heinrich erzählen, war doch schließlich sein Bruder. Aber dein Vater hat ja den Mund nicht aufgekriegt. Jetzt ist es zu spät, ach ja. Die Toten kann man nicht mehr fragen, nein nein ...

Manchmal fragen uns aber die Toten, sagte Claus und verschluckte sich dabei an einem Kartoffelstück, so daß er husten mußte.

Na na, sagte seine Mutter aufmunternd, da hast du wohl was in den falschen Hals gekriegt, was? Weißt du noch, wie dir mal eine Fischgräte steckengeblieben ist? Und Großmutter hat sie dir wieder rausgeholt?

Und Tante Käthe?

Käthe? Was soll mit der sein?

Na, ich mein, ob die vielleicht was von Onkel Heinrich weiß?

Warum soll die denn mehr wissen? Die war damals schon weg aus der Stadt. Und ich war noch nicht da.

Immerhin war es die Schwester ...

Schwester, ja. Die war immer etwas merkwürdig, hat nie geheiratet. Verehrer hatte sie noch und nöcher. Jetzt ist sie im Altersheim.

Senioren-Residenz nennt sich das wohl, sagte Claus und nahm sich vor, Tante Käthe bald einmal wieder zu besuchen.

Furchtbar. Ich will nie ins Altersheim. Hörst du? War's denn eigentlich schön auf der Insel, euer Urlaub? Für die Kinder doch bestimmt ganz herrlich. War das Essen in der Pension gut? Hoffentlich nicht zu schwer verdaulich; vor allem Kurzgebratenes vertrag ich gar nicht mehr, die Bauchspeicheldrüse. Frau Dings, äh, du weißt schon, soll Darmkrebs haben. Dr. Wegner fragt mich immer, ob mal bald wieder ein Buch von dir erscheint. Der leiht sich das dann bei mir aus. Bloß diese sexuellen Stellen gefallen mir gar nicht. Es gibt doch wirklich Schöneres im Leben als das. Nimmst du noch Fleisch?

Nein, nein, ich platze gleich. Sagt dir der Name Grünberg etwas? Müßte eine alte Oldenburger Familie gewesen sein, hatten wahrscheinlich ein Konfektionsgeschäft ...

Grünberg? Nein, der Name sagt mir gar nichts. Gibt's auch in Oldenburg nicht. Reich mir doch bitte mal die Bohnen. Weißt du noch, wie du auf deinem sechsten Geburtstag, oder war das Kurt-Robert? wie du da mit der Schüssel hingefallen bist? Ist doch schön, wenn man solche Erinnerungen hat, Kindheit, ach … Willst du wirklich nichts mehr? Soll ich Anne mal das Rezept geben? Fleisch ist doch so gesund, Kind, das schadet auch Vegetariern nichts. So, jetzt gibt's noch eingelegte Birnen. Ist doch schön, wenn man so einen Baum im Garten hat.

Ja, Mutti, sehr schön, danke.

Der alte Herr Wahring ist übrigens gestorben. Ganz plötzlich. Damit muß man rechnen in dem Alter. Infarkt. Oder Schlaganfall. Infarkt wohl. Kann mir auch passieren. Du hast sicher die Todesanzeige in der Zeitung gesehen.

Nein, Todesanzeigen lese ich nie.

Nicht? Aber die sind doch so interessant, Junge. Ja, das ist schnell passiert. Infarkt oder Schlag. Ich sollte dir jetzt mal sagen, wo die Schlüssel für den Sekretär liegen, die ganzen Papiere, Testament, die Banksachen.

Hast du mir schon gesagt.

So? Na, dann komm mal mit rüber ins Wohnzimmer, damit du Bescheid weißt. Ich zeigs's dir genau. Kann schnell passieren.

Aber Mutti, ich weiß es doch längst.

Sicher ist sicher. Manches kann man gar nicht oft genug sagen.

Sie gingen zusammen ins Wohnzimmer, wo sich Claus Haresch ins Sofa setzte und die Familiengalerie an der Wand über dem Schreibtisch anstarrte, während seine Mutter sich am Schreibtisch zu schaffen machte.

Die Schlüssel für den Sekretär im kleinen Zimmer liegen in der linken, nein, in der rechten Schublade.

Fotos von Claus Haresch und seinem Bruder Kurt-Robert als Kinder, als Studenten, als Erwachsene.

Die rechte Schublade ist natürlich abgeschlossen, und der Schlüssel liegt hier im linken Seitenfach, nein, Moment, oder doch, da ist er ja.

Fotos von Till und Marie.

So, und der Sekretärschlüssel liegt jetzt in der Stahlkassette, hier. Der Schlüssel für die Kassette liegt im rechten Seitenfach unter der braunen Ledermappe.

Verschiedene Fotos von seinem Vater.

So. Und in der Kassette ist die Messingdose, die Vati mir zur Hochzeit geschenkt hat.

Als Wehrmachtsoffizier in Uniform.

In der Dose ist das grüne Lederetui.

Als von den Nachkriegsnöten ausgemergelter Bräutigam.

Und darin ist der Schlüssel für die Klappe des Sekretärs.

Als Vater mit seinen Söhnen, zwei und vier Jahre alt, auf dem Schoß.

Damit machst du den Sekretär auf.

Als kranker Mann kurz vor seinem Tod.

Der Schlüssel fürs Geheimfach liegt dann in der vierten Lade von unten.

Bräunlich angelaufene Fotos der Urgroßeltern und Großeltern beider Familienzweige, würdevollerstarrte Blicke aus einer versunkenen Welt.

Nein, in der dritten. Ach Gott, ja, ich werd auch nicht jünger.

Und im Mittelpunkt das Ölgemälde von Claus Hareschs Großmutter, streng und kühl im preußisch-blauen Kostüm auf dem Tannengrün des Sessels.

Hörst du mir überhaupt zu? Du mußt doch wissen, wo der Schlüssel ist.

Natürlich hör ich dir zu, Mutti. Irgendwie muß ich dir immer zuhören ...

Sie drehte sich zu ihm um, fing seinen Blick auf. Das Bild von Großmutter, sagte sie, na ja, die Geschichte kennst du wohl, die muß ich nicht noch mal erzählen. Das war nämlich so: Dein Vater hat 1944 das Ritterkreuz bekommen, weil er an einem Tag sechs, nein, sieben glaube ich, sieben russische Panzer vernichtet hat. Das waren schon Rückzugsgefechte damals. Die Orden liegen alle im Keller, bei den anderen Sachen von Vati, in den beiden Kisten neben der Werkbank. Ritterkreuz war was ganz Besonderes. Er hat es natürlich auch angenommen, das schon. War ja eine große Ehre. Aber er hatte doch Distanz zum Krieg, zu den Nazis sowieso. Also die ganze Familie Haresch war ziemlich dagegen. Meine Familie natürlich auch, jedenfalls zum Schluß. Mein Bruder war in der Waffen-ss, furchtbar. Er hat sich geirrt. Wir haben uns alle geirrt. Wir hatten ja überhaupt keine Ahnung, man wußte nichts. Das mit den Juden hat keiner wissen können. Wie denn auch? Wir waren auch viel zu jung damals, Gott, waren wir naiv. Na, wir haben dafür büßen müssen, das kann ich dir sagen. Es muß auch endlich mal ein Ende haben mit dem Rumwühlen in der Vergangenheit. Es gibt doch heutzutage wirklich Wichtigeres. Die Arbeitslosigkeit, die Umwelt, die Ausländer. Von mir wirst du nie hören, daß die Nazis auch ihr Gutes hatten, um Gottes willen. Aber manche Probleme hätte es damals nicht gegeben. Und dein Vater war an der Front, gleich nach dem Abitur eingezogen, erst Frankreich, dann Rußland. Das war doch auch keine Jugend. Die Stadt war stolz auf ihn, als er das Ritterkreuz gekriegt hat. Und sie hat den Maler Dings, wie hieß er doch noch, Bernward, nein, Bernhard, Bernhard Winter beauftragt, ihn zu malen, mit dem Orden, in Uniform, als Geschenk der Stadt. Der Winter war hier in Oldenburg eine feste Größe in der Kunst, natürlich kein Picasso, was ja auch nicht jedermanns Sache ist. Ich meine, man muß erkennen, was auf dem Bild drauf ist, wenn man's schön finden soll. Und Kunst muß schön sein, nicht wie das Leben, das nenne ich Ästhetik. In deinen Büchern stehen manchmal auch Dinge drin, da frage ich mich, mein Gott, woher hat der Junge das? Das kann doch nicht schön sein. Ein Bild muß schön sein, ein Buch entspannen. Erbauen, nannte man das früher. Aber da hat dein Vater gesagt, nein, dafür ist mir doch mein Urlaub zu schade, auch noch Modell zu sitzen. Malt doch meine Mutter, wenn ihr unbedingt malen wollt. Und das hat der Winter dann auch gemacht. Sehr schönes Bild. Die Orden und der ganze Kram liegen übrigens auf dem Dachboden. Oder nein, im Keller wahrscheinlich. Ja, im Keller. Da fällt mir übrigens ein – du hast mich doch nach Heinrich gefragt? Da müßten auch noch Sachen von ihm liegen. Das hab ich damals alles zusammengepackt nach Vatis Tod. Lag im Schreibtisch. Irgendwelche Mappen und Papiere. Ich habs mir gar nicht angesehen. War doch viel zu furchtbar. Krieg, ach Kind, hoffentlich passiert das nicht wieder. In Jugoslawien ist er ja schon. Trinkst du noch einen Kaffee mit? Und dann muß ich auch los; Doppelkopfrunde bei Körners. O Gott, es ist ja fast drei Uhr. Beim nächsten Mal hast du vielleicht etwas mehr Zeit für mich, damit ich dir mal das eine oder andere erzählen kann.

Sag mal, Mutti, wo sind denn die Kellerschlüssel?

Die Kellerschlüssel? Was willst du denn damit? Die Kellerschlüssel sind da, wo sie immer sind.

Die Leiche im Keller

Vielleicht ist es nicht nur ein Schutz, sondern auch ein Vorteil, sich nicht an sehr frühe Kindheitserfahrungen erinnern zu können, weil man sich so Teile des eigenen Lebens erfinden muß und ihnen eine selbstkomponierte Melodie geben kann. Und indem die Erinnerungen der Alten verblassen, entstehen ebenfalls Freiräume, weiße Flecken auf der Geographie unserer tatsächlichen Geschichte, die wir nun mit unserer Phantasie ausmalen und zu Geschichten umschreiben können, die vielleicht mehr mit uns selbst zu tun haben als das wirklich Geschehene, weil wir nicht mehr nur Zeugen aus zweiter und dritter Hand sind, sondern zu Urhebern werden. Die Holztreppe mit den nach hinten offenen Stufen, vor denen er als Kind Angst gehabt hatte, weil er fürchtete, durch die Öffnungen in abgrundtiefe Dunkelheiten stürzen zu können, knarrte unter Claus Hareschs Schritten, und als er die Kellertür öffnete und das Licht anschaltete, streifte ihn plötzlich die Doppelsinnigkeit des Worts »Urheber« wie ein aus seinem Schlaf aufgestörter Schatten. Was sollte es auch zu heben geben in der radikalen Aufgeräumtheit dieses Hauses, in der nichts je dem Zufall überlassen worden war und jedes Ding und jede Person seinen ihm zugewiesenen Platz einnahm?

Der Schutzdraht über der Deckenleuchte teilte den weißen Schein in geometrische Segmente, deren Streifen die Sauberkeit und Ordnung des Raums noch verstärkten. In diesem Keller gab es weder Schmutz noch Staub noch Spinngewebe, kein Chaos aus Gerümpel, Sperrmüll, Schutt, keine dumpfen Kohlen- und Kartoffeldünste, sondern es roch nach scharfen Putzmitteln und Kalkfarbe, der Betonfußboden sauber geschrubbt. An der Wand hing und stand in Reih und Glied die Parade der Gartengeräte, die Werkbank, an der Ernst Haresch, sein Vater, mit der Herstellung von hölzernen Blumenübertöpfen und undefinierbaren Kleinmöbeln die Langeweile des Ruhestands vertrieben hatte, stand peinlich aufgeräumt unter einer Plastikfolie; in der Ecke ein paar Kartons und Kisten, wie mit dem Lineal in exakter Flucht übereinandergestapelt und mit Beschriftungen versehen: *Schulbücher Kinder, Kaffeeservice Tante Nora, Spielzeug und Briefmarkensammlung Kurt-Robert / Claus, Ersatzfliesen Bad 1. Etage, Faschingskostüme, Steuerunterlagen bis 1985*; ein Fahrrad, drei zusammengeschnürte Jalousien und mehrere Bilderrahmen standen zwischen Wand und dem aus Klinker aufgemauerten Tresen, Relikt jener Tage, in denen zuerst Kurt-Robert, später auch Claus, die Erlaubnis bekommen hatten, den Raum als »Party-Keller« zu benutzen. Besser hier, hatte Ernst Haresch seiner Frau beschieden, als in irgendwelchen Hasch-Discos. Die Decke ist mit buntbemalten Eierpappen beklebt, die Wände mit Postern der Halbgötter des Rock- und Popolymps, und aus dem Lautsprecher des tragbaren Zehnplattenwechslers, dem noch durch ein uraltes Radio mit Stoffbespannung eine Art Stereo-Effekt entlockt wird, jammern die Walker Brothers *The Sun Aint't Gonna Shine Anymore*, hämmern die Kinks *You Really Got Me*, heulen die Beach Boys *Surfin' USA*, und die Beatles und Stones sind eh die Größten; bei *Je t'aime, moi non plus* läßt sich das Licht sogar dimmen, und er spürt Uschis kleinen Busen und schiebt sein Knie zwischen ihre Beine. Das waren die Bruchstücke seiner Geschichte, seiner kleinen, sicheren, überschaubaren Geschichte, für die Apo zu jung, für den Punk zu alt, die braunen Schatten der Vergangenheit langweiliger Stoff im Geschichtsunterricht, der Wohlstand stieg und stieg, Kriege fanden woanders statt, in weiter Ferne, die DDR ein exotisches Land, dem die Alten in lächerlicher Nostalgie nachhingen, indem sie am Heiligen Abend Kerzen für die Brüder und Schwestern von drüben in die Fenster stellten. Und dennoch wimmelten unter der glatten Oberfläche dieser Kindheit, die auf den Trümmern und

Scharten eines verheerenden Krieges wuchs, merkwürdige Monster, Gespenster der Vergangenheit, von denen nicht zweifelsfrei sicher war, ob sie noch lebten oder nur alptraumartige Erinnerungen der Erwachsenen waren: Führer hießen sie, Deutschtum und Rasse, Nationalismus, Gestapo und Juden, Blut und Boden, aber auch Russen und Sowjets, Klassenkampf und Revolution, Stalin, Chruschtschow, Ulbricht und Pieck.

Weihnachtsschmuck & Osterdekorationen stand auf einem der Kartons neben der Werkbank. Was suchte er eigentlich hier? Was ging ihn dieser verschollene oder gefallene Onkel denn an? Soll sehr musikalisch gewesen sein ... Der merkwürdige Brief aus New Jersey. Die Orden und der ganze Kram liegen übrigens im Keller. Hat unmittelbar vor ihrem Tod von einem Flügel gesprochen, vielleicht hilft Ihnen das Wort weiter? *Noch einmal mit dem Tod im Chor die Welt herübersingen ...* Meine Geschichte hat doch erst 1951 begonnen, dachte er, ein Kind der Bundesrepublik, der Demokratie, des Wohlstands, der Sicherheit, frei von Nationalgefühlen, zufrieden mit dem merkwürdigen Kunststaat im Schutz der Amerikaner. Es war sein Land, weil es das Land eigentlich gar nicht gab. *Das Land war unser.* Mußte 1938 emigrieren und kam so in die USA. Ein weißer Fleck in der Geschichte meiner Familie. Vielleicht überschneiden sich an dieser unbekannten Stelle die Kreise. Wissen Sie etwas? Er stellte den Karton mit dem Weihnachtsschmuck zur Seite; darunter eine Kiste mit der Aufschrift *Schuhe & Stiefel*, ganz unten eine flache Kiste aus hellem Holz, in der Weinflaschen gewesen waren, auf dem Deckel mit schwarzem Filzstift:

Nachlaß Ernst Haresch.

Er riß das Klebeband herunter, das kreuzweise um die Kiste gewickelt war, und hob das Deckelbrett ab. Mehrere Aktenordner aus graumelierter Pappe, die früher in einem Regal neben dem Schreibtisch seines Vaters gestanden hatten. Claus kannte ihren Inhalt: Versicherungspolicen aller Art, Korrespondenzen mit Behörden, Grundbuchauszüge, Kreditverhandlungen, alte Mietverträge – alles Dinge, die aufzubewahren nicht lohnten, die wegzuwerfen seine Mutter aber nicht übers Herz gebracht hatte. Ein paar Pfeifen und Pfeifenreiniger; Claus konnte sich nicht erinnern, daß sein Vater Pfeife geraucht hatte, immer nur Zigaretten und Zigarillos; die Pfeifen mußten aus der Zeit stammen, da er sich seinen Tabak auf dem Balkon gezogen hatte. Ein Taschenmesser. Ein Schlüsselbund. Zwei Brillen und eine Sonnenbrille. Das Ledersäckchen mit den Orden, das früher ganz hinten im Schreibtisch gelegen hatte; Kurt-Robert und Claus waren als Kinder davon fasziniert gewesen, und ihr Vater erlaubte auch, daß sie sich die Orden ansahen, viele

Orden, hohe Orden, ein Infanterie-Offizier der kämpfenden Truppe, mehrfach verwundet und nur knapp mit dem Leben davongekommen; bis zu seinem Tod trug er immer noch Granatsplitter im Rükken, die ihm das Bücken schwer machten und zu dicht am Rückrat saßen, um entfernt zu werden; aber zu ihrer großen Enttäuschung erzählte er fast nie von seinen Kriegserlebnissen; da gibt's nichts zu erzählen, das war Schwachsinn, sagte er dann, oder wenn er doch einmal etwas erzählte, dann waren es kuriose Anekdoten, aus denen das Grauen nur ganz schwach zurückschimmerte; Veteranenvereine, die Ernst Haresch gern in ihren Reihen gesehen hätten, gab er barsche Abfuhren, und als in den fünfziger Jahren die Bundesrepublik wiederbewaffnet wurde, trat er aus Protest in die SPD ein; 1971, noch kurz vor seinem Abitur, wurde Claus gemustert und für tauglich befunden, in der Bundeswehr sein Land gegen den Kommunismus zu verteidigen; daß er verweigerte, quittierte sein Vater mit stillem Vergnügen, als er anerkannt wurde, gratulierte er ihm. Und was war in dieser schweren, mit mehreren Einweckgummis umwickelten Zigarrenkiste? Eine in Öltuch eingewickelte Armeepistole, Modell 08, ohne Magazin. Weder hatte Claus gewußt, noch hätte er je damit gerechnet, daß sein Vater die Waffe aufbewahrt hatte. Und wozu? Wofür brauchte er eine Pistole? Er mußte sie all die Jahre sehr gut versteckt gehalten haben, gezeigt hatte er sie jedenfalls nie. Claus überlegte einen Moment, ob er sie an sich nehmen sollte, wickelte sie dann aber wieder in das Tuch und legte sie zurück. Die Mappe aus festem, abgeschabtem Leder enthielt Zeugnisse, Diplome und Ernennungsurkunden; er wußte es und sah gar nicht hinein. Ein paar glattgeschliffene Kieselsteine. Eine Bleistiftspitze aus Silber. Der grün-schwarz gestreifte Füllfederhalter. Ein Sturmfeuerzeug aus Messing. Eine Zigarettenspitze aus Perlmutt. Das war alles. Ehering, Siegelring, Manschettenknöpfe und die beiden Uhren, das wußte Claus, lagen oben in einem der Fächer des Sekretärs.

Alles? Nichts von Heinrich Haresch, nichts über ihn? Nichts geblieben aus diesem kümmerlich kurzen Leben, über das niemand etwas zu wissen schien? Claus blätterte durch die Aktenordner. Nichts. Als er die Kiste bereits wieder schließen wollte, fiel ihm ein, daß er nicht in die Ledermappe geschaut hatte; er klappte sie auf, die Urkunden und Zeugnisse fein säuberlich in Klarsichtfolien geordnet, und ganz unten ein flacher, abgegriffener Ordner aus Pappe, mattblau, stark berieben, darauf mit Bleistift in der klaren Lehrerhandschrift seines Vaters ein einziges Wort: *Heinrich.*

Der blaue Ordner

Papa?

Mhm …

Stör ich dich?

Eigentlich ja.

Dichtest du wieder was?

Eigentlich nicht.

Was machst du denn da unten? Marie war ins Arbeitszimmer gekommen und schaute zu, wie ihr Vater auf dem Fußboden verschiedene Papiere, Schriftstücke und Fotos hin- und herschob.

Ich sortiere etwas.

Was ist sortieren?

In Ordnung bringen, eine Reihenfolge festlegen.

Bist du das da?

Ich? Wo?

Da, das Bild. Marie zeigte auf das Porträtfoto des jungen, vielleicht zwanzigjährigen Mannes, das blonde Haar glatt aus der hohen Stirn nach hinten gekämmt, die Lippen zu einem zaghaften Lächeln verzogen, die Augen auf einen imaginären Punkt irgendwo hinter dem Fotografen gerichtet, als wollten sie etwas fixieren, was sich nicht fixieren läßt. Sieht so ähnlich aus wie du, nur viel jünger.

So? Findest du? Er hob das Bild auf und sah es sich noch einmal an. Nein, der hat doch gar keine Ähnlichkeit mit mir.

Doch.

Marie, laß mich bitte allein. Sonst komm ich hier noch ganz durcheinander. Ihr müßt doch auch bald ins Bett, es ist spät.

Das Kind ging hinaus, zog die Tür hinter sich zu. Claus Haresch sammelte das Material vom Fußboden und legte es auf dem Schreibtisch zu drei Stößen zusammen – Zeugnisse, Briefe, Dokumente. Schon die ersten, flüchtigen Blicke, die er vorhin im Keller seines Elternhauses in den blauen Ordner geworfen hatte, hatten gezeigt, daß die Geschichte Heinrich Hareschs durchaus nicht identisch war mit der Version, die seine Mutter glaubte oder glauben wollte. Im Zweiten Weltkrieg war er jedenfalls weder gefallen noch vermißt, und doch hatte ihn später ein Krieg verschlungen, ein Krieg auf der anderen Seite der Welt. Trotz der Briefe und Dokumente war vieles rätselhaft, und die Gründe für sein offenbar plötzliches Verschwinden aus Oldenburg blieben im dunkeln. Der weiße Fleck schien sehr groß zu sein, das Material im gelben Licht von Claus Hareschs Schreibtischlampe deckte lediglich einen Teil ab, den letzten, trostlosen Teil. Fetzen, Bruchstücke, Trümmer.

Das Abiturzeugnis von 1939: Dreimal *Sehr Gut* in Deutsch, Musik, Leibesübungen; einmal *Mangelhaft* in Mathematik; der Rest bestand aus *Ausreichend* und *Befriedigend*. Unter dem Zeugnis ein Zusatz: *Dem Schüler Heinrich Haresch wird auf Grund der nachgewiesenen Meldung als Kriegsfreiwilliger gemäß Erlaß des Herrn Reichsministers für Wissenschaft, Erziehung und Volksbildung vom 8. September 1939 – E III a Nr. 1947, W RV (b) vorzeitig die Reife zuerkannt. Oldenburg i. O., den 21. Oktober 1939.*

Ihm war also offenbar fast ein ganzes Schuljahr erlassen worden – ein Reifezeugnis, weil er in den Krieg wollte. Das Foto war nicht datiert, aber es mußte um diese Zeit aufgenommen worden sein; die glatte Stirn, die träumerischen Augen – das war noch nicht das Gesicht eines Mannes, der den Krieg gesehen hat. Und über den Krieg, in den er direkt von der Schulbank gezogen war, sagten die Unterlagen nichts.

Claus Haresch hatte alle Briefe und Dokumente chronologisch geordnet, und das dem Abiturzeugnis folgende Schriftstück war das unscheinbarste und zugleich rätselhafteste, ein schmaler, vergilbter Zettel, maschinenbeschrieben:

Oldbg., d. 19. 12. 47

Hiermit erkläre ich, daß alle meine Forderungen an Herrn Heinrich Haresch (Oldbg./O., Herbartstraße) durch Übernahme eines Orientteppichs u. eines Flügels heute beglichen wurden.

Eine mit Tinte geschriebene, völlig unleserliche Unterschrift.

Orientteppich? Flügel? Das Wort … Sie hat vor ihrem Tod von einem »Flügel« gesprochen, aber was wollte sie damit sagen? Eine Metapher? Ein Musikinstrument? Heinrich Haresch soll sehr musikalisch gewesen sein. Ob das Wort einen Zusammenhang zeigte, eine Spur? Vielleicht hilft das Wort weiter? Helfen Worte überhaupt weiter?

Dann kamen die Briefe, mit Kopierstift auf kleine, linierte Bögen gekritzelt, aber gut zu entziffern, alle noch in den Couverts, alle adressiert an Heinrichs Bruder Ernst Haresch.

Amsterdam, 3. Januar 1948

Lieber Ernst!

Ja, ich bin geflohen. Einen anderen Ausweg gab es nicht mehr. F. B. ist der Schuldige, noch einmal. Das weißt Du. Ich bin noch einmal der Dumme, zum letzten Mal. Denn ich fliehe nicht nur vor dem Skandal, den Mutti mehr fürchtet als ich selbst; ich fliehe vielmehr in etwas hinein, von dem ich noch nicht weiß, was es sein wird, aber es wird anders sein als die Engstirnigkeit, die Lieblosigkeit, der Muff und die Verlogenheit unseres Hauses, unserer Stadt; und es wird größer und freier sein.

Ich hoffe, hier bald auf einem Schiff anheuern zu können, das mich weit wegbringt, Südamerika, Asien, es ist mir einerlei, wenn es nur weit ist. Dies Land, diese Stadt ist nur eine Station; sie gruppiert sich zu einem engen Raum aus Wasser und Häusern, die schweigend aneinanderkleben, und über deren Dächern es regnet, andauernd, ohne Möglichkeit, Atem zu holen, lichtfern und betäubend. Die reichgeschmückten Giebel ragen ins niedrige Grau; wenn man die Fenster öffnet, meint man, zu den Wolken hinaufspucken zu können. Ein Akkordeonspieler dudelt etwas von Chopin, und ein fast distinguiert wirkender Bettler liest kleine Münzen von der Straße, die schlaff tönten und vielleicht den fratzenhaften Göttern Indonesiens galten, die man in manchen Schaufenstern sieht und die unsichtbar durch die Luft Hollands irren und das Sehnen der ihres Besitzes beraubten Kolonisten bevölkern. Java! Ferne Insel, deren Söhne hier den Kaffee servieren, während es immer noch regnet. Sumatra! Zigarrenduft quillt auf die Straße, wenn sich die Kneipentüren öffnen, Geneverdunst und die nie zu stillende Sehnsucht nach Ferne. Der kalte Wind zerbläst die Sehnsucht. Auf den Fahrrädern mit den hochragenden Lenkstangen sitzend, machen sie wie Trauerschwäne die Runde, zwischen den lebenden Aalen des Fischmarkts und den wunderbaren Schmucksachen der häßlichen Auslagen, von der gleichen Farbe wie die am Boden klebenden Blätter, und die geräucherten Heringe, die aussehen, als ob sie durch ein Meer aus Gold gezogen wären.

Am Neujahrsmorgen war ich mit einem Kameraden (ein Franzose, der auch auf ein Schiff wartet und den ich beim Genever traf) an der See. Mastengewimmel hinter Fischernetzen, in deren Säume als Netzschwimmer grüne Glaskugeln eingeflochten sind. Das war mein Weihnachtsbaum. Salzige Marschen, über denen Meerwasser kalt verdunstet. Der Himmel aus violettem Silber, die Sonne kalt über dem Horizont, fast ohne Strahlkraft in der feuchten Luft. Haufen weißgrauen Salzes leuchten aus dem Graugrün. In der Ferne Windmühlen, makellos gegen den Himmel wie Scherenschnitte aus einem Kinderbuch. Niedrige Dächer gegen den Wind gestellt. Ich hörte Räderrattern in der Nähe, dann eine Stimme hinter Ginsterbüschen. Ein Mann sprach mit seinem Pferd. Spinnen hatten ihre Fäden über den Weg gezogen; das Pferd trug davon einen grauen Schleier über den Fesseln, auf der Stirn. Der Schlamm, den die Wagenspuren hochgedrückt hatten, war fest wie Stein. Das Pferd schien gar nicht vorwärtszukommen, obwohl es einen Schritt vor den anderen setzte.

Manchmal habe ich Angst, daß ich diesem Pferd auf dem Weg gleiche. Wo immer unser Koffer uns absetzt: überall die gleiche Trägheit! Mag einer noch so unerfahren sein, er spürt, es ist unmöglich, in dieser dumpfen Atmosphäre aus Schuld und Reue weiterzuleben. Der Ekel packt einen, nimmt man das wahr. Es ist Zeit, zu gehen, Zeit, daß wir uns läutern! Zeit der Vernichtung und der großen Untergänge.

Du bist der Einzige, dem ich mich anvertrauen kann. Zu Mutti kein Wort über meinen Brief. Sobald ich eine Postanschrift habe, wo immer das sein wird, melde ich mich wieder.

Dein Heinrich

Sidi-bel-Abbes, 30. März 1948

Lieber Ernst!

Du wirst doch hoffentlich meinen Brief bekommen haben, den ich vor etwa einem Monat aus Marseille schickte? Nachdem ich mich freiwillig bei der Fremdenlegion gemeldet hatte (ich bin also nicht, wie Ihr vielleicht meint, »gepreßt« worden – es kursieren ja die wildesten Gerüchte über die Legion in Deutschland), bin ich über das Durchgangslager Marseille nach Sidi-bel-Abbes zur Ausbildung gekommen. Hierher schreibe mir bitte bald, damit ich endlich erfahre, ob sich die Probleme lösen ließen, die ich Euch bereitet habe.

Mit Schilderungen des Dienstes hier will ich Dich nicht langweilen, nur soviel: Die Ausbildung ist härter als in der Wehrmacht, die Disziplin strenger. Manchmal kommt mir die Zeit auf dem U-Boot geradezu idyllisch vor, so schrecklich es war.

Aber ich bin in Afrika! Das entschädigt für manche Strapaze und Grausamkeit. Man vergißt schnell, daß es auf der Welt noch Gegenden gibt, die von der Zivilisation verschont geblieben sind. Wir passen uns den Beduinen an: Die Morgendämmerung ist die Zeit, in der man aufbricht, die Abenddämmerung die Zeit, in der man haltmacht. Lagerfeuer aus Kameldung. Essen fassen. Eine Geschichte. Schlaf. Weiter nichts. Wenn wir abends unser Lager aufschlagen oder in die Baracken zurückkehren (ich bleibe viel lieber im Zelt in der Wüste), beobachten wir die Beduinen. Sie hocken neben ihren schwarzen Zelten, trinken Tee, der Rauch der Feuer, auf dem die Frauen kochen, steigt in die Nacht. Tags, auf den glühenden Sandpisten, nimmt man nur Härte, Gewalt und Erschöpfung wahr. Das lahmende Kamel, das krepierende Maultier, die Frau kurz vor der Niederkunft, der Mann mit einer eiternden, in Lumpen verbundenen Wunde – schmerzhafte Anblicke, noch schmerzhafter durch das Wissen, daß es keine Ruhepause gibt, keine Erleichterung. Nie. Tag für Tag derselbe Weg. Doch in den Nächten, wenn der Mond über den Zacken der

Berge steht, kehrt die Welt zu einer klaren Einfachheit zurück. Merkwürdigerweise habe ich in solchen Momenten mehr Heimweh, als wenn die Schinder uns über den Hof hetzen und Sand fressen lassen.

Reich der Steine, die am Tag brennen, in der Nacht gefrieren und unter diesem gewaltigen Druck zu Sand zersplittern. Sogar die Friedhöfe sind hier von Schieferscherben bedeckt, und dort vermengen sich die Toten im Gewirr der Steine. Bis auf die Knochen, bis auf ihr Schieferskelett abgeschabte Erde. Städte mit Gürteln ockerfarbener Hügel, mit Rüstungen roter Mauern. Die kleinen Eidechsen, die so trocken sind wie die Steine, auf denen sie sich sonnen. Sie gleichen mir, Haut und Knochen. Bis zur letzten Minute des Tages bleibt die Sahara in vollem Licht. Die Nacht kommt wie eine Ohnmacht.

Ich muß hier schließen, kein Licht mehr. Schreib mir bald!

Dein Heinrich

Sidi-bel-Abbes, 28. April 1948

Lieber Ernst!

Endlich Post aus der Heimat. Es ist mir fast unmöglich, Dir die Gefühle zu vermitteln, die mich beim Lesen Deines Briefs überfielen. Ich habe geweint vor Freude, weil es Euch gutgeht und weil die üble Sache offenbar ausgestanden ist; aber ich habe auch vor Wut geheult, vor Wut über F. B.

Daß Mutti den Flügel hergegeben hat, ist ganz schlimm; daß sie ihn ausgerechnet an F. B. abtreten mußte, ist das Furchtbarste – auch wenn damit meine »Schuld« getilgt ist. Du kannst meine Wut nicht verstehen, und ich kann sie Dir nicht mehr erklären. Dafür ist es zu spät. Du weißt ja, daß der Flügel von den Grünbergs stammt. Als sie emigrierten, haben sie ihn nicht mitnehmen können und bei uns untergestellt. »Zu treuen Händen« hat David Grünberg gesagt. Du weißt auch, daß mich und Lea Grünberg damals mehr verbunden hat als lediglich »gute Nachbarschaft«. Sie war meine erste große Liebe. Es ist alles zerstört worden von diesem Schweinehund, dessen Namen auszusprechen oder niederzuschreiben in mir Übelkeit auslösen würde. Schon die Anfangsbuchstaben sind eine Fratze des Hasses. Der Flügel war aber auch noch aus einem anderen Grund wichtig für mich, vielleicht für uns alle. Er war das Versteck für Leas Geschichte, für meine, für unsere. Zu spät.

Ich kann diesen Brief kaum vor Anfang nächster Woche abschicken, da ich erst dann Sold bekomme und im Moment kein Geld habe, Briefmarken zu kaufen. Im ersten Jahr ist es bei der Legion mit dem Geld sehr knapp bestellt; das ändert sich dann vom zweiten Dienstjahr so, daß man gut mit dem Sold auskommt und sich allerlei nebenher leisten kann. Manche legen sogar was auf die hohe Kante – vor-

ausgesetzt, man kommt hier nicht an den Suff wie so viele. Manche rauchen hier gelegentlich Opium. Ich habe es zweimal probiert, und es hat mir gut getan. Kein Wort an Mutti!

Hier kursieren Gerüchte, daß unsere Einheit bald nach Indo-China verlegt werden soll, um dort den Bolschewismus zurückzudrängen. Ich weiß nicht, ob ich mich darüber freuen soll. Abwechselung wäre mir willkommen, aber es heißt, daß dort drüben die Dinge schlecht stünden. Das darf man natürlich nicht laut sagen.

Schreib bitte bald wieder. Herzlich
Dein Heinrich

Sidi-bel-Abbes, 16. Mai 1948

Lieber Ernst!

Vielen Dank für Deinen Brief, vor allem für das Geld. Wie Du an fünf US-Dollar gekommen bist, will ich lieber erst gar nicht fragen. Jedenfalls kommt es im richtigen Augenblick, denn es geht mir nicht gut. Mit afrikanischen Spielen und Lagerfeuerromantik ist es jedenfalls vorerst vorbei.

Da man mir zu kleine Schuhe verpaßt hatte (meine Größe war nicht im Magazin – Franzosen können sich gar nicht vorstellen, daß wir Oldenburger mit Größe 45 leben), mußte ich mich »fußkrank« melden. Das wurde erst natürlich als Simulation abgetan, war aber dann nicht mehr zu übersehen.

Die Wunden heilten wegen des Klimas nur sehr schlecht; vielleicht hat mir der Sani auch falsche Medikamente gegeben. Ich hatte mir außerdem bereits in Marseille eine Hauterkrankung zugezogen, die sich hier erst zu bessern schien, dann aber umso heftiger ausbrach. Nach ein paar Wochen hatte ich am ganzen Körper schmerzhafte Entzündungen, so daß ich ins Revier mußte. Auch hier keine Besserung; im Gegenteil wurde die Sache bösartiger, an Armen, Beinen, Händen und Füßen eitrige, stinkende Wunden. Ich hatte Angst, daß es sich vielleicht um Syphillis handeln könnte; die Puffs hier sind natürlich nicht sehr hygienisch. Aber das ist zum Glück nicht der Fall. Nach zwei Wochen Revier wurde ich ins Lazarett verlegt. Dort brachte mir der Arzt einen künstlichen Abzeß bei. Ich lag dann eine Woche mit einem grotesk angeschwollenen Oberschenkel zu Bett, wurde geschnitten, und nach einer weiteren Woche konnte ich auf Krücken laufen. Auf eine endgültige Heilung bin ich gar nicht so sehr erpicht, weil der Transport nach Indo-China vorbereitet wird. Ich will mich nicht drücken, und ich weiß auch, daß dem Weltkommunismus Einhalt geboten werden muß; aber angenehm ist mir die Vorstellung nicht.

Über die Verpflegung braucht Ihr Euch keine Sorgen zu machen. Manchmal wünschte ich, daß Ihr doch auch einen Teil der guten Sachen hättet, die wir hier bekommen. Sogar Wein gehört zur Tagesration. Ich tausche meinen gegen Zigaretten, und mit den Zigaretten mache ich dann Kommissionsgeschäfte.

Schreib bitte bald wieder. Wer weiß, was kommt.

In alter Frische

Dein Heinrich

Algier, 22. Juni 1948

Lieber Ernst!

Ich schreibe diesen Brief an Bord des Dampfers »Kairouan«, ein zum Truppentransporter umgebautes Frachtschiff. Unsere Einheit ist schon seit zwei Tagen an Bord, aber wir können noch nicht in See gehen, weil immer noch Ausrüstung verladen wird.

Es ist soweit: Indo-China. Meine Stimmung ist gedrückt, aber ich lasse mir nichts anmerken. Ein General hat uns eine Ansprache gehalten. Die Fernost-Frage, sagte er, gehe alle Europäer an, im Grunde sogar die Amerikaner. Denn würde man in Asien keine Europäer mehr als »Herrenschicht« haben, dann fänden wir bald in Europa Asiaten, die den Spieß umgedreht hätten. Und was das bedeute, könne sich jeder Mann an allen fünf Fingern abzählen. Die Legion habe Europa zu verteidigen. Das Abendland.

Die Bojen der Netze, eine Flasche und ein Stück Blei, die auf Kork schwimmen, machen am Abend ein Geräusch, das wie Läuten klingt. Ich muß dabei an Weihnachten denken, wenn Mutti in den Salon ging, die Kerzen anmachte und mit der Glocke läutete, daß wir kommen durften.

Nachts stöhnen die Schiffe im Hafen mit ihren Masten und Brücken. Sprühregen schäumt und knistert auf den Wellenkämmen, die sich am Schiffsrumpf brechen, und der böige Wind packt ihn mit einem Griff, wringt ihn aus; Spitzen aus feinem Dampf erheben sich als Dunstschleier. Soldaten an Deck, im Wind, ins Tauwerk gekauert, in unförmigen Mänteln, die Köpfe mit Tüchern umhüllt. Augenblicke, in denen man die Fassade aufgibt und sich auf die Ebene des Bedürfnisses duckt. Anblicke, in denen alles Pathos schmilzt, alle Romantik zergeht. So ist die Geschichte.

Ich sitze mit klammen Fingern auf dem Oberdeck, schreibe, und die Möwen stoßen kreischend herab und setzen ihren geduldigen Flug ganz in meiner Nähe fort. Wie Brieftauben. Haben sie Botschaften für mich? Eigensinnige Möwen mit kugeligen Augen, Hexenschnäbeln, unermüdlichen Schwingen, Flügeln. Der Flügel. Zu spät. Diese Vögel haben nichts, wo sie sich niederlassen können, es sei denn die Höhlung der See oder das zitternde Kreuz der Masten. Manchmal ein Verlangen, mich ins Wasser zu werfen, in die Schraubenstrudel hinter Schiffen, die ihre blinde Fahrt fortsetzen.

Wir sterben alle aus Mangel an Liebe. Am Ende der Straße bleibt jeder allein.
Dein Bruder Heinrich

Das war Heinrichs letzter Brief nach Haus, der letzte zumindest, der sich in dieser Akte erhalten hatte. Vielleicht gab es auch Briefe an seine Mutter, an seine Schwester Käthe oder an Freunde, von denen Claus Haresch nichts wußte. Aus Indo-China war jedenfalls keine Lebensäußerung Heinrichs mehr in dem blauen Ordner. Das Ende vom Lied waren folgende Schriftstücke, alle adressiert an Heinrichs Mutter Emma Haresch, alle mit dem gleichen Briefkopf, nur die Daten wechselten.

RÉPUBLIQUE FRANÇAISE
CONSULAT DE FRANCE
A BRÊME
Bremen, Kurfürstenallee 19
le 14 décembre 1950

Die französische Behörde hat mich beauftragt, Ihnen die traurige Mitteilung zu machen, dass Ihr Sohn, der Fremdenlegionär

Heinrich Haresch,

welcher in der französischen Fremdenlegion, 3. Infanterieregiment gedient hat, zwischen dem 6. und 10. Oktober 1950 in Dong Khe (N.V.N.) Tonkin, als vermisst gemeldet worden ist.

Die mir übermittelte offizielle Vermisstenmeldung Nr. 630.864 E.C/A2 ist in der Anlage beigefügt.

Hochachtend

le 5 septembre 1951

Im Nachgang zu meinem Schreiben vom 14. Dezember letzten Jahres teile ich Ihnen höflichst mit, dass Ihr Sohn, der Fremdenlegionär

Heinrich Haresch

welcher ursprünglich als vermisst gemeldet war, sich seit dem 10. Oktober 1950 in Kriegsgefangenschaft befindet.

Ich bitte Sie, mir die seinerzeit übermittelte Vermisstenmeldung zurückzureichen.

Hochachtend

le 15 janvier 1952

Die Französische Behörde hat mich beauftragt, Ihnen die traurige Mitteilung zu machen, dass der Fremdenlegionär

Heinrich Haresch

welcher in der französischen Fremdenlegion, 3. Infanterie-Regiment, Stammrolle No. 53052, letzter Dienstgrad: Sergent, gedient hat, im Juni 1951 in CAO BANG (Tonkin) in Gefangenschaft verstorben ist.

Indem ich Ihnen das Beileid der französischen

Militär- und Zivilbehörde übermittele, bitte ich Sie, meine persönliche aufrichtige Beileidsbezeugung entgegennehmen zu wollen.

Eine Abschrift der Todesmeldung (Avis officiel de décès des Ministeriums Des Anciens Combattants et Victimes de Guerre, Paris-12ème, 139, rue de Bercy) wird Ihnen sofort nach Rücksendung der sich in Ihren Händen befindlichen Gefangenschaftsbestätigung, welche gegenstandslos geworden ist, zugestellt werden.

Hochachtend

le 3 mai 1953

Andurch teile ich Ihnen höflich mit, dass als Nachlass Ihres verstorbenen Sohns Heinrich Haresch eine Summe von 974.926 französischen Francs bei der Caisse des Dépots et Consignations in Paris hinterlegt worden ist. Nach dem gegenwärtigen Umrechnungskurs entspricht der vorgenannte Betrag ungefähr DM 11 500,00.

Um die Regelung dieses Nachlasses zu ermöglichen, bitte ich Sie, die anliegenden Bescheinigungen an der mit einem Kreuz bezeichneten Stelle zu unterschreiben und mir dieselben, unter Beifügung eines Erbscheines, ausgestellt durch die hierfür zuständige deutsche Behörde (Amtsgericht) zurückzusenden.

Hochachtend

Das letzte Dokument im Ordner war ein Bankauszug vom 5. Oktober 1953.

Oldenburgische Landesbank A.G.
Konto-Nr.: 4694a

Wir bitten, von nachstehenden Buchungen Vormerkung zu nehmen.

Vergütung von Caisse des Depots, Paris:
ffrs. 974,926,– à 1,933 = DM 11 629,02
abzgl. Provision und Courtage
Haben DM 11 597,07

Der Betrag wurde uns mit folgendem Vermerk übermittelt:

La somme provient de la succession du Sergent Heinrich Haresch, fils de Madame Emma Haresch, décédé en Indochine

Hochachtungsvoll
Oldenburgische Landesbank A.G.

II. BUCH

Deutsche Züge

Mürrische Morgengesichter, von hastigen Rasuren fleckig gerötete Wangen, in der Eile verrutschte Lidschatten, Gähnen, wirre oder mit Wasser flüchtig geglättete Frisuren, Augenlider mit gelbem Schlafsekret in den Winkeln, halbgeöffnet hinter raschelnd schwankenden Paravents der BILD- und NORD-WEST-Zeitungen, der Gestank erkalteten Zigarettenrauchs, überlagert von frischem Zigarettenrauch, nervöses Gefummel am Zelluloid der Packungen, Schnippen der Feuerzeuge, erste, zögernde Züge, Schatten der Eisenbahnbrücke im Morgenlicht, Lauben und Schrebergärten blieben zurück, Wiesen und Felder, von der flachen Sonne gelbgetränkt. Geruch nach schalem Bier, Erbrochenem, nach faulenden Äpfeln im ganzen Waggon, als ob Saures von bräunlicher Wärme zersetzt werde, Hochspannungsleitungen über dem Land, Flugmuster von Vögeln, Ziehen und Gleiten, unentwirrbar vor lichter werdenden Höhen, in denen der rote Schein verblaßte und hinter staubschmiertrüben E-Zug-Fenstern Sommerblau mit Wolkenbäuschen Raum griff. Industriegelände, Gewerbehöfe, Speditionsbetriebe, hinter den Verstrebungen der Weserbrükke die Masten eines großen Seglers, *Schulschiff Deutschland* in güldenen Lettern verschnörkelt am Heck, Möwen mit kugeligen Augen, unermüdlichen Schwingen. Der Flügel, Grünbergs Flügel, »zu treuen Händen«. Sagt Ihnen das Wort etwas? Zu spät. Heinrich hatte nichts, wo er sich niederlassen konnte. Die schwankende Höhlung der See, das zitternde Kreuz der Masten, Lagerhallen aus Klinker, schwarze Dachpappe, Rampen, Wohngebäude, Reihenhäuser mit bahnseitigen Balkonen, Gleise und Weichen, langgezogenes Bremsengekreisch, Gewölbe des Bahnhofs, Eisen, schmutziges Glas, Bremen Hauptbahnhof.

Schieben und Drängen auf den Treppen, muffiger Luftzug in der Unterführung, Gerempel, Fluchen, Koffer in Händen, kurze, hastige Schritte, Koffer auf Rollen, Plakate an den Wänden, *Ankunft, Mein Freund ist Ausländer, Abfahrt, Auslander raus*! mit blauer Sprayfarbe, ohne Umlaut, Koffer und Taschen auf Wägelchen, *Deutschland für 50%. Für alle – Bahncard*, bettelnde Zigeuner, Frauen und Kinder, Rucksäcke, Schlafsäcke, Turnschuhe, Streife der Bahnpolizei mit Hund und Walky Talky, Hallfetzen von Lautsprecherdurchsagen, die Treppe hinauf, überfüllter Bahnsteig.

Kaum jemand stieg aus, sehr viele stiegen ein, Schieben, Stoßen, Drängeln. Körperausdünstungen, Geruch von Kaffee, schalem Bier, Bananen, und wieder der faulige Apfelgestank. Fast alle Plätze waren besetzt, auf den Gängen staute sich Gepäck. Claus hatte einen Sitzplatz im Großraumwagen reserviert; an den Mitteltischen wurde von einer Gruppe Bundeswehrsoldaten lärmend Skat gespielt, leere Bierdosen kollerten durch den Waggon. Als er endlich seinen Platz erreicht hatte, fand er ihn besetzt – ein alter, mindestens siebzigjähriger Mann saß dort, den Kopf gegen die Seitenstütze gelehnt, und schlief mit offenem Mund; neben ihm eine, offenbar seine, Frau, die eine Hand auf den Oberarm des Schlafenden gelegt hatte und Claus unsicher, ängstlich, ansah, als er, die Platzreservierung in der Hand, vor ihr stand.

Das ist gewiß Ihr Platz, sagte sie leise, aber er schüttelte nur den Kopf und schob sich weiter durch den längst fahrenden Zug, vorbei an Abteils, reserviert, besetzt, stieg über Taschen und Koffer, besetzt, reserviert, quetschte sich an einer fahrbaren Snack-Bar vorbei, von der aus gerade Würstchen und Schnellkaffee in ein Abteil geschaufelt wurden, begegnete einem Schaffner, der seinen Fahrausweis zu sehen begehrte, worauf Claus sagte, er habe ja noch nicht einmal Platz gefunden, was der »Zugbegleiter« mit der klugen Bemerkung quittierte, da müsse man eben rechtzeitig reservieren, ließ die Kontrolle stumm über sich ergehen, irrte weiter durch den Zug, im Speisewagen sang eine aus Damen bestehende Reisegruppe »Hinaus in Gottes schöne Welt«, und hatte sich soeben entschieden, in der Ersten Klasse Platz und den dann fälligen Zuschlag in Kauf zu nehmen, als ein etwa zehnjähriger Junge, der im Gang stand, zu ihm sagte: Bei uns ist noch frei.

Claus blickte in das Abteil – ein Ehepaar mit drei Kindern, die Eltern trugen Hosen und Hemden aus fabrikgebleichtem Jeansstoff, die Kinder grelle Trainingshosen und T-Shirts.

Immer rin ins Vergnügen, rief der Mann ihm munter entgegen, hier ist Platz genug, nicht wahr, Schatz?

Aber klar, sagte die Frau und raffte Zeitungen und Spielsachen von einem der Sitze, das werden wir schon hinkriegen, zusammenrücken kennen wir ja. Ist aber Raucher, fügte sie wie entschuldigend hinzu.

Bin ich auch, murmelte Claus, vielen Dank, hob seine Tasche auf die Gepäckablage und setzte sich ausatmend. Alle starrten ihn freundlich und neugierig an, aber als er nichts weiter sagte, begann die Frau in *Super* zu blättern und der Mann blickte aus dem Fenster. Der Junge ging zusammen mit seinem jüngeren Bruder wieder auf den Gang, während das kleine Mädchen sitzen blieb und Claus ab und zu schüchtern anlächelte. Er las ein paar Minuten lustlos Zeitung, holte dann den Laptop aus seiner Tasche, setzte das Gerät auf die Knie und begann zu schreiben.

15. August 1993 – Im Zug nach … Unsinn, das interessierte doch gar nicht. Backspacetaste. In einem deutschen Zug, das wäre schön korrekt. *Sehr geehrte Frau …* Sehr geehrte? Und Frau? Mußte es nicht Miß oder Mrs. heißen? Backspacetaste. *Liebe Sarah McColby!* Vielleicht etwas zu intim? Egal, erstmal den Text. *Wie Sie sich denken können, hat mich Ihr Brief sehr überrascht. Wenn ich Ihnen darlegen wollte, was dieser Brief in mir alles ausgelöst hat, müßte ich einen Roman schreiben.* Ja, warum eigentlich nicht? War das nicht endlich ein Thema, das ihn unmittelbar berührte, ohne daß er sich haarsträubende Fiktionen aus den Rippen schneiden mußte? Also weiter. *Ich will Ihre Fragen möglichst bündig beantworten, soweit ich das zum gegenwärtigen Zeitpunkt kann. Vieles, das meiste, ja, wie ich fürchte, das Entscheidende, läßt sich nicht aufklären, aber ich habe doch immerhin einige – auch mich überraschende – Zusammenhänge in Erfahrung bringen können …* Warum denn so bürokratisch? Klingt fast so wie diese unsagbar kalten Schreiben des Konsulats. Der Brief von ihr war doch auch ganz persönlich und locker. Erstmal weiter. *… die Ihre und meine Familie betreffen, besonders meinen Onkel Heinrich Haresch.*

Was ist das?

Das Mädchen stand neben ihm, zupfte ihn am Ärmel und zeigte auf das Gerät.

Das ist ein Laptop.

Ein Computer, mischte sich sogleich der Mann ein, mehr an Claus als an seine Tochter gewandt, und dann, seine Frau anstoßend: Guck mal, Schatz, ein PC.

PC? Ich denk wir sind im IC.

Nicht der Zug, der winzige Computer da, nicht wahr, den der Kollege, der Herr da auf'm Schoß hat. Ein Micro-Rechner, wenn man das so ausdrükken kann. Sie sind vermutlich Unternehmer, wenn ich mal fragen dürfte?

Nein nein, schüttelte Claus den Kopf, das ist ein Schreibcomputer. Man kann natürlich auch damit rechnen, aber ich schreibe.

Marco! Sven! rief das Mädchen auf den Gang hinaus. Der Onkel hat ein Komchuter.

Die beiden Jungen kamen ins Abteil und musterten Claus ehrfürchtig. Geht da auch Nintendo Game Boy drauf? fragte der Ältere.

Ich weiß nicht, vielleicht. Ich hab leider nur Word 5.5.

Ach so, Textverarbeitung, sagte der Junge abschätzig. Komm Sven, wir spielen wieder Dino-Park.

In der Tat müssen Ihre Mutter und mein Onkel vor

der Emigration Ihrer Familie befreundet gewesen sein; es hat sogar den Anschein, daß sie ein, ja, wie sollte er es nennen? Daß mich und Lea Grünberg damals mehr verbunden hat als lediglich »gute Nachbarschaft«. Sie war meine erste große Liebe – und ich ihre. *Liebespaar waren.* Na gut. *Leider kann mein Onkel Heinrich keine Auskünfte mehr geben. Er ist bereits 1951 als Sergeant der französischen Fremdenlegion in Indochina, Vietnam also, gefallen.*

Mögen Sie eine? fragte die Frau und hielt ihm eine Banane hin. Nehmen Sie ruhig, wir haben jede Menge.

Sehr nett, danke, nein.

Die Bemerkungen Ihrer Mutter über einen Flügel sind insofern ganz wörtlich zu verstehen, als Ihr Großvater 1938 ein solches Musikinstrument meiner Familie offenbar übergeben hat; das geht jedenfalls aus einem nachgelassenen Brief meines Onkels hervor. Allerdings ist dieser Flügel nicht mehr im Besitz meiner Familie. Während ich Ihnen dies schreibe, bin ich auf dem Weg …

Wir fahren nämlich nach Mallorca. Mit dem IC nach Köln, genau genommen, und da dann mit dem Flieger. Charter, sehr günstig.

Wie schön …

Wir sind nämlich aus dem Osten, wenn ich das mal so ausdrücken darf, nicht wahr.

Ach?

Mecklenburg-Vorpommern, genau genommen. Das ist unsere erste Auslandsreise, richtiges Ausland, meine ich. Bulgarien, Ungarn, Tschechoslowakei, das zählt ja nicht. Rumänien haben wir auch gemacht. War schön, nicht wahr, Schatz? Aber jetzt Mallorca, das ist Reisefreiheit. Wir werden sogar vom Flugplatz zum Hotel gebracht. Strandnah. Halbpension. Mit Animation, also Unterhaltungsprogramm. Waren Sie schon mal in Mallorca?

Nein.

Nicht? Sie sind aber doch aus'm Westen.

Ja.

Was machen Sie denn so beruflich?

Wissen Sie, ich würde eigentlich ganz gern ... Tja, also ich bin Schriftsteller, aber jetzt lassen ...

Schriftsteller?! Das ist ja doll. Also daß die jetzt die falschen Fuffziger am Schlafittchen gekriegt haben, die ganzen Stasischreiber, das ist nur gut. Aber was bleibt? Ich mein, wir haben ja viel gelesen damals, Feuchtwanger, Kant, Zweig, Brecht, Heym, Christa Wolf auch, Heinrich Mann. Es gab ja nichts Vernünftiges. Keine Illustrierten, sogar Karl May war verboten. Wir haben natürlich Westglotze geguckt, Wetten Daß, Bundesliga, Tatort, alles. Schriftsteller sind Sie? Was schreiben Sie denn so, wenn ich mal fragen darf?

Hören Sie, ich müßte mich mal einen Augenblick konzentrieren. Nehmen Sie's mir bitte nicht übel.

Schon gut. Ist ja schon gut ... Der Mann ließ beleidigt von ihm ab, beugte sich zu seiner Frau, tuschelte mit ihr. Claus Haresch war zum Besserwessi promoviert.

... zu meiner Tante Katharina Haresch, der Schwester meines Vaters Ernst Haresch und meines Onkels Heinrich. Möglicherweise kann ich von ihr weitere Auskünfte bekommen. Soweit mir das möglich ist, will ich hier allen erkennbaren Spuren nachgehen, da auch mich die Angelegenheit interessiert und betrifft ... Betrifft? Warum nicht gleich betroffen macht? Backspacetaste. *Jedenfalls gibt es nicht nur in Ihrer Familie weiße Flecken. Sie hören wieder von mir, sobald ich mehr weiß. Bis dahin bin ich, mit freundlichen Grüßen, Ihr* Datei bearbeiten, Speichern, Schließen, Off.

Er klappte den Deckel zu, schob den Laptop wieder in die Tasche, lehnte sich zurück und sah aus dem Fenster, wo sich Weichengarben wie Wellen bewegten, Fahrleitungen sich zu Verknotungen und Diagrammen verschlangen, Pfiffe, das Zischen automatischer Türen, Öffnen, Schließen, Hochspannungsleitungen falteten in Schwalbenbewegungen die Hände, die Auflösung ihrer Dissonanzen in entfliehende Akkorde, Echos der Vergangenheit, die Elegie der Migrationen, der Rhythmus dauernder

Flucht. Wo lagen die Zusammenhänge zwischen Claus und Heinrich Haresch? Gab es überhaupt welche? Ging es ihn etwas an? War er selbst die Funktion des Zusammenhangs? Er schloß die Augen, und durch die wogigen Regionen des Halbschlafs rollten Züge mit Schiffsmasten, an denen sich Reisende wie Ertrinkende festklammerten, während schwarze Vögel um die Mastspitzen kreisten und am Heck des Zuges Ballast abgeworfen wurde, Säcke, deren Stoff sich bauschte, unterdrückte Schreie, Menschen, die keinen Sitzplatz reserviert hatten und in den Strudeln der Schwellen und Gleise versanken; in der Luft rauschte und knackte es wie von elektrischen Entladungen, nein, der Lautsprecher: In wenigen Minuten erreichen wir Köln Hauptbahnhof.

Tante Käthe erzählt

Von den Vorzügen des öffentlichen Personenverkehrs nicht hinlänglich überzeugt, hatte er sich in Köln einen Mietwagen genommen und fuhr nun auf der A1 aus der Rheinebene den milden Höhen der Eifel entgegen. Er freute sich auf den Besuch bei Tante Käthe, die als *enfant terrible* der Familie galt. Für eine Frau ihrer Generation, geboren 1914, hatte sie ein ungewöhnlich unabhängiges Leben geführt, führte es noch, aber diese von Sentimentalitäten freie Selbständigkeit wurde ihr von manchen als Lieblosigkeit ausgelegt: Sie hat keinen Familiensinn, pflegte Claus Hareschs Mutter zu sagen. Katharina Haresch war unverheiratet geblieben, obwohl sie eine umschwärmte Schönheit gewesen sein mußte; ich liebe die Männer zu sehr, um es immer nur mit einem auszuhalten, war einer ihrer legendären Merksprüche.

Sie erschien so gut wie nie auf Familientreffen oder -festen, und wenn sie es doch einmal tat, endete ihr Auftritt unweigerlich in einem mittleren Skandal. Claus erinnerte sich noch gut an den 80. Geburtstag seiner Großmutter, Tante Käthes Mutter also; Käthe lebte damals in Antwerpen, und es gab Gerüchte über einen sehr reichen Verehrer, aber sie erschien auf dem Fest ohne Begleitung, dafür, wie üblich, umso extravaganter gekleidet, rauchte schwarze Zigarillos und trank als Aperitif statt des angebotenen Sektes zwei Gläser Whiskey; man hatte sie beim Essen neben den damals fast neunzigjährigen, praktisch tauben Pastor Heinrichs plaziert, der, weil er keine Dialoge mehr führen konnte, ununterbrochen, wirr und penetrant über seine ehemalige Gemeindearbeit monologisierte und sich zwischendurch immer wieder zu erkundigen versuchte, warum Käthe partout nicht heiraten wolle. Pastor Heinrichs hatte kaum den letzten Löffel des Desserts im Mund, als Käthe über den Tisch rief, daß es alle außer Heinrichs hören konnten: Leider muß der Herr Pastor sofort aufbrechen, er hat noch Gemeindetermine! Heinrichs, der gar nicht wußte, wie ihm geschah, wurde unter allgemeiner, als Bedauern getarnter Erleichterung, in Hut und Mantel komplimentiert und in einem Taxi nach Haus abgeschoben, was Käthe mit der Bemerkung quittierte: Schrumms schrumms schrumms, jetzt sind wir unter uns.

Ernst Haresch, Käthes Bruder, Claus' Vater, hatte seine Schwester während des Krieges einmal in Zürich besucht, wo sie seit 1936 lebte; das sei, erzählte er später, ein sehr gemütlicher, feuchtfröhlicher

Abend mit zahlreichen Gästen gewesen, den Käthe auf ihre Weise beendet habe, indem sie gegen drei Uhr morgens, nur mit einer Herren-Pyjamajacke bekleidet, ins Zimmer gekommen sei, die Fenster aufgerissen und ein paar nicht besetzte Stühle auf den Tisch gestellt habe: Bleibt ruhig noch, habe sie gesagt, aber ich geh jetzt schlafen.

Katharina, die sich selbst Käthe nannte, vielleicht, weil dies hausbackene Kürzel einen schrillen Kontrast zur Ungewöhnlichkeit ihres Lebensstils bildete (und sich von besonders intimen Freunden sogar gern Käthchen nennen ließ), Käthe also war schon in der Schule als extrem sprachbegabt aufgefallen, und nach dem Abitur hatte die Familie ihrem Wunsch und den Empfehlungen der Lehrer nachgegeben, in der Schweiz eine Spezialschule für Dolmetscher und Übersetzer zu besuchen. Sie hatte dann bis in die fünfziger Jahre hinein in Zürich gelebt, auf Kongressen und Konferenzen als Synchrondolmetscherin gearbeitet, in ihrer Freizeit französische und portugiesische Lyrik übersetzt und sogar, von allen beneidet, die Schweizer Staatsbürgerschaft erworben, wozu, so das Gerücht, ihr attraktives Äußeres und entsprechend gute Beziehungen entscheidend beigetragen hätten. Sie war dann nach Belgien verzogen, und man kolportierte ihre Bemerkung, da sie jetzt Schweizerin sei, könne sie endlich aus der Schweiz verschwinden, diesem, wie sie sagte, Kerker geschäftstüchtiger Wohlanständigkeit. Vor zehn Jahren schließlich hatte sie sich in einer sogenannten Senioren-Wohnanlage in Bad Münstereifel zur Ruhe gesetzt; das Rätselraten der Familie, warum die kosmopolitisch-polyglotte Käthe ausgerechnet in diesem sanft verschnarchten Kurort vor Anker ging, in dem sich sonst vorzugsweise ehemalige Politiker aus Bonn dem mehr oder weniger verdienten Ruhestand hingaben, beschied sie knapp: Weil's mir hier gefällt.

Auf der Durchreise nach Frankreich hatten Claus und Anne Haresch, damals noch unverheiratet und kinderlos, vor einigen Jahren Tante Käthe in Bad Münstereifel besuchen wollen, aber die geplante Überraschung erwies sich als Flop: Käthe war auf Reisen gewesen. Südamerika, glaube ich, hatte die Empfangsdame des Hauses Guillaume gesagt, das mehr Ähnlichkeit mit einem Hotel als mit einem Altersheim hatte. Diesmal hatte Claus vorgebeugt und seinen Besuch telefonisch angekündigt.

Worum geht's denn? hatte Tante Käthe gefragt.

Och, nur so, ich dachte …

Paperlapap, hatte sie gesagt, niemand besucht alte Tanten nur so. Brauchst du Geld? Von Literatur kann man doch nicht leben.

Nein. Es geht um Onkel Heinrich.

Heinrich. Sieh mal einer an. Die Leiche fängt wohl an zu stinken, was?

Im geräumigen Wohnzimmer des Appartements, zu dem noch ein Schlafzimmer, eine kleine Küche und ein Bad gehörten, empfing Katharina Haresch nun ihren Neffen, indem sie ihm linke und rechte Wange zur Andeutung von Küssen hinhielt. Sie war ganz weißhaarig, das immer noch merkwürdig faltenlose Gesicht mit den grünen Augen dezent geschminkt, und trug eine Art Kimono aus nachtblauer Seide; daß sie im nächsten Jahr einundachtzig werden würde, sah man ihr nicht an, aber Claus verkniff sich ein entsprechendes Kompliment, weil er sich daran erinnerte, wie Tante Käthe einmal einen Bekannten abgefertigt hatte, der ihr mit der Bemerkung schmeicheln wollte, sie sähe fünfzehn Jahre jünger aus (was natürlich stimmte): Wie schade, hatte sie geantwortet, und ich wollte immer so jung aussehen, wie ich bin.

Sie setzten sich auf den Balkon, weiter Blick über Täler und Höhen, deutscher Wald, dahinter irgendwo Belgien, Frankreich. Tante Käthe erkundigte sich nach Claus' Mutter, nach Anne und den Kindern, sah sich die Photos an, die er mitgebracht hatte.

Schön, schön, sagte sie und zündete sich ein Zigarillo an, und was macht die Kunst?

Claus wußte, daß sie fast alles las, was er publizierte; gelegentlich schickte sie ihm Postkarten mit lakonischen, zumeist kritischen Anmerkungen

(»Viel zu kompliziert. Einfach bleiben. Das ist das Schwerste«, oder »Du verlierst Dich in Deinen eigenen Sätzen«), aber im Grunde schienen ihr seine Bücher zu gefallen. Manchmal hatte er das Gefühl, ihr gefalle vor allem die Tatsache, daß es ihm gelungen war, sich den Erwartungen seines Elternhauses zu widersetzen, und er keinem bürgerlichen Beruf zum Opfer gefallen war – insofern war sie seine engste Verwandte.

Ich geh im September für ein paar Monate nach Paris, sagte er. Hab ein Stipendium bekommen.

Glückwunsch. Ich liebe Paris. Stipendium? Bist du nicht zu alt für sowas?

Ohne sowas säh ich ganz alt aus, murmelte er. Wenn ich dir meine Verlagsabrechnungen zeigen würde, würdest du glauben, ich wollte dich anpumpen.

Sie lachte ihr leicht heiseres Lachen: Vielleicht erbst du mal von mir. Wird aber nicht viel sein. Ich geb's lieber aus, solange ich's habe. Der Laden hier ist nicht gerade billig. Heinrich hätte damals Geld gebraucht. Aber sie haben ihn verrecken lassen. Allzu viel weiß ich leider auch nicht über die Sache, ich war ja in der Schweiz und, als Heinrich verschwand, gerade in Portugal. Vielleicht hätte er sich sonst bei mir gemeldet, ein Jammer. Und deine Großmutter hat's dann alles energisch unter den Teppich gekehrt, ha, nachdem sie Teppich und Klavier hergegeben hat. Der Aberwitz an der Geschichte ist jedenfalls der, daß Heinrich am Ende *uns* was hinterlassen hat, über zehntausend Mark, D-Mark, nicht Reichsmark. Das war damals wahnsinnig viel Geld. Na ja. Wie kommst du denn überhaupt auf Heinrich? Den hast du doch gar nicht mehr gekannt. Der war schon tot, als du geboren wurdest. Indochina, Fremdenlegion, ein Irrsinn. Und geredet wurde über die Sache in Oldenburg nie.

Claus zog den Brief Sarah McColbys und den blauen Aktenordner aus der Tasche und reichte beides seiner Tante: Lies mal.

Sie setzte sich die Brille auf, die an einer Schnur um ihren Hals gehangen hatte. Du kannst uns inzwischen Tee kochen, sagte sie. In der Küche findest du alles. Den Darjeeling Second Flush, bitte. Einen Löffel pro Tasse, einen für die Kanne. Dreieinhalb Minuten ziehen lassen. Und vorher natürlich die Kanne anwärmen.

Als er mit Teekanne und Schalen auf einem Tablett wieder auf den Balkon kam, hielt Käthe den Brief noch in der Hand, hatte aber die Brille wieder abgesetzt und starrte in den blauen Eifelhimmel; den Ordner hatte sie offenbar gar nicht angerührt. Er schenkte Tee ein, trank. Sie rührte sich nicht. Schließlich reichte sie ihm kopfschüttelnd den Brief zurück und nahm ebenfalls einen Schluck Tee; er zündete sich eine Zigarette an, sie fingerte ein Zigarillo aus der flachen, ziselierten Silberdose, er gab ihr Feuer. Zwei Rauchspiralen kräuselten in die Luft, verbanden sich irgendwo zu einem träge tanzenden Wölkchen, das Richtung Westen trieb und verging.

Den blauen Ordner, sagte sie endlich leise, kenne ich schon. Dein Vater hat ihn mir gezeigt, als ich euch in den fünfziger Jahren mal besucht habe. Du warst damals vielleicht vier oder fünf Jahre alt. Erinnerst du dich noch?

Ich glaube nicht, Tante Käthe.

Ich habe mich immer gefragt, was wohl aus Grünbergs geworden ist. Jetzt weiß ich es also. McColby. Lea McColby, USA. Manche müssen weite Wege machen ... Grünbergs wohnten in der Lindenallee, weißt du, der Parallelstraße zur Herbartstraße; es waren aber insofern auch unsere direkten Nachbarn, weil unsere Gärten aneinanderstießen, fast ineinander übergingen, da war nur ein Holzzaun zwischen und eine Pforte; ihre Äpfel fielen in unseren Garten und unsere Birnen in ihren. Das Haus ist ja wohl längst abgerissen worden, nicht?

Ja, da steht jetzt ein potthäßlicher Klinkerklotz, Glasbausteine im Treppenhaus, mit acht Eigentumswohnungen. Der Garten ist zum Autostellplatz planiert worden.

Wie furchtbar praktisch ... Käthe sog energisch an ihrem Zigarillo, schien einen Augenblick nachzudenken und begann zu erzählen: Also, David Grünberg war ein äußerst distinguierter, kultivierter Mann, Konfektionshändler, wie schon seine Vorfahren, großes Stammhaus am Markt, aber ich glaube, an ihm ist eigentlich ein Pianist verloren gegangen; der spielte Brahms und Chopin, daß alle Damen schmolzen. Wenn bei Grünbergs Gesellschaft war, Party heißt das inzwischen, war da immer ungeheurer Auftrieb; der hat dann immer das halbe Staatstheater eingeladen, Musiker, Schauspieler, Schauspielerinnen natürlich auch, der Mann war ein Charmeur, der mit dem frühen Tod seiner Frau so umging, wie das jeder tun sollte, der das Leben liebt. Übrigens waren Grünbergs keine Juden, sondern evangelisch – man traf sie einmal im Jahr in der Kirche, Weihnachten nämlich; irgendein Ururgroßvater hatte sich schon taufen lassen, aber als dann die Nazis kamen, waren diese jüdischen Namen natürlich fatal. Dein Großvater, mein Vater, Caspar Haresch, war mit David Grünberg befreundet, zwei Liberale, Freigeister, wie man damals sagte, die sich mochten und gegenseitig schätzten. Caspar Haresch war ein Ästhet, persönlich gut bekannt mit Heinrich Vogeler, Worpswede, du weißt schon; kam aus der Wandervogelbewegung, Hoher Meisner und freie Liebe, ha ha, Wandervögelzeit, das ist mein Ursprung. Die Wendung zum Völkischen in der Jugendbewegung haben er und meine Mutter dann aber nicht mitgemacht, zum Glück.

Und Heinrich und Lea? Wie ging das?

Daß Heinrich mit Lea Grünberg ein Verhältnis hatte, habe ich auch erst aus diesem Brief erfahren, den er aus Afrika geschickt hat, und das hat mich gewundert. Ich bin mir sogar nicht sicher, ob Heinrich da nicht einer Wunschphantasie aufgesessen ist. Möglich gewesen wär es aber schon. Heinrich war auch ein sehr hübscher Junge, groß, blond, ganz wasserblaue Augen, so'n bißchen Hans Albers, aber viel zarter, sensibler. Ich habe seine Entwicklung direkt nur verfolgen können, bis er siebzehn wurde; dann ging ich aus dem Haus, wurde auch höchste Zeit. Aber was ich über ihn hörte, war genau das, was ich von ihm erwartete: Musikalisch, konnte gut Klavier spielen, und zwar nicht diese klassischen Quälereien, sondern Swing. Das war damals zwar offiziell verboten, aber deswegen wollten es natürlich alle hören. Er soll damit auf Grünbergs Parties großen Eindruck gemacht haben. Gut möglich, daß er damit auch Lea imponiert hat. Außerdem hatte er so eine poetische Ader, alles noch pubertär, aber immerhin. Er schrieb Gedichte, die von allen möglichen Romantikern beeinflußt waren – Rimbaud und Stevenson, Conrad und Novalis, das waren so seine Helden, blaue Ferne, Inseln unterm Passat, antibürgerliche Affekte; irgendwie hört man das noch aus seinen Briefen heraus, die er dann später geschickt hat, diese schrecklichen Briefe hier im Ordner. Heinrich war ein hemmungsloser Romantiker, träumte von Abenteuern, Schiffen, exotischen Welten. Eine wilde, zugleich schwermütige Sehnsucht. Wenn man Photos von ihm sieht, erkennt man das an seinen Augen, die immer ins Ferne gehen. Vielleicht paßte er wirklich zu Lea. Die hatte nämlich, bei aller Attraktivität, was ganz Praktisches, war, wie man so sagte, ein patentes Mädchen. Als ich 1936 in die Schweiz ging, muß Lea sechzehn gewesen sein, eine blendende, etwas frühreife Erscheinung; so eine dunkle Schönheit, Mandelaugen, Haare wie ein schwarzer Sturm, man wäre geneigt, rassig zu sagen, wenn das nicht einen so furchtbaren Beiklang hätte in dieser ganzen Geschichte; alle Männer schauten ihr nach, Heinrich natürlich auch, dein Vater auch, aber daß Heinrich später dann der Glückliche wurde ... Na ja, von glücklich kann man da wohl nicht reden. 1937 kam ich für einige Wochen nach Oldenburg, weil mein Vater ganz überraschend gestorben war, das weißt du ja. Eine Gehirnblutung, natürliche Todesursache sozusagen, aber ich bin nicht die einzige, die davon überzeugt ist, daß er sich über die Zustände in Deutschland buchstäblich zu Tode geärgert hat. Die Nazis haben ihn 1935 unter irgendeinem Vorwand vom Dienst suspendiert, er war bis dahin Direktor an einem Gymnasium, weil er mit seiner demokratischen Gesinnung nicht hinterm Berg gehalten hat. Heute sagt jeder, daß er dagegen gewesen sei, im Fall deines Großvaters stimmte es tatsächlich. Auf seiner Beerdigung waren natürlich auch Lea und ihr Vater. Der hat zu deiner Großmutter gesagt, das vergeß ich nie: Ihr Mann ist tot, und seine Mörder regieren. Auch dein Vater und Heinrich haben sich ziemlich weit raushalten können aus allem; die haben sich sogar mit der HJ geprügelt. Als dann der Krieg ausbrach, haben sich aber beide freiwillig gemeldet; Heinrich vorzeitig, damit er aus der Schule rauskam und endlich sein Abenteuer hatte. Sie hielten die Wehrmacht wohl für unabhängig, parteilos irgendwie, ein großer Irrtum, denn es war Hitlers Krieg und am Ende auch seine Armee. Ich bin während des ganzen Krieges nicht in Oldenburg gewesen, weil ich befürchtete, nicht wieder in die Schweiz einreisen zu können.

Und was war mit Grünbergs? Und die Sache mit dem Flügel? Und warum ist Heinrich in die Fremdenlegion gegangen? fragte Claus und schenkte Tee nach.

Das weiß ich alles nur aus zweiter Hand, weil ich nicht dabei war, und manches habe ich mir nie ganz zusammenreimen können. Dein Vater hat mir erzählt, was er wußte – alles war das aber auch nicht; deine Großmutter hat sich ausgeschwiegen, das war eine Mischung aus Schock, Unverständnis, Gekränktsein und Angst vor dem Skandal. Wahrscheinlich hat sie am wenigsten von allem begriffen.

Meine Mutter denkt, daß Heinrich im Zweiten Weltkrieg vermißt oder gefallen ist, sagte Claus.

Käthe nickte. Ja, das denken viele, sagte sie, weil sie es denken sollen; die einfachste Lösung. Aber mich wundert doch, daß dein Vater ihr nichts erzählt hat. Und als dann diese Nachrichten vom Konsulat kamen, da war deine Mutter doch schon in Oldenburg. Offenbar hat die Strategie deiner Großmutter bestens funktioniert, alles als geheime Kommandosache abzuhandeln. Denn Heinrich, immer für ein Abenteuer zu haben, andererseits aber viel zu gutgläubig für wirkliche Abenteuer, hatte sich da in eine dunkle Sache reinlaviert, an der er zum größten Teil wohl selber schuld war; aber dann hat die Familie ihn hängen lassen, und das war das wirklich Furchtbare. Daran wollte sich deine Großmutter später natürlich nicht gern erinnern – und schon gar nicht erinnert werden. Grünbergs hatten mit dieser Angelegenheit aber gar nichts zu tun, die waren ja schon weg; nur das Klavier, dieser Flügel, ein sehr wertvolles Instrument, glaube ich, hat dann noch eine Rolle gespielt. Warum Grünbergs 1938 emigriert sind, weiß ich übrigens auch nicht; vermutlich hat der Druck auf sie so zugenommen, daß ihnen keine andere Wahl blieb, sie galten wahrscheinlich als Juden zweiten oder dritten Grades, was weiß ich, diese irrsinnigen Rassegesetze, diese sogenannte Kristallnacht ... Außerdem machte sich Grünberg mit seinen ironischen Bemerkungen über die Nazis genauso unbeliebt wie dein Großvater. In Oldenburg sind die Nazis so mächtig, soll Grünberg mal gesagt haben, weil dort im statistischen Durchschnitt der niedrigste Intelligenzquotient Deutschlands beheimatet ist. Soviel ich weiß, sind Grünbergs nicht offiziell enteignet worden, aber da gab es auch inoffiziellere Mittel und Wege; sie haben aber vermutlich auch nur eine lächerliche Summe für Haus und Geschäft bekommen. Allerdings hatte David Grünberg vorgesorgt, das war ein realistischer Mensch, trotz seiner musischen Neigungen. Oldenburg war das erste deutsche Land mit einer Nazimehrheit im Landtag, schon 1932. Und Grünberg, der wohl immer schon Geschäftsbeteiligungen im Ausland hatte, hat seitdem diese Beziehungen intensiviert; er rechnete wohl damit, daß er eines Tages gehen mußte – die Religion, sagte er mal, kann man wechseln, den Instinkt nicht. Wie auch immer, sie haben den Flügel dann bei uns gelassen, der war wohl nicht so ohne weiteres zu transportieren; es war vielleicht auch eine Hoffnungsgeste, die sagen wollte, der wird hier nur zwischengelagert, wir holen ihn demnächst wieder ab. Nächstes Jahr in Jerusalem, so in der Art. Und Heinrich …

Ein Klingeln unterbrach Käthes Erzählung.

Telefon? fragte Claus.

Nein, die Wohnungstür, sagte sie und ging hinein. Das wird wohl Jürgen sein …

Jürgen? Claus hörte, wie sie die Tür öffnete, eine Männerstimme, nicht zu verstehen, dann Käthe: Geh heut mal ohne mich, Lieber. … Nein nein, ich hab Besuch. … Ihr heiseres Lachen. … Herrenbesuch, aber natürlich. … Mein Neffe. Bist du etwa eifersüchtig? … Schön. Danke. … Ich ruf dich an, ja.

Sie kam auf den Balkon zurück. Grins nicht so süffisant, sagte sie. Jürgen ist ein alter Freund. Im Grunde viel zu jung für mich, erst neunundsechzig. War mal Diplomat, hat sich hier in diesem Kaff zur Ruhe gesetzt …

Ach so, sagte Claus, verstehe.

Was heißt hier ach so? Was verstehst du? Gib mir bitte noch Tee. Oder nein, es wird langsam Zeit für einen vernünftigen Drink. Ich hol uns mal Whiskey.

Sie ging in die Wohnung und kam mit einer Flasche, Gläsern und Eis wieder auf den Balkon zurück, goß sich ein Glas halbvoll und schob Claus die Flasche hin.

Bedien dich selbst, sagte sie. Wo war ich stehengeblieben?

Heinrich …

Heinrich, ja. Deine Großmutter wollte erst partout nicht glauben, daß er in Indochina ums Leben gekommen war. Das hatte zwei Gründe. Erstens war ihr natürlich klar, daß sie irgendwo mitschuldig war an Heinrichs Flucht und damit an seinem Tod; und das hat sie kräftig verdrängt. Und zweitens gab es da noch die U-Boot-Geschichte aus dem Krieg. Die kennst du ja wahrscheinlich schon.

Nein, nicht genau, sagte Claus und nippte am Whiskey. Die Sonne rötete sich jetzt langsam, während ihr unterer Rand sich den Baumwipfeln des Höhenzugs näherte und dort für einige Augenblicke wie aufgespießt hing.

Heinrich hat sich bei Kriegsausbruch nicht nur freiwillig gemeldet, sondern er ist natürlich zur Marine gegangen. Das paßte zu ihm, Seemannsromantik, Fernweh und Abenteuer. Und er hat sich ausgerechnet auf ein U-Boot gemeldet, was ja das Furchtbarste überhaupt gewesen sein muß. Heinrich ist der Propaganda aufgesessen. Die seefahrenden Männer unserer Tage, so ähnlich klang das damals, sind nicht anders als ihre Vorgänger vor Jahrtausenden, die hartnäckigen Überwinder der salzigen Ozeane, nur durch ein paar Planken vom Urquell des Lebendigen getrennt und darum ohne ihr Wissen gefeit gegen ausweglose Weltverzweifelung und lebensfeindliche Haarspaltereien des Intellektualismus. So was hat bei ihm verfangen, ach, er war auch so jung. Romantik ist ja was Schönes, aber auch schön gefährlich. Die Seegeschichten aller Zeiten sind allesamt Zeugnisse einer Vitalität, so tönte das dann, der die kalten Errungenschaften moderner Technik nichts anhaben können, und so weiter und so fort, romantische Lügen in schlechtem Deutsch. Die Wirklichkeit sah anders aus. Wie es auf so einem U-Boot zugegangen ist, hab ich mir nie richtig vorstellen können, bis vor Jahren mal ein Buch erschien, das dann auch verfilmt wurde, von diesem Buchheim, über den U-Boot-Krieg. Hast du das gelesen?

Claus nickte. Ja, er hatte *Das Boot* gelesen, das einzige Buch über den Zweiten Weltkrieg, das er als ehrlich empfunden hatte, weil die detailbesessene Schilderung aus dem Inneren dieser Waffe, die nur funktionierte, wenn die Menschen sich bedingungslos zur Funktion der Maschine, zum Teil der Technik machten, alle Romantik und jedes falsche Sentiment zerstörte, mit dem die aussterbende Generation der Kriegsteilnehmer sonst so gern den glücklichen Umstand zu vergolden pflegte, noch einmal davongekommen zu sein.

Das U-Boot, fuhr Tante Käthe nach einem kräftigen Schluck Whiskey fort, auf dem Heinrich Funker war, ist 1943 vor der Nordküste Englands von Fliegern versenkt worden, und Claus hörte jetzt das metallische Piepen der englischen Peilgeräte gegen die dünne Bordwand schlagen, als ob jemand Sand auf den Stahl geworfen habe, durch den bereits an verschiedenen Stellen Wasser in messerscharfen Strahlen eindrang, spürte die zunehmende Hitze, die Atemnot, den Gestank des Angstschweißes, sah Bildfetzen des Films in sich aufsteigen, bleiche, vom Tod gezeichnete Gesichter, zusammengedrängt in diesem Massensarg aus Metall. Und also kam ein paar Wochen später die Meldung, Heinrich sei tot, gefallen für Führer, Volk und Vaterland. Darauf hat deine Großmutter nun aber sehr merkwürdig reagiert, indem sie der Gefallenenmeldung einfach nicht geglaubt hat. Heinrich ist nicht tot, hat sie gesagt; wenn er tot wäre, würde ich das spüren. Das Mutterherz, Käthe lachte, es hatte recht. Der britische Rundfunk strahlte während des Krieges Sendungen in deutscher Sprache aus, die natürlich auch in Oldenburg gehört wurden, obwohl darauf die Todesstrafe stand. Und im Lauf dieser Sendungen wurden auch regelmäßig die Namen der deutschen Soldaten genannt, die in englischer Kriegsgefangenschaft waren. Auf diese Weise erfuhr unsere Familie, daß Heinrich lebte und gewissermaßen sogar das große Los gezogen hatte. Die U-Boot-Besatzung war nämlich gerettet worden, und Heinrich konnte das Ende des Krieges in der Sicherheit englischer Kriegsgefangenschaft erleben; er arbeitete dort zwei Jahre als Helfer in einer Schafszucht in

Schottland, wurde schon im Juni 1945 entlassen und kam wohlgenährt, mit drei dicken Wollpullovern und perfekten englischen Sprachkenntnissen wieder in Oldenburg an. Diese Episode ist deshalb so wichtig, weil sie die Reaktion deiner Großmutter erklärt, als dann später die Meldungen aus Indochina kamen. Erst hieß es ja, er sei vermißt; dann war er in Gefangenschaft; und dann kam die Nachricht, daß er in Gefangenschaft gestorben sei. Das hat deine Großmutter erst geglaubt, als schließlich das von Heinrich nachgelassene Geld auf ihrem Konto ankam, und selbst da hat sie es noch für möglich gehalten, daß er überlebt hat; vielleicht hat sie sogar bis zu ihrem eigenen Tod gehofft, daß es eines Tages an der Tür klingeln würde und Heinrich stünde auf der Schwelle, braungebrannt, mit Tropenhelm, ein Lied auf den Lippen. Im Kopf deiner Großmutter ist Heinrich unzählige Tode gestorben, und unzählige Male hat sie ihn wieder auferstehen lassen, weil sie sich schuldig fühlte.

Schuldig? Wofür denn? fragte Claus.

Trink mal noch'n Schluck, nickte Käthe ihm zu, denn die Geschichte des kurzen Lebens deines armen Onkels Heinrich, die fängt an dieser Stelle eigentlich erst richtig an. Oder fängt noch einmal an, wie du willst. Anfang 1946 war ich für ein paar Tage in Oldenburg. Und dein Vater hatte den Krieg auch überlebt, mit ein paar netten Orden, solchen, die man in die Schublade legen kann, und solchen, die man sein Leben lang mit sich rumträgt, in seinen Knochen, in seinen Träumen. Er hatte inzwischen zu studieren begonnen.

Ja, ich weiß, sagte Claus etwas ungeduldig. Und Heinrich?

Heinrich, ja Heinrich, der träumte von einer Karriere als Musiker. Oder als Dichter. Oder als Tänzer. Schauspieler. Er hätte es alles gekonnt, obwohl er im Grunde nichts konnte. Oder doch noch einmal zur See fahren. Oder groß ins Importgeschäft einsteigen, da er ja nun so gute Beziehungen nach England hatte. Immer noch Flausen im Kopf, fing alles mögliche an, brachte nichts zu Ende. War beliebt bei den Frauen, ein Charmeur, ein Filou, du weißt, was ich meine. Im Grunde auch sehr sympathisch, irgendwie mochte ihn jeder. Jedenfalls sprach er gut englisch, was damals äußerst nützlich war; er arbeitete manchmal für die Militärbehörde als Dolmetscher. Oldenburg gehörte ja zur britischen Zone. Im übrigen war er zu der Zeit praktisch der Familienernährer.

Wie das?

Er machte Schwarzmarktgeschäfte. Deine Großmutter wußte es, aber sie tat so, als wisse sie es nicht. Sie stellte sich dumm, weil das anrüchig war, und sie stellte sich doppelt dumm, weil sie und ihre Familie sonst verhungert wären. Du mußt dir vorstellen, daß der durchschnittliche Wochenlohn damals vielleicht dreißig Reichsmark betrug, und das entsprach dem Gegenwert von etwa sechs amerikanischen Zigaretten auf dem Schwarzmarkt. Das reichte gerade für den Bezug minimaler Mengen von Nahrungsmitteln, die es auf Zuteilungskarten gab, und vielleicht noch für die Busfahrkarten. Darüber hinaus war das Geld praktisch wertlos, es lohnte sich gar nicht, zu arbeiten. Wie viele andere auch zog Heinrich daraus die Konsequenz, denn auf dem Schwarzmarkt konnte man an einem Tag mehr verdienen als ein Fabrikarbeiter in zwei Wochen. Jeder, der über den staatlich garantierten Mindestbedarf an Nahrung etwas zu essen, zu trinken oder zu rauchen haben wollte, war auf den schwarzen Markt angewiesen. Es gab auch den grauen Markt; das bedeutete Tausch, und deine Großmutter fuhr mit dem Fahrrad über die Dörfer und Höfe des Umlands und tauschte Gemälde gegen Kartoffeln, Silber gegen Rüben, Schmuck gegen Speck. Aber das reichte nicht, selbst wenn ich gelegentlich mit ein paar Schweizer Franken aushalf. Übrigens habe ich damals auch die fünf US-Dollar beschafft, von denen in einem der Briefe Heinrichs aus Afrika die Rede ist. Heinrich, der immer alles leicht nahm und dem alles leicht zu fallen schien, war ein Schwarzmarktgenie. Als ich damals zu Besuch kam, hat er mir die Geschichte seiner einschlägigen Karriere erzählt; ob sie stimmte, weiß ich nicht, aber sie war irgendwie komisch und glaubhaft. Anfang 1946 bekam er Gelbsucht und mußte in einem Krankenhaus behandelt werden; bei seiner Entlassung ließ er eine Beinprothese mitgehen und tauschte sie bei einem Kriegsversehrten, der noch auf Krücken lief, gegen eine sehr wertvolle friederizianische Tabaksdose mit eingebauter Spieluhr ein, für die er wiederum bei einem Schlachter zwei ganze, geräucherte Schinken bekam; die Schinken machte er auf dem Schwarzmarkt zu amerikanischen Zigaretten, und für die Zigaretten tauschte er bei einer Arztfamilie ein Gemälde von Paula Modersohn-Becker ein, weil er wußte, daß ein englischer Major, für den er gelegentlich dolmetschte, Kunst sammelte; er ging also mit dem Bild zu diesem Major und verlangte als Gegenleistung, daß der ihm für eine Nacht seine Uniform und seinen Dienstwagen leihen sollte, weil er, Heinrich, damit angeblich einer bestimmten Frau imponieren wollte; der Major, der wohl schon ziemlich angetrunken und reichlich gutgläubig war, hielt das für eine besonders witzige Form der Verführung und stimmte zu; Heinrich zog sich die Uniform an, setzte sich in den Wagen und fuhr, ohne kontrolliert zu werden, spät abends in die englische Kaserne, wo er sich gut auskannte; er räumte ein Magazin aus und bekam auf diese Weise einen riesigen Vorrat an Zigaretten, Spirituosen und Schokolade – sein Grundkapital auf dem Schwarzmarkt; vermutlich ist nie jemand dahintergekommen, nicht einmal der englische Major, dem Heinrich am nächsten Morgen Wagen und Uniform zurückbrachte und, um den Glauben des Majors an ein galantes Abenteuer zu vertiefen, in der Tasche der Uniform eine angebrochene Packung Präservative »vergaß«.

Und dann ist die Sache doch aufgeflogen, und Heinrich mußte verschwinden? fragte Claus.

Das wäre einigermaßen logisch gewesen, nickte Käthe, aber Heinrichs Flucht aus Oldenburg ist ein anderes, katastrophal mißglücktes Schwarzmarktgeschäft vorausgegangen, bei dem er böse hereingelegt worden ist, und leider kenne ich von dieser entscheidenden Geschichte nur ein paar Bruchstücke. Wahrscheinlich wissen bis heute nur die direkt Beteiligten, was da genau abgelaufen ist. Fest steht jedenfalls, daß Heinrich äußerst wertvollen Schmuck in Kommission genommen hat, um ihn für den Auftraggeber auf dem Schwarzmarkt zu verkaufen. Er hat auch einen Interessenten gefunden und den Schmuck hergegeben, ist dann aber um den verabredeten Gegenwert betrogen worden; wie das ausgerechnet dem ausgefuchsten Heinrich passieren konnte, weiß niemand genau. Und dann ist er erpreßt worden, entweder eine bestimmte Summe oder einen entsprechenden Gegenwert zu zahlen – andernfalls würde man ihn anzeigen. Das hätte ihn im Grund kalt lassen können, weil der Erpresser vermutlich genau so in der Sache gehangen hätte; es war aber so, daß dieser Schmuck ein paar Wochen zuvor aus dem Landesmuseum gestohlen worden war – Heinrich hätte also auch unter dem Verdacht gestanden, diesen Einbruch verübt zu haben. Das hätte ihn nicht nur ins Gefängnis gebracht, sondern in Oldenburg ungeheuren Skandal gemacht: Heinrich Haresch, Schwarzhändler und Museumsdieb … Vielleicht kannst du dir das vorstellen, wenn du bedenkst, wie sehr Großmutter auf den guten Ruf der Familie bedacht war. Tja, und nun mußte Heinrich also von heute auf morgen viel Geld oder entsprechende Gegenwerte auftreiben, die offenbar seinen damals stark geschmolzenen Schwarzmarktfundus weit überstiegen. Und das ist ihm eben nicht gelungen. Es wäre aber möglich gewesen, wenn alle in der Familie zusammengelegt hätten, Hareschs, aber auch Steiners und Heppes; Heinrich ist zu seinem Onkel Bernd Steiner gegangen, der pensionierter Kapitän war und jede Menge Wertsachen hatte, er ist zu seiner Tante Nora Heppe gelaufen, die Grundbesitz hatte; heute würde ich sogar so weit gehen und sagen, daß man notfalls unser Haus hätte abtreten müssen, obwohl es wahrscheinlich weit wertvoller war als das, was verlangt wurde. Aber wieviel ist ein Menschenleben wert?

Nebenbei bemerkt: Mit dem Geld, das Heinrich hinterlassen hat, ist das Haus entschuldet worden. Damals haben alle abgewunken, die ganze ehrenwerte Verwandtschaft, weil sie vermutlich auch den Ernst der Situation nicht begriffen haben; alle haben gedacht, der Heinrich hat sich immer aus allem rauslaviert, da schafft er es jetzt auch wieder, und wenn nicht, dann tut so eine kleine Lektion dem Bruder Leichtfuß mal ganz gut. Er und dein Vater, der zu ihm gestanden hat, haben sich die Hacken abgelaufen, um Geld aufzutreiben. Dein Vater hat auch ein Telegramm an meine Zürcher Adresse geschickt, und ich hätte natürlich geholfen, war aber unglücklicherweise zu der Zeit in Lissabon, und das Telegramm bekam ich erst zu sehen, als Heinrich schon weg war. Das war die einzige Reise meines Lebens, die ich später bedauert habe. Als Heinrich sich dann aus der Stadt absetzte, dachten wir, daß er nur abwarten wollte, bis Gras über die Sache gewachsen wäre, um dann irgendwann zurückzukommen; und das erschien im ersten Moment auch ganz logisch, weil es die Strategie der Erpresser durcheinanderbrachte, denn die haben sich ja schließlich mit dem Flügel von Grünbergs und einem Perserteppich zufrieden gegeben. Und das belegt diese merkwürdige Quittung aus dem blauen Ordner. Aber Heinrich ist nicht zurückgekommen, nie mehr …

Die Sonne war fast vollständig hinter den Höhen verschwunden; über den Baumwipfeln versickerte ihr Rot in blauen Schatten, und Claus fröstelte.

Weiß man denn, wer Heinrich reingelegt hat? In seinen Briefen spricht er von einem gewissen F.B., der …

Ich weiß es nicht, unterbrach ihn Käthe. Und ich weiß auch nicht, ob dein Vater es wußte. Und wenn wir den Namen wüßten, würde das nicht weiterhelfen. Wir wissen ja nicht einmal, ob F.B., wer immer das ist, wirklich der Erpresser war.

Und die unleserliche Unterschrift auf dieser Quittung, die besagt, daß man keine Ansprüche mehr gegen Heinrich habe?

Das war ein Mittelsmann. Ich glaube, ein alter, etwas zwielichtiger Notar, dem es damals so dreckig wie allen anderen ging und der die Sache vermutlich für eine Schachtel Zigaretten abgewickelt hat. Den Hintermann hat unsere Familie nicht zu Gesicht bekommen.

Was glaubst du denn, warum Heinrich so entsetzt darüber war, daß ausgerechnet der Flügel abgegeben wurde? Und was meint er, wenn er schreibt, das sei das Versteck für Leas und seine Geschichte?

Ich weiß es nicht. Käthe zuckte mit den Achseln. Es wird wohl eine von seinen Metaphern gewesen sein.

Aber es ist doch auch sehr merkwürdig, daß diese

Lea McColby, die du als Lea Grünberg gekannt hast, zum Schluß noch von einem Flügel gesprochen haben soll. Ob damit *der* Flügel gemeint war?

Ja, nickte Käthe, das ist merkwürdig. Denn als Grünbergs uns damals den Flügel zur Aufbewahrung überließen, hätte sich vor allem Heinrich darüber freuen müssen, weil er der einzige in der Familie war, der Klavier spielen konnte. Aber soviel ich weiß, hat der Flügel nie in der Wohnung gestanden, sondern die ganze Zeit auf dem Dachboden.

Wenn Heinrich Lea wirklich geliebt hat, überlegte Claus, hat ihn der Flügel vielleicht zu sehr an sie erinnert?

Möglich, sagte Käthe. Aber es ist auch alles andere möglich.

Dann hört also Heinrichs Geschichte hier auf, murmelte Claus tonlos.

Jedenfalls kann ich dir nicht mehr weiterhelfen, nickte Käthe. Warum interessiert dich die Sache eigentlich so sehr?

Ich weiß nicht recht, sagte er zögernd, nach Gedanken suchend, nach Worten, jedenfalls interessiert sie mich immer stärker, je mehr ich darüber erfahre, und indem ich erfahre, wie wenig im Grunde darüber aufbewahrt ist, interessiert sie mich noch mehr. Die Neugier an den weißen Flecken, wenn du so willst, Entdeckerlust in einem langweiligen Leben, das alles über sich und seine Herkunft zu wissen glaubt, sich satt und sicher weiterwälzt; und natürlich Lust und Neugier auf gute Geschichten, obwohl ich mich frage, ob man so ein Schicksal als gute Geschichte bezeichnen darf, weil man in Versuchung geraten könnte, den absurden Tod Heinrichs, sein kurzes Leben, dies ums Leben betrogene Leben, als Stoff einer Geschichte zu mißbrauchen. Ich habe allerdings das schwer zu erklärende Gefühl, daß Heinrichs Geschichte etwas mit mir selbst zu tun hat. Bis vor kurzem war ich der Meinung, daß Nationalsozialismus und Krieg eine Vergangenheit ist, die mich nichts angeht, höchstens noch in Auseinandersetzung mit meinen Eltern oder in der Empörung über die Lübkes, Kiesingers und Filbingers; diese Auseinandersetzung habe ich längst geführt, so weit das überhaupt möglich war, und die alten Nazis, mit denen der Staat gemacht wurde, in dem ich aufgewachsen bin, sterben aus. Es ist mir auf die Nerven gegangen, wenn diese politisch furchtbar korrekten Intellektuellen, Künstler, Schriftsteller, diese Betroffenheitsfanatiker und Wiedergutmachungskitschiers, ununterbrochen Vergangenheit bewältigen wollten, die gar nicht meine Vergangenheit zu sein schien. Ich konnte nicht begreifen, wieso ein kluger Schriftsteller behauptete, daß unser Älterwerden in immer erweiterten Gedächtnis-Ringen um den deutschen Nationalsozialismus kreise. Der Abstand, hieß es da sinngemäß, vergrößere sich, doch könnten wir aus der konzentrischen Bestimmung niemals ausbrechen. Für diejenigen, die aus dem Exzeß des Jahrhunderts hervorgegangen seien, werde es keine Lebensphase geben, in der sie sich nicht erneut zu diesem Ursprung verhalten müßten, so daß er eigentlich das Zentrum, ja Gefängnis all ihrer, unserer, Gefühle und Gedanken bilde. Diese Überlegung verstehe ich erst jetzt, weil die Leiche im Keller unserer Familie zu stinken begonnen hat, weil die Vergangenheit mich einholt mit diesem nie zu tilgenden Verwesungsgeruch; ich verstehe sie, weil ich plötzlich die Verpflichtung spüre, den Toten zum Sprechen zu bringen. Das hängt mit dem Brief Sarah McColbys zusammen, den ich beantworten muß; aber je länger ich mich mit der Sache beschäftige, desto mehr belebt sich diese tödliche Vergangenheit. Es gibt kein Parfüm, das den Leichengeruch überdeckt. Ich beginne zu begreifen, daß der Faschismus nicht *schon* fünfzig Jahre hinter uns liegt, sondern *erst* fünfzig Jahre. Und manchmal habe ich das Gefühl, daß mein Land, das ich mir nicht aussuchen konnte, noch mittendrin steckt.

Käthe nickte. Vielleicht haben die Nazis wirklich ein tausendjähriges Reich gegründet, und wir sind erst ganz am Anfang. Ich habe auch lange überlegt, ob ich zu guter Letzt wieder nach Deutschland kommen sollte. Aber vor ein paar Jahren sah es ja so aus, als hätten wir unsere Lektionen gelernt. Heute kann man daran zweifeln.

Ja, sagte er, kann man.

Sie sah ihn nachdenklich an, schwieg eine Weile und sagte dann: Weißt du eigentlich, daß du Ähnlichkeit mit Heinrich hast?

Komisch, das hat Marie auch gesagt, als sie ein Foto von ihm gesehen hat.

Ich meine das gar nicht physiognomisch, sagte Käthe, obwohl auch das stimmt. Aber Hareschs haben alle starke Familienähnlichkeit.

Wie meinst du es dann?

Du bist zwar, im Unterschied zu Heinrich, nach Oldenburg zurückgekommen. Aber du bist immer noch in der Fremdenlegion.

Versteh ich nicht.

Deine Fremdenlegion, das ist die Literatur. Und bevor Claus Haresch fragen konnte, was seine alte Tante damit meinte, sagte sie energisch: Und jetzt gehen wir zusammen essen. Ich kenn da ein sehr gutes Restaurant.

In Münstereifel?

Unsinn. In Köln.

In Köln?

Aber ja doch, mein Junge. Du bist doch mit dem Auto da, oder nicht?

Na ja, aber wartet dieser, äh ... Jürgen nicht auf dich?

Ich nehme an, daß er das auch morgen noch tun wird.

Ich hab doch jetzt schon Whiskey getrunken und …

Die paar Tropfen. Ihr jungen Springer könnt nichts mehr vertragen. Keine Widerrede. Ich lad dich ein.

Denkmäler

Das Ohr auf dem Kissen, lag er in dem durch Nacht und Schlaf schneidenden Zug, lauschte in den Rhythmus hinein, ganz nah und zugleich unerreichbar fern. Der Takt von Rädern und Gleisen, Schwellen und Weichen, mischte sich mit dem Rhythmus seines Pulses und schob Vergangenheit und Gegenwart zu schwankenden Bildern zusammen, abrupt auftauchende Melodien, sanfte, schmelzende Bögen, die unter die Räder gerieten, zerrieben zwischen Metall und Metall, erloschen in Neonlicht, zerredet in scheppernden Durchsagen, Aachen-Süd, zertreten unter Schritten Aussteigender, Zusteigender, Platzsuchender. Dann schlug der Zug wieder seinen Takt, Ruhe sickerte von Abteil zu Abteil, das Dunkel draußen hieß jetzt Belgien. Er drehte sich auf die andere Seite und lauschte auf die Rückkehr der Melodien. Claus Haresch spürte, wie etwas zu ihm kam, was meistens nicht zu ihm gehörte; das Außen ordnete sich in ihm zu Mustern, als ob er magnetisch war und die Welt ein Feld aus Eisenspänen, die Schwellen unter dem Schienenstrang die weißen Tasten eines Flügels, dem die schwarzen ausgerissen worden waren.

In einem Nebengebäude der *Cité Internationale des Arts* lag Claus Hareschs Studio im fünften Stock, schlicht und funktional, hell und geräumig, zwei Tische, ein paar Stühle, Bett, Bücherregal, Kommode, eine kleine Küche, ein winziges Bad. Er richtete sich einen der Tische als Arbeitsplatz vor dem vierflügeligen Fenster ein, aus dem man auf einen stillen, gepflasterten Hinterhof blickte, auf die mit grauem Schiefer und Kupferblech gedeckte Dächerlandschaft, über deren Antennenwälder sich die Kaminzüge mit den roten Schornsteinrohren aus Keramik wie kubistische Abstraktionen zum Himmel reckten und bei Sonnenschein schwere Schatten über die Dächer warfen. Nachts, wenn das Licht aus den Fenstern brach, sah man Menschen in Mansardenwohnungen in ihren Küchen sitzen, reden und essen, trinken und schweigen.

Einmal, im fetten Gelb eines Septemberabends, öffnete sich eins der gegenüberliegenden Fenster, und eine junge Frau, ein Mädchen eher noch, setzte sich rittlings auf die Fensterbank, ein Bein fast verwegen nach außen baumelnd, das andere, um das Gleichgewicht zu wahren, in der Wohnung verborgen, lehnte den Rücken gegen den Fensterrahmen und las in einem Buch, einem Kochbuch gewiß oder einem Ratgeber für gesundes Leben. Und wie er sie dort sitzen, ja scheinbar schweben sah, versunken und ausbalanciert, das langgewordene Licht wie eine schüchtern-zärtliche Hand auf ihrem Haar, durchzitterte ihn eine unerklärliche Traurigkeit, von der er zugleich wußte, daß sie auch das Glück war. Ich habe sie nie gesehen, sagte er zu sich selbst, aber ich kenne sie. Und als er sich weiter über sein Fenstergitter hinauslehnte, um Titel oder Autor des Buchs zu entziffern, in dem das Mädchen las, spiegelten sich im Glas des offenstehenden Fensterflügels geometrisch angeordnete, ineinander versetzte, gleichschenklige Dreiecke – ein Endlosmuster des Davidsterns. Um den Ursprung dieser Reflektion zu entdecken, reckte er sich noch weiter über das Fenstergitter zur rechten Seite hinaus, so weit es möglich war, ohne zu stürzen, und sah hinter den Häusern, die den Innenhof säumten, ein schlichtes, modernes Gebäude, das er zuvor nie bemerkt hatte, weil es nicht in seinem tagtäglichen Blickfeld lag. Die Betonverstrebungen der Fassade bildeten tatsächlich ineinander übergehende, sechsstrahlige Sterne, aber wenn man den Blick um eine Nuance anders fixierte, veränderte sich das Muster zu sechseckigen Kristallformen, denen jeweils kleine Dreiecke angesetzt waren. Als er wieder zu dem Fenster hinübersah, war das Mädchen verschwunden; die offenstehenden Flügel schienen in der Abendbrise leicht zu vibrieren und kamen ihm vor wie zwei ausgestreckte Arme, die auf ihn deuteten. Er setzte sich, von einem leichten Schwindelgefühl wie aufkeimende Seekrankheit gepackt, an den Schreibtisch und schrieb mit steifen Lettern in sein Notizbuch: Was geschah mit Lea Grünberg?

Im Gebäude war fast immer Musik der probenden Komponisten und Musiker zu hören, Cello, dunkle, wie Aquarellfarbe ins Ungewisse verlaufende Striche, Klavier, für kein Publikum gespielt, sondern wie Selbstgespräche nach innen gerichtet, manchmal ein Saxophon, langgezogene, melancholische Bögen, die jäh abbrachen, erneut begannen und ihn einmal in die Stimmung zurückversetzten, die er während seiner Anreise im Nachtzug gespürt hatte; aber als er die Stimmung festhalten, in seinem Notizbuch in Worte übersetzen wollte, verschwand sie wie eine Leuchtschrift im Gegenlicht. Wenn er tagsüber an seinem Laptop saß und an der Übersetzung des amerikanischen Romans, mit der er sich schon viel zu lange herumschlug, oder an dem Essay über Heimat und Fremde arbeitete, der, je länger er in Paris war, immer unmittelbarer zu einem Text über ihn selbst wurde, dann drang diese Musik durch die Korridore des Gebäudes in seinen Raum, hob ihn fast unmerklich von solchen Arbeiten ab und lockte seine Aufmerksamkeit in eine vage Weite, in die er, ohne es zu bemerken, bereits aufgebrochen war. Wer nie fortgeht, notierte er eines Nachts, als ihn irgendein undefinierbares Geräusch aus dem Schlaf geholt hatte, kann auch nie nach Hause kommen.

Und wenn ich irgendwo weit von zu Haus bin, ist mir das Zuhaus manchmal näher als in seiner Gegenwart. Vielleicht ist das der Ursprung allen Heimwehs. Richtig dabeigewesen sind wir ja auch immer erst in der Erinnerung, und richtig zu Haus sind wir nur in der Fremde. Und vielleicht lieben wir uns auch nur dann so, wie es die unmögliche Idee der Liebe verlangt, wenn wir uns nicht haben, sondern schlaflos und allein zwischen fremd riechenden Laken liegen. *Absence makes the heart grow fonder*, sagt das englische Sprichwort, aber was macht die Anwesenheit mit unseren Herzen?

An dem Nachbargebäude mit der geometrisch strukturierten Betonfassade, die sich in der Fensterscheibe gespiegelt hatte, war er Tag für Tag achtlos vorbeigelaufen. Am Morgen, nachdem er das im Fenster sitzende Mädchen beobachtet hatte, blieb er auf seinem Weg zum Frühstück in seinem Lieblingsbistro *Les Chimères* vor dem Gebäude stehen und las auf der einige Meter vom Trottoir zurückversetzten Mauer zum ersten Mal die Inschrift:

MÉMORIAL DU MARTYR JUIF INCONNU

Wand an Wand, und du siehst es nicht, siehst es erst, nachdem das Mädchen es dir gezeigt hat, das lesende Mädchen im Schatten der Kamine, der Keramikschornsteine, und die Spiegelung im Fensterflügel wie eine Vexierschrift, die dir gilt.

Als er vom Frühstück zurückkam, lag eine Nachricht in seinem Postfach, er könne sich bei der Hausverwaltung den beantragten Museumsausweis abholen. Der Parkplatz hinter dem Hauptgebäude, über den er sonst zu gehen pflegte, war durch Bauarbeiten für einen neuen Metro-Zugang blockiert, so daß er den weiteren Weg über den Quai nehmen mußte. Und dort machte er die zweite Denkmals-Entdeckung dieses Morgens, denn auf dem kärglichen Grünstreifen zwischen dem donnernden Verkehr der Uferstraße und dem Hauptgebäude der *Cité des Arts* stand er plötzlich vor einem mannshohen, leicht zur Seite geneigten Stein, dessen Umrisse wie die Grenzen eines imaginären Landes wirkten, und als er die gemeißelte Inschrift las, hatte er plötzlich das Gefühl, der Stein sei eben erst und nur für ihn, Claus Haresch, hier aufgestellt worden, die Notiz im Postfach und die Baustelle am Parkplatz nur Vorwände, damit er diesen Weg nahm:

A nos Morts:
Corée / Indochine / Algérie

Unsere Toten? Was geschah mit Lea Grünberg? Was mit Heinrich Haresch? Indochina. Wo finde ich meine Toten? Eingemauert zwischen diesen Denkmälern. Auch ich eingemauert zwischen diesen beiden Steinen, Wand an Wand, Tag für Tag. Ein Zufall nur, diese Steine links und rechts von mir. Gewiß, aber das Leben besteht aus Zufällen. Das Sterben wohl auch. Und du siehst nichts. Nicht einmal die

Zufälle. Verstehst nichts. Nicht einmal die Tatsachen. Willst deine Vergangenheit nicht kennen. Deine Geschichte. Meine Vergangenheit? Meine Geschichte? Geboren 1951, gnädiges Jahr, die Katastrophen waren schon Erinnerung. 1951, grausames Jahr, das Jahr, in dem Heinrich starb. Meine Toten? Meine Vergangenheit? Meine Geschichten? Meine Gegenwart?

Er dachte nicht mehr an den Museumsausweis, sondern ging über den Quai, über die Brücke, blieb am Geländer stehen, schaute auf den grau und grün und gelb strömenden Fluß, die Dächer und Türme, die von Westen wie weiße Schleier ins Blau quellenden Wolken. Die Kisten der Antiquare säumten die Kaimauern des Flusses; die Gleichgültigkeit, mit der die Wasser lautlos durch die Stadt trieben; das bloß noch folkloristische, zum Stadtbild gehörende Interesse an Büchern: Sie waren ganz äußerlich geworden, zu dicken Ansichtskarten. Er ging in den Park, wo sich im flachen Stadtwind Müßiggänger räkelten und auf dem Wasser des Bassins eine Flotte Segelschiffchen merkwürdig regelmäßige Kreise zog. Durch die Bäume sah er ein Karussell schimmern, ging aber nicht näher heran, weil er fürchtete, daß sich dort statt buntbemalter Holzpferdchen, die schon in seiner Kindheit altmodisch waren, Plastikdinosaurier und Raketen drehen würden. Und den weißen Elefanten gab es ganz bestimmt nicht mehr.

Er erinnerte sich plötzlich, wie er in kalten Abenddämmerungen in einer langen Reihe grauer Gestalten vor einem Souterrain-Laden um Milch ansteht, erinnerte sich, in Ermangelung langer Hosen bei scharfem Frost kurze Hosen mit langen Strümpfen zu tragen, erinnerte sich an den Wert eines einzigen Pfennigs und an die Sensation, sonntags ein Stück Fleisch essen zu dürfen, erinnerte sich, daß Großmutter, um Wasser zu sparen, die Fußböden mit gesammeltem Badewasser putzt, erinnerte sich an »Eßt mehr Obst und ihr bleibt gesund« und wie er sich mit seinem Bruder eine Apfelsine teilen darf, erinnerte sich an »die Tommies«, englische Besatzungssoldaten mit kurzen, olivgrünen Jacken, die den Kindern manchmal Kaugummi und Cadbury schenken, erinnerte sich an kalte Linoleumfußböden und Ofenheizung, erinnerte sich an den Bruder seiner Mutter, der als Besuchsgeschenk fünf Briketts mitbringt, an den Schrotthändler, der mit Pferd und Wagen durch die Straße scheppert und »Lumpen, Alteisen, Papier« ruft, erinnerte sich an »gute Butter«, was wie »echtes Gold« klingt, an Malzkaffee und Behelfsheime, an aus Uniformen geschneiderte Mäntel, an Fahrräder mit Hilfsmotoren, erinnerte sich, wie er im Herbst mit anderen Kindern tagelang Kastanien, Bucheckern und Eicheln in Parks und Gärten sammelt, für die ein Müller zwanzig Pfennig pro Sack zahlt, erinnerte sich, erinnerte sich ... Erinnern konnte er sich nicht, jemals in seiner Familie über Onkel Heinrich reden zu hören, jemals über ehemalige Nachbarn namens Grünberg, jemals über den Brand der Oldenburger Synagoge, die nicht weit vom Haus der Familie Haresch entfernt lag. Die Nachkriegswirklichkeit, in die er hineingeboren wurde, als sein Onkel Heinrich aus ihr verschwand, war eine Funktionalisierung der um jeden Preis heilen Familie als Resonanzboden für eine verlogene, kitschige Seelenmusik, die, dekoriert mit Figuren aus dem Erzgebirge, demütig als Gegengabe für kaffee- und kakaopralle Care-Pakete von den Brüdern und Schwestern in der Zone geschickt, die Erinnerung übertönen sollte, die Erinnerung und die Leere. Die Weihnachtsinszenierungen, bis zur letzten Kerze durchgeplante Sentimentalität, immer auf der Schneide eines Messers balancierend, das jeden Augenblick in nur notdürftig versteckten Wunden wühlen konnte. Ach, wie gut wir's doch haben! Kinder, wenn ihr wüßtet, was wir durchgemacht haben ... Das Bodenlose in dieser Familie, der Mangel an historischer Klarheit, an Selbstwahrnehmung, an Liebe. Und das große Schweigen: Großmutter war im Besitz einer Wahrheit, die sie selbst gar nicht begriffen hatte, die sie aber diktatorisch verwaltete und die unter keinen Umständen ausgesprochen werden durfte – sonst drohte gesellschaftlicher Skandal, und der Skandal wäre im materiellen Trümmerhaufen der Nachkriegsnot ein sozialer Zusammenbruch gewesen. Um diesen Zusammenbruch zu vermeiden, der Freunde gekostet hätte oder die, die man dafür hielt, hatte man Heinrich über die Klinge springen lassen. Legitimiert war das Ganze durch die antifaschistische Vergangenheit des Großvaters, Wandervogel, Literaturfreund, lebensuntüchtiger Träumer, den die Nazis gefeuert hatten. Das war der große Orden, der über allem Unrat klebte. Hätte Großvater noch gelebt, als Heinrich am Horizont einer erträumten, besseren Welt verschwand – wer weiß, vielleicht wäre sein jüngster Sohn Heinrich Künstler geworden, oder womöglich sogar »etwas Vernünftiges«.

Die Tüchtigkeit, das allzu glatte Funktionieren beim Aufbau eines wie geschmiert funktionierenden Kapitalismus als »Wirtschaftswunder«, war vielleicht der brutalste Ausdruck von Charakterdeformationen, die sich im Umgang mit Menschen zeigte, mit der eigenen Familie. Alles mußte klappen, Ärmel aufkrempeln, zupacken, Mund halten. Prügelstrafe in der Volksschule. Was auf den Tisch kommt, wird gegessen. Ihr wißt ja gar nicht, wie gut ihr's habt. Die Zeit von Claus Hareschs Kindheit, aus der Heinrich verschwunden war, war bloß die Karikatur eines Neubeginns, weil das Alte nicht überwunden war, sondern immer tiefer im angeblich Neuen versank und dort ein Schattendasein fristete, untot schlief. Jetzt war es erwacht, da im Osten Deutschlands wieder ein Neuanfang durchgeprügelt wurde, und es gab Opfer genug, die für deutsche Enttäuschungen büßen mußten. Mörder und Brandstifter wurden aus Langeweile geboren, aus Protest, aus Angst und aus Überdruß gegen einen verordneten Antifaschismus – keine Wiederholer, sondern Produkte aktueller Not, doppelt Belogene und Betrogene auf der Suche nach blühenden Landschaften. Und dennoch waren auch sie Relikte des Faschismus, untot weitergezeugt im Schweigen, ahnungslose Delegierte ihrer Eltern und Großeltern, die auf den Balkonen stehen, Bier trinken und ihre wildgewordene Brut zu Mord und Totschlag anfeuern, zu Deutschland den Deutschen, zur Rückkehr in den Sumpf, während sogenannte demokratische Politiker ihr Verständnis äußern und sich endlich legitimiert sehen, das Asylrecht zu verschärfen, auf daß Deutschland artrein bleibe, auf daß es ersticke an seiner eigenen Stickluft. Es tat gut, in Frankreich zu sein, und war zugleich beschämend. Er hatte vierzig Jahre gebraucht, um ein positives Gefühl zu seinem Land zu entwickeln, aber es hatte nur ein Jahr gedauert, bis ihm dies Gefühl wieder vergangen war. In den sechziger und siebziger Jahren war es ihm angenehm gewesen, wenn man ihn im Ausland für einen Skandinavier oder Holländer hielt; heute wäre er gern ein Skandinavier, ein Holländer, es war egal, es wäre eine Befreiung.

Es ging gegen Mittag, die Septembersonne näherte sich in flacher werdendem Bogen schon den Turmstümpfen, unvollendeter Größenwahn längst vergangener, auch nicht hellerer Zeiten, wärmte die Stadt, letzte Ahnungen des vergehenden Sommers. Claus Haresch setzte sich an der Pont St. Louis in ein Straßencafé, bestellte Milchkaffee, sah den streunenden Hunden zu, den Touristen, den Bettlern. Auf der Brücke standen vier junge Musiker, die er aus der *Cité* kannte, eine Französin, ein Amerikaner, eine Japanerin und ein Österreicher; sie hatten sich zu einem Streichquartett zusammengeschlossen und spielten, um das spärliche Stipendium aufzubessern, mit lächelnder Routine und großem Erfolg vor den Touristen Gassenhauer der Klassik herunter, *Die Vier Jahreszeiten*, *Eine Kleine Nachtmusik*, *Concerto de Aranjuez*. Das Publikum staunte und klatschte, Hartgeld und Scheine regneten in den Cellokoffer, und jetzt strich die suggestive Monotonie des Ravelschen *Bolero* durch die Sonne des Spätsommers, verband sich mit den regelmäßigen Schattenstreifen, die das Kopfsteinpflaster auf die Straße warf, zu einem Rhythmus aus Licht, einem Muster aus Klang, und die Schatten des Pflasters wurden zu den Straßen seiner Kindheit, dunkler

Basalt, der bei Regen glänzte und glitschig wurde, in der Fahrbahnmitte ausgeklinkerte, mattrote Streifen für Fahrräder, kaum Autoverkehr, und es war das gleiche Pflaster, auf dem Heinrich Haresch gegangen war, zum Spielen, zur Schule, zu Lea Grünberg, zur Musterung, in den Krieg, aus dem Krieg zurück, zu seinen Schwarzmarktgeschäften, und irgendwann, ein letztes Mal, nicht lange vor der Stunde Null, zum Bahnhof, aus der Stadt heraus, nach Amsterdam, nach Afrika, nach Indochina. Zum Sterben. Dicht neben Claus flatterte eine Taube auf, und wie er den Luftzug des Flügelschlags spürte, streifte ihn plötzlich die Ahnung: Heinrich ist hier gewesen, hier in Paris. Und er ist immer noch hier, denn mein Blick, der die Fassaden der Bürgerhäuser hinaufwandert, eins, zwei, drei vier, fünf, sechs Etagen, und oben, unterm Kupferblech des schön geschwungenen Dachs an einem der Mansardenfenster mit den aufgeschlagenen, weißen Jalousien hängenbleibt, muß auch Heinrichs Blick gewesen sein – seine Sehnsucht nach einem Raum der Ruhe, einem Zimmer für sich allein, in dem ein Flügel steht oder zumindest ein Klavier, ein Zimmer, in dem er endlich spielen, endlich seine verlorene Kindheit nachholen kann, seine im Krieg zerfetzte Jugend. Und wenn es keinen Flügel gibt und kein Klavier, dann herrscht zumindest Frieden in diesem Zimmer, und es gibt einen Tisch, einen

Stuhl und ein Bett, in dem er ohne Angst schlafen und träumen kann, träumen von seinen Fernen und Palmen im Wind, träumen von den verpaßten Chancen seines Lebens, von Lea auch, die längst auf der anderen Seite des Ozeans lebt. Aber es gab kein Zimmer für ihn in Paris. Für einen wie ihn war sogar die Sonne ein Luxus, wäre noch das Sterben teuer gewesen in Paris, wo es ohne Cash oder Kreditkarte nicht einmal Stühle und Markisen gibt. Er war nur einer der vielen, abgerissenen Pflastertreter, die durch die Städte trieben, vorm dreißigsten Jahr schon älter als manche als Greise, vom Krieg verroht, vom Nachkrieg zerrieben, um seine Vergangenheit betrogen und als Zukunft nur ein weiterer, noch fremderer Krieg in Sümpfen und Dschungeln auf der anderen Seite der Welt. Sein hungriger, müder Schatten strich noch immer über die Brücke, sehr schmal, verhärmt und immer länger werdend, schartig zitternd jetzt, als die Sonne das Dach berührte. Und der Schatten wurde zur Schrift, die sagte: Nimm mich mit in deine Träume und in deine Erinnerung, damit ich Ruhe finde. Du bist gekommen, um mich zu suchen. Du findest mich in deinen Blicken, die übers Pflaster laufen und über die Fassaden, du findest mich in deinem Notizbuch, in deiner Sprache, in deinem Blut. Blut? Ich bin die Leiche, die Leiche ohne Grab, die ewige Leiche, aus eurem, aus unserem sauberen, klinisch aufgeräumten Keller in Oldenburg, wo ich nicht bleiben durfte. Nicht einmal im Keller konnte ich bleiben.

Ein Archiv des Todes

Im Keller, Monsieur, sagte der Portier am Eingang des Gebäudes des *Ministre des Anciennes Combattants et Victimes de Guerre*, als Claus Haresch sich erkundigte, wo sich die Abteilung mit den Gefallenenakten des Indochina-Kriegs befände, im Keller, und der Fahrstuhl sei gleich links hinter der zweiten Glastür am Ende des Flurs.

Es roch nach Staub, vergilbendem Papier und Ammoniak, die Neonröhren an den weißgetünchten, leicht gewölbten Decken warfen gleichmäßig kaltes Licht auf die Reihen altmodischer Karteischränke aus Holz, durch endlos in die Tiefe gestaffelte Archivregale, aus denen überall Aktendeckel und mit Bändern zusammengehaltene Papierstöße quollen. Durch einen Holztresen war der vordere Teil des Gewölbes vom eigentlichen Archiv getrennt. An einer Wand hing das gerahmte Foto des Präsidenten Mitterand, daneben ein Poster des französischen Roten Kreuzes sowie ein Abreißkalender mit Werbefotos einer Reifenfirma; an der gleichen Wand standen, eng nebeneinander aufgereiht wie zum Appell, drei uralte Schreibtische aus

Metall, von denen die olivgrüne Farbe blätterte – wohl aus irgendwelchen Kasernen entfernt und nun zur Benutzung der Archivbesucher hier aufgestellt. An einem dieser Tische saß ein junger Mann über einem Aktenstoß und machte sich eifrig Notizen. Als Claus durch die Milchglastür in den Raum kam, hob der junge Mann kurz den Kopf, erwiderte Claus' Gruß und versenkte sich wieder in seine Nachforschungen. Ein Archivar war nirgends zu erblicken, aber dann sah er den Knopf auf dem Tresen mit der unter Selbstklebefolie daneben befestigten Aufforderung: *Sonnez s.v.p.*, drückte ihn, ein durchdringender, elektronischer Ton summte durch die Regalgänge, aus denen schließlich auch eine sehr mütterlich-freundlich aussehende Frau mit randloser Brille auftauchte, die einen grauen Baumwollkittel trug.

Bon jour, Madame.

Bon jour, Monsieur. Womit sie ihm helfen könne?

Er suche Unterlagen über einen in Indochina gefallenen, deutschen Fremdenlegionär namens Heinrich Haresch, er buchstabierte den Nachnamen, und zwar …

Ob er sich denn legitimieren könne, hier Akteneinsicht zu nehmen?

Legitimieren?

Aber ja, nickte die Frau, Universitätsausweis beispielsweise, Presseausweis werde auch akzeptiert, ansonsten Genehmigung des Ministeriums, die im dritten Stock beantragt werden könne.

Er sei ein Verwandter des Toten, ein Neffe, sagte er und zog seinen Personalausweis aus der Brieftasche. Wenn Madame bitte vergleichen wolle? Sein Name, hier, Haresch, sei auch der Nachname der gesuchten Person beziehungsweise möglicher Unterlagen …

Ja, sagte die Frau, das werde wohl gehen, notierte sich den Namen auf einem Stück Papier, ging zu den Karteikästen, zog nach einigem Suchen eine Karte heraus, winkte ihm damit zu, rief, da habe Monsieur aber Glück, bat um einen Moment Geduld und verschwand in den Papierfriedhöfen des Krieges.

Verschollene Einzelne, zusammengeschossene Kompanien, aufgeriebene Regimenter, vernichtete Armeen waren hier zwischen graumelierten Einheitsaktendeckeln in die Ordnungen des Alphabets gepreßt, in die Systematik der Signaturen, auf zerfallendem, an den Rändern braun und wellig werdendem Papier. In der Dürre der Amts- und Bürokratensprache, getippt auf Einheitsbüroschreibmaschinen von gelangweilten Sekretärinnen, war hier Leben zur Akte geworden, Tod zur Notiz, Fleisch und Blut zu holzhaltiger Zellulose, die bald Staub sein würde.

Et voilà, Monsieur, sagte die Frau und schob

einen dünnen Ordner über den Tresen, 'aresch, 'einrisch.

Claus bedankte sich, setzte sich an einen der Schreibtische, klappte den Deckel auf, blätterte. Die Akte enthielt nichts Neues, nichts, was er nicht bereits aus dem blauen Ordner aus dem Nachlaß seines Vaters wußte: Todesmeldung, Korrektur der Todesmeldung durch die Vermißtenmeldung, Korrektur der Vermißtenmeldung durch die Gefangenenmeldung, Todesmeldung, Todesurkunde, Durchschläge der Schreiben des französischen Konsulats in Bremen, Durchschrift der Bankanweisung. Ende. Ein loses, unbeschriebenes Blatt noch, braunstichig, wie verirrt. *Raum für Ihre eigenen Aufzeichnungen*, dachte er, klappte den Deckel zu, blickte gegen die gekalkte Wand, vor derem grellen Weiß der aufgewirbelte Staub schwebte, träger werdend, lichter, als ob sich ein Schneeschauer langsam erschöpfte. Neben sich hörte er ein Feuerzeug schnappen; das Aroma einer frisch angerauchten Zigarette, die der junge Mann angezündet hatte, stieg ihm in die Nase.

Ob man hier rauchen dürfe? fragte Claus, sein Nachbar zuckte grinsend mit den Schultern, hielt ihm eine Schachtel *Gauloises Blondes* unter die Nase, sagte, wahrscheinlich nicht, aber die Archivarin rauche selbst und die Toten werde es wohl auch nicht mehr stören.

Sie rauchten ein paar Sekunden schweigend, dann fragte der junge Mann, ob Claus gefunden habe, was er suche.

Er blies den Rauch gegen die Wand, schüttelte mit dem Kopf, leider nein, erzählte in kurzen Andeutungen von Heinrich Haresch und davon, daß er sich von der Akteneinsicht nähere Aufschlüsse über dessen Eintritt in die Fremdenlegion und über die Umstände seines Todes erhofft gehabt habe.

Er könne froh sein, sagte der junge Mann, daß es überhaupt soviel Informationen über seinen Onkel gebe. Die meisten, die in den vergangenen vierzig Jahren hierher gekommen seien, um den Schicksalen ihrer Söhne, Enkel, Freunde nachzuspüren, hätten viel weniger gewußt, und wenn sie dann das Archiv verließen, wäre dies Wenige kaum mehr geworden. Viele, die in die Legion gegangen seien, hätten Spuren verwischen, Brücken hinter sich verbrennen wollen, und die Legion habe ihnen dabei geholfen, habe sich für Identitäten nicht interessiert oder Identitäten geschützt, unter Verschluß gehalten, bis zum Ende und darüber hinaus. Denn gerade in den späten vierziger und frühen fünfziger Jahren habe es in der Legion nur so gewimmelt von Kollaborateuren und Nazis, und, natürlich, von den ganz gewöhnlichen Verbrechern. Wer über die Legion forsche, er lachte spöttisch durch die Nase, der gerate in ein undurchdringliches Nebelmeer aus

Schweigen, Verschleierungen, Lügen. Er selbst suche hier nicht nach Verwandten, sagte der junge Mann und drückte seinen Zigarettenstummel auf dem Kunststoffbelag des Fußbodens aus; er studiere Geschichte, schreibe an einer Dissertation über die französische Kolonialpolitik der Nachkriegszeit und müsse hier lediglich, so weit es überhaupt möglich sei, einige Namen abgleichen. Im übrigen seien die Informationen über die regulären, französischen Truppen weitaus zugänglicher und zuverlässiger als die über die Legion.

Na schön, sagte Claus und zertrat ebenfalls seine Zigarette, dann wolle er sich mal wieder auf den Weg machen. Was seinen Onkel beträfe, er klopfte mit den Fingerknöcheln auf den Aktendeckel, sei dies wohl das letzte Wort.

Es gebe da jemanden, sagte der Student, der ihm vielleicht doch noch ein Stück weiterhelfen könne, ein gewisser Matthieu Bernaud, ebenfalls Historiker, der jedoch als Journalist und Dokumentarfilmer arbeite. Dieser Mann habe mehrere Bücher und Fernsehfilme über die Fremdenlegion gemacht, besonders auch über deren Rolle im Indochinakrieg, und er sei deshalb von konservativer Seite heftig angegriffen worden, weil auch die Franzosen ungern ihre geschichtlichen Wahrheiten gesagt bekämen. Und während seiner Recherchen habe er zahlreiche Veteranen und Ex-Legionäre interviewt, habe Namenslisten angelegt und versucht, ganze Kompanien zu rekonstruieren.

Warum denn das?

Fragen Sie ihn selbst. Er ist hilfsbereit und zuvorkommend. Warten Sie, ich gebe Ihnen seine Telefonnummer. Der Student blätterte in einem Adreßbuch, schrieb eine Telefonnummer auf eine Karteikarte und gab sie Claus. Grüßen Sie Bernaud von mir, von Yves, dann weiß er Bescheid. Viel Glück!

Dunkle Zeiten, dreckiger Krieg

Bücher, Zeitschriften, Bücher, Papiere, Bücher, Videocassetten, Bücher. In Wandregalen, die sich unter der Last des Wissens durchbogen, als wollten sie jeden Augenblick brechen, auf Stühlen, Sesseln, auf der Ledercouch zu schwankenden Bergketten der Belesenheit geschichtet, um deren Gipfel sich Nebel von Zigarettenrauch kräuselte, auf dem Fußboden zu abenteuerlichen Architekturen der Sammlerwut getürmt, in doppelreihigen Höhenzügen, unterbrochen nur durch die schmale, als Standort eines Computers geschlagene Schneise, auf dem langen Arbeitstisch, der die gesamte Fensterfront des Raums einnahm. Aus den Fenstern bot sich ein Panoramablick über die Stadt, die sich, gebrochen durch die Linien aufgestellter Jalousielamellen in parallele Segmente zerlegt, bis zum Horizont hinzog, wo die Wohntürme der Vorstädte unsicher durch den Dunst stachen.

Matthieu Bernaud, ein vitaler Mittfünfziger, schulterlange, im Nacken zu einem Pferdeschwanz zusammengebundene graue Haare, eisgrauer Schnurrbart eines Walrosses, aus dem ein ausgegangenes

Zigarillo stach, wohnte im sechsten Stock eines Hauses auf dem Montmartre, direkt an der Metrostation *Abbesses*. Seine außerodentlich schöne, dunkelhäutige Frau, die Claus für eine Äthiopierin hielt, hatte auf einem runden, ziselierten Silbertablett kleine Mokkatassen hereingebracht und zwischen Bernaud, der auf einem Drehstuhl am Schreibtisch saß, und Claus, der zwischen zwei Bücherstapeln auf der Couch Platz gefunden hatte, auf den Teppich gestellt. Nachdem er vor vierzehn Tagen telefonisch sein Anliegen vorgebracht hatte, wobei er sich auch auf seine Zufallsbekanntschaft aus dem Archiv berief, hatte Bernaud ihn zu sich eingeladen und dazu aufgefordert, alle Unterlagen und Dokumente mitzubringen, die über Heinrich Hareschs Zeit in der Fremdenlegion existierten.

Da Claus durchaus nicht die Absicht gehabt hatte, in Paris weiter den verwehten Spuren seines Onkels zu folgen, lagen die Unterlagen in seinem Schreibtisch in Oldenburg. Claus hatte zu Hause angerufen und Anne gebeten, ihm den blauen Ordner zu schicken.

Wann kommst du zurück? fragte sie.

Bald. Ende Oktober.

Schön. Wir vermissen dich. Nicht, daß du auch noch durchbrennst. Scheint ja bei euch in der Familie zu liegen. Moment noch, Marie möchte dir etwas sagen.

Hallo? Marie?

Hallo Papa. Oma ist böse auf dich.

Was?

Oma ist böse auf dich.

Warum denn?

Weil sie nichts von dir hört.

Dann bestell ihr mal einen schönen Gruß von mir.

Ist gut. Oma sagt, so sind die Hareschs immer gewesen.

Was meint sie denn damit?

Sie sagt, daß sie immer verschwinden, wenn man sie braucht. Und manchmal nie wiederkommen. Du kommst doch wieder, nicht?

Natürlich, Marie. Warum braucht Oma mich denn?

Sie sagt, sie hat eine feuchte Stelle im Dach.

Dann sag Oma mal, daß sie nicht mich braucht, sondern einen Dachdecker.

Und während Claus nun den süßen und heißen Mokka aus dem winzigen Täßchen schlürfte, blätterte Bernaud in dem blauen Ordner, nickte gelegentlich mit dem Kopf, brummte *bien sûr* und *et voilà* vor sich hin, klappte den Ordner zu, zündete sich das kaltgewordene Zigarillo wieder an und griff ebenfalls zum Mokka.

Viel ist das nicht gerade, sagte er, aber auch nicht wenig. Ziemlich typischer Fall. Immerhin hat sich Ihr Onkel unter seinem richtigen Namen einschreiben lassen. Und das ist nicht so typisch. Wissen Sie, warum er in die Legion gegangen ist?

Nicht genau. Wahrscheinlich eine Schwarzmarktgeschichte nach dem Krieg, ziemlich dunkle Sache ...

Dunkle Zeiten, dunkle Sachen, sagte Bernaud, dreckige Kriege. Was wissen Sie über den Indochinakrieg?

Claus zuckte mit den Schultern. Nicht viel. Ehrlich gesagt, eigentlich nichts ...

Ist auch keine Schande, nickte Bernaud. Es ist aber eine Schande, daß die Franzosen kaum etwas darüber wissen. Und sie wissen es nicht, weil sie es nicht wissen wollen. Der Konflikt in Indochina ist ein klassischer Kolonialkrieg gewesen, unzeitgemäß, sinnlos, ein Versuch, das zwanzigste Jahrhundert ins neunzehnte zurückzubomben. Das Ziel der französischen Regierung war ursprünglich die Niederschlagung eines Aufstands der kommunistischen Vietminh unter Hochi Minh. Der Name sagt Ihnen vermutlich was, 1968 und so weiter. Im März 1946 haben französische Kriegsschiffe von der Reede aus die Hafenstadt Haiphong kurz- und kleingeschossen, und dann sind französische Truppen unter einem Oberst Massu dort an Land gegangen. Es gab ein furchtbares Massaker, bei dem in wenigen Stunden mehr als 6000 Vietnamesen ums Leben kamen, die meisten, wie üblich, Zivilisten.

Massus Truppen waren offiziell keine Armee, sondern ein Expeditionskorps, und der ganze Krieg blieb auch im Grunde bis zu seinem Ende 1954 ein Guerillakrieg, ein nicht erklärter Krieg und ein Krieg, den die Franzosen nie ganz begriffen und vermutlich auch so, wie er sich entwickelte, gar nicht gewollt haben. Deshalb kamen auch keine wehrpflichtigen Rekruten des französischen Mutterlands zum Einsatz. Das Parlament hatte zwar die allgemeine Wehrpflicht auf 18 Monate festgesetzt, sich aber stets beharrlich geweigert, der Armeeführung das Recht zur Entsendung der neu eingezogenen Jahrgänge nach Indochina zuzugestehen – insofern war das eine völlig andere Situation als später im amerikanischen Vietnamkrieg, der ja nichts anderes als die Fortsetzung des Indochinakriegs war, wie seinerseits der Indochinakrieg nichts weiter als die Fortsetzung des englischen Burma-Feldzugs war. Das Parlament in Paris fürchtete jedenfalls psychologische Rückwirkungen in Frankreich, die unweigerlich entstanden wären, wenn französische Bauernjungen, Studenten und Arbeitersöhne ihr Leben in diesem schmutzigen Dschungelkrieg hätten lassen müssen. Solange man jedoch nur Freiwillige und Berufssoldaten einsetzte, ließ sich die Fiktion der Polizeiaktion zur Not aufrechterhalten. Das erklärt auch, warum bis zum Fall der Festung Dien Bien Phu, eine verheerende Niederlage Frankreichs, die schließlich den Waffenstillstand erzwang, die Kämpfe in Indochina die französische Öffentlichkeit kaum bewegt haben. Mit dem Krieg in Algerien sollte es sich dann später völlig anders verhalten – aber man kann in gewisser Weise sagen, daß der Algerienkrieg in Indochina begann; jeder Krieg beginnt in einem vorangegangenen Krieg. Das Expeditionskorps in Indochina setzte sich also wie gesagt keineswegs nur aus Soldaten des Mutterlands zusammen; lediglich die Luftwaffe mit etwa 400 Flugzeugen und die sehr geringen Marinestreitkräfte bestanden ausschließlich aus Franzosen. Von den gut 130 000 Mann starken Landtruppen waren weniger als die Hälfte Franzosen; die Mehrheit bestand aus afrikanischen Kolonialeinheiten, Algerier und Senegalesen, und eben aus den 20 000 Fremdenlegionären, von denen wiederum über 80 Prozent Deutsche waren. Dazu kamen noch südvietnamesische Territorialeinheiten, schlecht ausgebildete, unmotivierte Milizen, deren Kampfkraft mehr als zweifelhaft war. Diese Hilfstruppen liefen scharenweise zu den Viet-Minhs oder Rotchinesen über, was übrigens auch ganze Bataillone der algerischen und senegalesischen Truppen taten, die wohl in einer Art Klassenbewußtsein begriffen, daß hier der vergreiste, aber immer noch gierige Kolonialismus wieder einmal gegen die jungen Unabhängigkeitsbewegungen der Dritten Welt antrat.

Insofern hat in Indochina nicht nur der Vietnamkrieg begonnen, sondern auch der Algerienkrieg. Jedenfalls ließ sich während der Kampfhandlungen ein wiederkehrendes Muster erkennen: Die südvietnamesischen, später auch die Thai-Bataillone, liefen so schnell wie möglich geschlossen zum Vietminh über; die farbigen Truppen der Union Française verhielten sich passiv, gingen in Deckung und desertierten nach Möglichkeit, gelegentlich mehrmals, weil es ihnen bei den Vietminh auch nicht besonders gefiel; die wollten einfach wieder nach Hause, ist doch klar. Wirklich gekämpft bis zum letzten Erdloch, bis aufs Messer, haben lediglich die französischen Fallschirmjäger und eben ganz besonders die Fremdenlegionäre. Ein französischer Leutnant hat mir einmal gesagt, die Deutschen seien im Dschungel zum Sterben angetreten wie Berserker einer mythischen Gotenschlacht, wie die Nibelungen an Etzels Hof. Nehmen Sie noch einen Mokka?

Ja, gern, Claus nickte, Bernaud nahm die Emaillekanne von dem Stövchen und schenkte nach.

Aber sie wollen ja etwas über Ihren Onkel erfahren, fuhr er fort, und ich komme jetzt auch darauf. Wenn die Angaben stimmen, was man leider oft bezweifeln muß, ist ihr Onkel offenbar in der Gegend von Dong Khe in Gefangenschaft geraten. Das liegt süd-östlich der Stadt Cao Bang an der Nordgrenze

Vietnams zu China. Nachdem 1949 die Armeen Mao Tse-tungs im chinesischen Bürgerkrieg die südchinesische Provinz Jünan erobert hatten, erreichten sie die Nordgrenze der vietnamesischen Provinz Tonking. Der Vietminh verfügte damit endlich über die volle Unterstützung durch die chinesischen Kommunisten, und die französische Heeresleitung versuchte durch Vorposten und Garnisonen den Zustrom aus China zu unterbrechen. Diese Vorposten, schlecht ausgerüstet, manchmal nur von einer Handvoll Männer besetzt, praktisch gar nicht zu verteidigen, sind allesamt Himmelfahrtskommandos gewesen, die schnell zwischen die Schere gerieten und aufgerieben wurden – von Norden kamen die Chinesen, von Süden und Westen der Vietminh. 1950 konnten dann die französischen Streitkräfte die strategisch wichtige Grenzfestung Cao Bang nicht mehr halten; die Stadt wurde Hals über Kopf geräumt. Auf dem chaotischen Rückzug geriet die Hauptkolonne mit etwa 3000 Mann auf den Serpentinen der gebirgigen Dschungelpiste in einen Hinterhalt und wurde aufgerieben. Etwa 1000 Mann gerieten in Gefangenschaft und kamen dann nach Cao Bang, wo der Vietminh ein großes Lager errichtet hatte, in das nach und nach auch alle anderen Gefangenen aus der Provinz Tonking überführt worden sind. Es ist sehr gut möglich, daß Ihr Onkel so nach Cao Bang gekommen ist.

Tja, sagte Claus, der interessiert zugehört hatte und zugleich enttäuscht war, und da ist er dann gestorben. Ende. Aus.

Ende. Aus. Ja, Bernaud nickte vor sich, aber vielleicht gibt es noch Überlebende des Lagers von Cao Bang, die ihren Onkel gekannt haben und Ihnen mehr erzählen können.

Ja und? Wie soll ich die finden?

Hiermit, sagte Bernaud und deutete auf den Computer auf dem Schreibtisch. Ich habe nämlich Recherchen über die Verhältnisse in den Vietminh-Lagern angestellt, um die Legenden konservativer Propaganda zu widerlegen, daß der Vietminh sich nicht an die Genfer Konventionen gehalten habe. In solchen Lesarten, die antikommunistische Stimmungen schüren sollten, ist es dort bestenfalls zugegangen wie in der *Brücke am Kwai*, schlimmstenfalls wie in deutschen Nazi-KZs. Das trifft aber für die allermeisten Fälle nicht zu. Von Ausnahmen abgesehen hat es keine Mißhandlungen der Gefangenen gegeben; Strafen gab es nur bei Befehlsverweigerungen oder nach Fluchtversuchen, die allerdings sowieso sinnlos waren, weil niemand ohne Ausrüstung und Führer durch den Dschungel kam. Mit solchen Fluchtversuchen bestrafte sich, wer's versuchte, selbst am schlimmsten. Man hat sie gar nicht verfolgt. Die meisten sind im Dschungel verreckt, und wer zurückfand, war froh und dankbar, wieder im Lager zu sein und seine Reisration mümmeln zu dürfen. Die Gefangenen bekamen praktisch immer die gleiche Verpflegung wie die Soldaten des Vietminh; daß die völlig unzureichend war, fast nur Reis, manchmal Bambussprossen, gelegentlich Fischsuppe, ist ja nicht die Schuld des Vietminh gewesen. Auch die ärztliche Versorgung war katastrophal, und zwar einfach deshalb, weil die Vietminh nicht genug Ärzte und so gut wie gar keine Medikamente hatten. Die Genfer Konvention ist von den Vietminh eingehalten worden, so gut es eben ging, was man von den Franzosen umgekehrt nicht gerade behaupten kann. Aber das ist ein anderes Thema. Oder auch nicht. Wie auch immer, ich habe für meine Dokumentation über die Lager vor etwa zehn Jahren zahlreiche Ex-Gefangene interviewt; manche haben natürlich vorsätzlich gelogen und Schauermärchen erzählt, manche wollten sich überhaupt nicht äußern. Aber einige fanden meine Arbeit wichtig und haben mich unterstützt, und wenn Sie sich auf mich berufen, erzählen die Ihnen vielleicht was. Ich geb Ihnen mal ein paar Adressen.

Bernaud hatte seinen Stuhl inzwischen zum Schreibtisch gedreht, den Computer eingeschaltet und aus einer Archivbox eine Diskette herausgesucht, die er nun ins Laufwerk drückte und auf dem Bildschirm lange Listen mit Namen, Daten und Adressen durchrollen ließ. Cao Bang, murmelte er, klickte mit der Maus ein Menüfeld an, Cao Bang, ja. Da werden mit den Jahren einige der alten Kameraden natürlich verblichen sein, und in Paris wohnen oder wohnten ohnehin nicht sehr viele. Der vielleicht noch, ja, Meslay, und der, nein, der schmeißt Sie gleich wieder raus, der will nichts mehr von Indochina wissen, aber der hier, der war ganz zugänglich, Grenelle, redete wie ein Buch, ziemlicher Angeber, und dann vielleicht noch der hier, alter Kommunistenfresser, aber ehrlich …

Alte Kameraden

Der deutsche Schäferhund reagierte nicht auf die Sitz-, Platz- noch Bei-Fuß-Kommandos, und erst als Monsieur Grenelle, sein Herrchen, eine Reitgerte vom Wandhaken nahm und damit drohend durch die Luft fuchtelte, trollte sich Barrabas, das störrische Tier, das knurrend und hinterlistig äugend fast die gesamte Breite des Flurs ausgefüllt hatte, grummelnd in eine ihm offenbar als Lager zugewiesene Ecke und biß dort lustlos auf einem Gummiknochen herum.

Normalerweise gehorche er aufs Wort, behauptete Grenelle, ein tonnenförmiger, kahlköpfiger Mann mit einem stark geröteten, großporigen Alkoholikergesicht und einem rötlichen Menjoubärtchen unter der klobigen Nase, deutsche Schäferhunde seien die besten der Welt; deshalb fahre er auch einen Mercedes, obwohl ihm klar sei, daß er damit die französische Wirtschaft schwäche, aber den Schrott, den heimische Autobauer unters Volk brächten, könne er weder sich noch dem Hund zumuten, wenn man zur Jagd fahre. Er zeigte dabei auf einen Gewehrschrank am Flurende, in dem mehrere Jagdwaffen standen. Und nun möge Monsieur Ardeche (Haresch – Wie? Ah, natürlich, Areche) doch näher treten, er öffnete eine Zimmertür, und dort, er deutete auf ein durchgesessenes Sofa vor einer Wand, die mit einer Fototapete beklebt war, auf der sich hawaianische Hula-Mädchen auf weißem Strand unter Palmen wiegten, bitte Platz nehmen. Aus Deutschland käme er also, Respekt, und Bernaud habe ihn hergeschickt, ausgezeichnet, ein großer Forscher, allerdings politisch suspekt, vermutlich Kryptokommunist, ein guter Freund gleichwohl. Politik sei nicht alles im Leben, und für die Ehrenrettung der Legion habe Bernaud immerhin einiges getan, der alte Nestbeschmutzer. Monsieur Ardeche habe doch gewiß seinerzeit den Fernsehfilm über den Indochinakrieg gesehen, in dem auch er, Grenelle, so ausgiebig zu Wort gekommen sei, obwohl er andererseits in dem Interview noch viel mehr gesagt habe, was dann aber gar nicht im Film vorgekommen sei, von Bernaud, diesem Gauner, offenbar geschnitten, und zwar völlig unautorisiert, das müsse man sich einmal vorstellen, ein Skandal gewissermaßen. Was er Monsieur denn zu trinken anbieten dürfe? Cognac? Rotwein? Armagnac? Ein Bier? Leider kein deutsches, aber immerhin elsässisches? Calvados? Pfefferminzlikör? Tequila? Reiswein?

Sehr freundlich, sagte Claus, vielleicht einen, äh …

Calvados, entschied Grenelle, bravo, eine gute Wahl. Er öffnete einen ausladenden Schrank, der innen verspiegelt war und eine Getränkeauswahl barg, die der Bar eines gutgeführten Nachtclubs in nichts nachzustehen schien. Diesen Calvados, er hielt triumphierend eine etikettlose Zwei-Liter-Flasche in die Höhe, hat der Vetter eines Freunds meines Bruders selbst gebrannt, alte Normannenfamilie, wohnen bei Dieppe, da oben am Kanal, windige Gegend. Grenelle setzte zwei Wassergläser auf das Eichenfurnier des Tisches, goß sie halbvoll, ergriff eins, prostete Claus zu und stürzte den apfelbraunen Trank in einem Zug hinunter. Ah, seufzte er, exzellent, und goß sich nach.

Trinken Sie, junger Freund, trinken Sie! Und Claus setzte das Glas vorsichtig an die Lippen und trank einen Schluck; das Zeug war höllisch scharf, mit einem Alkoholgehalt, den er auf mindestens 65 % schätzte.

Ich bin gekommen, Monsieur Grenelle, versuchte er sich zu erklären, um Sie zu fragen, ob Sie Ende neunzehnhundertneunundvierzig, Anfang neunzehnhundertfünfzig, im Gefangenenlager Cao Bang unter Umständen ...

Ah, Cao Bang! unterbrach Grenelle stürmisch seinen Erklärungsversuch, Cao Bang war die Hölle. Keine Weiber, kein Alkohol, nicht mal Wein, das müssen Sie sich mal vorstellen, Monsieur. Da wird man doch zum Tier. Das ist Barbarei. Der Untergang der Zivilisation.

Gewiß, nickte Claus, ich verstehe Sie sehr gut. Meine Frage wäre, ob Sie dort eventuell einen gewissen Heinrich Haresch kennengelernt haben, einen Deutschen …

Deutsche gab's da viele, das ist ja klar. Teufelskerle allesamt, großartige Jungs, hatten diese SS-Tätowierungen, alte Nazischweine, aber erstklassig. Trinken Sie doch noch, Monsieur, Sie trinken ja gar nichts. Der Vetter eines Bruders meines Schwagers, nein, Moment, der Schwager …

Der Name des Mannes ist Areche, sagte Claus, möglich, daß man ihn Henri genannt hat, Henri Areche.

Ah, natürlich! Henri, warum haben Sie das nicht gleich gesagt. Ein sagenhaftes Schlitzohr, kam, glaub ich, aus Marseille, so ein kleiner, drahtiger, mit schwarzen Locken, natürlich, Henri. War einer meiner besten Freunde. Warum suchen Sie denn nach ihm?

Der Mann, den ich meine, war eher groß, hager und blond und kam aus Norddeutschland. Im Zweiten Weltkrieg ist er auf einem U-Boot gefahren und war in englischer Gefangenschaft. Vielleicht hat er davon mal erzählt?

U-Boot? Blond? England? Aber hieß der denn Henri? Wissen Sie, die meisten Männer der Legion haben falsche Namen angenommen, und wahrscheinlich hieß Ihr Henri ganz anders. Das muß Paul gewesen sein, der war Kapitänleutnant auf einem U-Boot, hat er wenigstens behauptet. Auch blond. Der war allerdings nicht in Cao Bang, den haben die Schlitzaugen schon vorher erwischt. Das war ein Typ, kann ich Ihnen sagen. Wenn ich mit dem durch die Puffs gezogen bin, haben die Puppen getanzt. Die vietnamesischen Frauen sind ganz raffinierte Luder, haben aber Pfeffer im Arsch. Für die Preise von heute konnte man sich damals einen Monat lang durch ganz Saigon vögeln. Ich war vor drei Jahren noch mal da, mit so 'ner Reisegruppe. Ein Jammer. Kommunistisch, alles kommunistisch. Und dafür sollen wir unsere Knochen hingehalten haben? Scheiße, verdammte Scheiße. Frankreich hat uns verraten, es lebe Frankreich! Trinken Sie doch mal was, Mann, das kann man ja nicht mit ansehen.

Hier kam Claus nicht weiter; hier trat beziehungsweise trank man auf der Stelle. Um seinen Rückzug möglichst friedlich einzuleiten, nahm er gehorsamst noch einen Schluck Calvados, sah demonstrativ auf seine Armbanduhr, raffte sich aus dem Sofa hoch und erklärte, nun müsse er aber dringend weiter, Termine, Termine ...

Natürlich, klar, gab sich Grenelle überraschend einsichtig, Barrabas benötige jetzt auch seinen Auslauf, und da könnten Herr und Hund den Monsieur Ardeche bis zur Metro-Station begleiten, nicht wahr, Barrabas, komm, schön bei Fuß, und er sei glücklich, einem alten Kameraden geholfen haben zu können. Ehrensache. Legionärsehre. Sehen Sie mal, sagte er, jetzt bereits auf der Straße, und zeigte mit der Reitpeitsche auf zwei Schwarzafrikaner, die auf dem Trottoir ausgebreitete Gürtel, Taschen und Schnitzfiguren anboten, sehen Sie sich das an. So sieht heute Frankreich aus. Die Schande. Die Deutschen machen es besser, wieder einmal. Ich habe durchaus nichts gegen Ausländer, Sie sind schließlich Deutscher, ich mag die Deutschen, ich bewundere ihre Disziplin. Die EG? Das ist was anderes, Bürokraten, Funktionäre, komplette Idioten. LePen hat recht, so geht es nicht, die EG will uns sogar den Camembert verbieten, ich bitte Sie! Die Ehre! LePen, guter Mann, alter Fallschirmjäger, Algerienkämpfer. So, da wären wir. Leben Sie wohl, Kamerad.

Grenelle verabschiedete sich mit einem kernigen Handschlag, Claus murmelte, benommen von Calvados und Wortkaskaden, eine Dankesfloskel, und als er auf die Metro-Treppe zuging, sah er aus den Augenwinkeln, wie der deutsche Schäferhund das Bein hob und gegen den Reifen eines parkenden Peugeots pißte.

Verraten und verkauft

In den Schlafghettos an der südlichen Peripherie der Stadt, erst vor einigen Jahren aus Beton, Stahl und Plastik hochgezogen und jetzt schon fast wieder zur Geisterstadt zerfallen, lag die zweite Adresse, die Bernaud ihm gegeben hatte. Er verlief sich mehrfach in dem müllhaldenartigen, wohl als Grünflächen konzipierten Gelände zwischen den identisch aussehenden Blocks, Einheitsarchitektur in Schlichtbauweise; auf schmalen Balkonplattformen stapelten sich Möbel, Kartons und Fahrräder zwischen von den Leinen baumelnder Wäsche, in den zugigen, nach Müll stinkenden, mit obszönen, politischen, meistens aber nur wüsten Schmierereien dekorierten Treppenhäusern lungerten scharenweise Kinder und Halbwüchsige herum, Nord- und Schwarzafrikaner, Asiaten.

Schließlich war es Claus mit Hilfe eines etwa zehnjährigen, schwarzen Mädchens, das eine merkwürdige Frisur aus mit Perlenschnüren aufgedrehten Locken hatte und dem er ein Fünf-Franc-Stück gab, gelungen, die Wohnung des gesuchten Ex-Legionärs ausfindig zu machen. Sie lag im achten

Stock, und da der Fahrstuhl defekt oder von spielenden Kindern blockiert war, stieg er über die schmutzstarrenden Betontreppen hinauf. Unter dem Guckloch in der blau gespritzten Metalltür klebte ein Holzstück, auf das per Hand mit ungelenken Buchstaben ein Name geschrieben war: *Georges Meslay* – der Vorname durchgekreuzt. Claus drückte die Türklingel, die aber wohl defekt war, denn er hörte keinen Ton. Er klopfte zögernd. Nichts. Er klopfte lauter und hörte dann schlurfende Schritte hinter der Tür.

Was wollen Sie? keifte eine Frauenstimme.

Ich würde gern mit Monsieur Meslay sprechen, Madame, sagte er und fragte sich plötzlich, warum er das überhaupt wollte. Warum hatte er diese mühsame Spurensuche aufgenommen? Um Sarah McColby antworten zu können?

Meslay? Der ist nicht da! kreischte es von innen.

Wann kommt er denn wieder?

Der kommt überhaupt nicht wieder. Der alte Drecksack ist abgehauen. Für immer. Verschwinden Sie. Ich kaufe nichts.

Vor dem Hauseingang stand immer noch das Mädchen mit den Zöpfen. Ob sie wisse, wo Meslay sei?

Natürlich, sie lachte ihn mit ungeheuer weißen Zähnen an, auf dem Friedhof. Seit einem Jahr.

Meslay hat jedenfalls einen Grabstein, dachte Claus, als er zurück in die Stadt fuhr, und Heinrich

Haresch hat keinen. Vielleicht ist es das? Vielleicht baue ich ihm einen Grabstein? Ein Epitaph in der Erinnerung?

Am folgenden Nachmittag stand Claus auf dem mit Autos und Motorrädern vollgeparkten Hof der Autowerkstatt *Jacques Maier & Fils – Toutes Fabrications* an der Rue de Rivoli in der Nähe des Place de la Bastille, die dritte und letzte Adresse aus Bernauds Computer. Er ging in die Auftragsannahme, einem schmalen Raum am Ende des Hofs, wo eine junge, sehr hübsche Frau, hinter einem Computer am Schreibtisch saß und ihm zulächelte.

Eigentlich wollte ich mit Monsieur Maier sprechen, säuselte Claus, aber mit Ihnen noch viel lieber.

Welchen Monsieur Maier denn? ignorierte sie leider, solche und ähnliche Bemerkungen offenbar gewohnt, lächelnd sein Kompliment.

Welchen? Ja, ich weiß nicht …

Jean oder Pierre? half sie nach.

Nein, nein, er zog den Zettel mit der Adresse aus der Jackentasche, ich suche, Moment, Monsieur Jacques Maier …

Oh, das tut mir leid, Monsieur, aber Großvater schaut nur noch ganz selten im Betrieb vorbei. Mein Vater und mein Onkel machen das hier schon jahrelang allein. Haben Sie denn ein Problem mit Ihrem Wagen?

Mit dem Wagen? Nein, überhaupt nicht. Ich wollte nur Monsieur Maier etwas fragen, etwas, nun ja, Persönliches gewissermaßen. Wo könnte ich ihn denn finden?

Die hübschen Augen wandten sich zur Wanduhr, ein Werbemittel der Reifenfirma *Michelin*. Es ist jetzt halb fünf, sagte Jacques Maiers Enkelin, und in etwa einer halben Stunde wird Großvater ins Bistro gehen und seinen Aperitif trinken. Das tut er jeden Tag.

Und offenbar war Jacques Maier die Zuverlässigkeit in Person, denn um Punkt Fünf kam, leicht gebeugt zwar, aber recht rüstig marschierend, ein Greis mit grauem Bürstenhaarschnitt auf die Tische zugesteuert, die vor dem Bistro *Les Amies du Sport* gegenüber der Kirche Saint Paul aufgereiht waren, wo Claus bereits saß. Er wartete, bis der Alte bestellt und sein Glas Pastis vor sich stehen hatte, ging dann an seinen Tisch, stellte sich vor, grüßte im Namen Bernauds und erklärte, worum es sich handele.

Bitte, setzen Sie sich, sagte Maier auf Deutsch.

Sind Sie Deutscher?

Nein, Elsässer. Meine Söhne sprechen kaum noch deutsch, die Enkel überhaupt nicht mehr. Es nutzt sich ab mit der Zeit, wird, wie sagt man, scheinfadig?

Fadenscheinig?

Ja. Und schartig. So ist das Leben halt, brummte Maier, stopfte eine kurze Pfeife mit dunklem Feinschnitt, rauchte sie mit einem Benzinfeuerzeug an und paffte genüßlich.

Ja, sagte Claus, so ist es, und nippte an seinem Bier.

Also, wie war doch noch der Name Ihres Onkels?

Haresch. Heinrich Haresch.

Mh mh mh, machte Maier und schien zu überlegen. Nicht daß ich wüßte, nein. Mein Namensgedächtnis ist nicht mehr sehr gut. Cao Bang, sagen Sie?

Claus nickte und zog das Foto aus der Tasche, das im blauen Ordner gelegen hatte. Die Aufnahme ist zwar schon etwa neunzehnhundertvierzig gemacht worden, sagte er und gab sie dem Alten, aber vielleicht erkennen Sie ihn doch wieder.

Maier zog eine Brille aus der Brusttasche seines Jacketts, setzte sie umständlich auf und sah lange auf das Foto. Ja, sagte er dann, das könnte Henri sein, diese Augen. Ganz wasserblau waren die. Aber der hatte im Lager einen Vollbart. Hatten wir alle. Rasieren war unmöglich, warum auch? Wissen Sie, welchen Dienstgrad er hatte?

Unteroffizier, Sergeant also.

Ja, nickte der Alte, er könnte es gewesen sein. Ich erinnere mich, obwohl ich nicht viel mit ihm zu tun hatte.

Der Henri paßte gar nicht in die Legion, das war mehr so ein Schöngeist, ein verhinderter Musiker oder Dichter, was weiß ich. Der spielte Mundharmonika, die Vietnamesen mochten das. Aber er hat auch Geschäfte gemacht im Lager, war nicht bei allen beliebt, oh nein. Der Krieg hat ihn kaputtgemacht. Der Krieg hat alle kaputtgemacht. Der Krieg und das Lager. Wissen Sie, in Cao Bang litt so gut wie jeder an Amöbenruhr oder Malaria oder Sumpffieber. Ärztliche Versorgung gab es praktisch nicht. Mörderisch war schon der Fußmarsch durch den bergigen Dschungel, als wir nach unserer Gefangennahme nach Cao Bang ins Lager gingen. Auf diesem Marsch sind mehr verreckt als in der Gefangenschaft selbst. Ich kann mich auch noch erinnern, wie die Marschkolonne aus Dong Khe im Lager ankam, in der auch Ihr Onkel gewesen sein muß. Als die losmarschierten, waren sie über hundert Mann, in Cao Bang kamen aber nur zwanzig an, zwanzig Jammergestalten, ja ja ja. Aber dann hatten sie wenigstens Ruhe. Die Verpflegung war saumäßig, aber der Vietminh hatte auch nicht viel mehr zu fressen als wir. Wir haben Straßenbau gemacht, na ja, was heißt Straßen, Pisten waren das nur. Und abends gabs dann jeden Tag politische Schulungen, ideologische Umerziehung. Das war eigentlich das Unerträglichste. Um zu überleben, aber wohl auch aus Neugier, machten die meisten

Insassen des französischen Offizierslagers dies Spielchen mit. Ich auch. Und ich habe damals sogar, wie viele andere auch, meine Bekehrung zu Marxismus und Antikolonialismus vorgetäuscht. Das machte das Überleben etwas leichter. Die pedantische Rechthaberei, die ideologische Arroganz, die dialektische Besserwisserei dieser Prediger der Weltrevolution! Wäre es ihnen nur um die Befreiung ihres Landes gegangen, hätte ich vielleicht Verständnis oder Sympathie für sie aufbringen können. Aber nach einigen Monaten fühlte man sich wie ein Meerschweinchen, mit dem man ideologische Mutationsversuche anstellt. Das war schlimmer als Krankheit und Hunger, aber es war ein Mittel gegen Krankheit und Hunger, denn wer sich als besonders lerneifrig erwies, bekam gelegentlich eine Sonderration Reis. Manche von uns ahnten, daß wir mit dem Krieg der Befreiungsbewegungen konfrontiert wurden, der dann ja auch bald auf Afrika übergriff. Ich bin übrigens schon 1945 in Saigon angekommen, auf einem verrosteten Truppentransporter, der von der Royal Navy ausgeliehen war. Die englischen Seeleute verstanden nicht, was wir in Indochina verloren hatten. Wir sollten ja das französische Versagen in der Heimat wettmachen. Im Roten Meer waren wir abziehenden Briten begegnet, ganzen Konvois, die nach Europa zurückkehrten. Durchs Fernglas konnte man die an Deck stehenden Veteranen des

Burma-Feldzugs sehen, ihre roten Gesichter, denen man die Erleichterung ansah, den Gefahren des Dschungels und der Vietminh-Guerilla entkommen zu sein. Die Engländer winkten uns zu. Durch ein Megaphon schrie einer: *You're goin' the wrong way*... Er hatte recht. Wir waren verraten und verkauft. Nicht nur die Fremdenlegion – die war nur verkauft. Aber die Franzosen waren verraten. Man hätte die Franzosen im Mutterland ähnlich brutal umerziehen müssen, wie die Vietminh uns umerziehen wollten, damit Frankreich wieder gelernt hätte, was Vaterlandsliebe, Ehre und Disziplin heißt. Die Politker und die Parteien haben uns im Stich gelassen. Nun ja, lange her ... Aber um auf Ihren Onkel zurückzukommen: Die meisten Fremdenlegionäre, und die Deutschen sowieso, machten allerdings bei diesen ideologischen Schulungen im Lager nicht mit; jedenfalls kann ich mich nicht erinnern, Ihren Onkel je bei diesen Dressurakten gesehen zu haben. Dennoch ging es ihm recht gut, denn er hat eine Art Schwarzmarkt im Lager organisiert, zusammen mit einem Engländer, nein, einem Canadier. Die beiden waren dicke Freunde. Und sie waren nicht unbedingt beliebt, wie ich schon sagte. Dicke Freunde, die Feinde hatten, vielleicht mehr Feinde unter den Gefangenen als unter den Vietminh. Verstehen Sie mich nicht falsch, ich will über Ihren Onkel nichts Schlechtes sagen, aber so war es.

Schon gut, sagte Claus. Was Sie erzählen, paßt ziemlich gut ins Bild. Wissen Sie denn, wie mein Onkel gestorben ist?

Nein. Maier schüttelte den Kopf und sog an der inzwischen kaltgewordenen Pfeife. Ich bin im Rahmen eines Offiziersaustausches frühzeitig aus Cao Bang herausgekommen; den Tag vergesse ich nie: es war der 4. April 1951. Da bin ich zum zweiten Mal geboren worden. Und wenn ich mich recht entsinne, lebte Ihr Onkel damals noch.

Das ist richtig. Wenn die Todesnachricht stimmt, ist er im Juni 1951 im Lager gestorben. Sagen Sie, dieser Canadier, von dem Sie sprachen ... Sie sagten doch, daß er ein enger Freund meines Onkels gewesen sei. Wissen Sie vielleicht mehr über ihn?

Den hab ich vor zehn oder fünfzehn Jahren sogar mal wiedergesehen, sagte Maier und zündete seine Pfeife wieder an. Das war auf einem Veteranentreffen. Eigentlich eine schöne Sache, aber wenn man dann so mitansehen muß, was aus den Leuten alles geworden ist oder vielmehr nicht geworden ist ... Eher traurig, würd ich sagen. Aber dieser Canadier war ein schlaues Kerlchen. Der hat's irgendwie hingekriegt. Der hatte damals ein Restaurant oder eine Pension oder sowas in der Art, irgendwo im Süden. In Millau, glaub ich, ja, in Millau. Lemond hieß der Mann, nein, Leblanc, jawohl, Pierre Leblanc.

Zum Alten Canadier

Etwa vierzig Kilometer vor Millau war die Nationalstraße wegen Tiefbauarbeiten gesperrt, und so folgte er auf einer wie selbstvergessen ins Blaue führenden Landstraße den Umleitungsschildern bis zu einer Kreuzung, an der es weder Richtungs- noch Umleitungshinweise mehr gab. Auf der Straßenkarte war an dieser Stelle gar keine Kreuzung eingezeichnet, sondern lediglich eine Abzweigung nach Osten. Hier war die Provinz so tief, daß sie sich Fremden gegenüber nicht mehr auswies. In westlicher Richtung, wo seiner vager werdenden Einschätzung nach Millau liegen mußte, erstreckten sich Weinfelder, auf denen, recht dicht an der Straße, ein paar Leute arbeiteten. Ratlos stieg er aus dem kleinen *Citroën AX*, den er sich in Paris geliehen hatte, weil sich die Zugverbindung nach Millau als zu kompliziert und zeitraubend herausgestellt hatte, wischte sich den Schweiß von der Stirn und schaute sich um. Zikaden kreischten wie gegeneinander geriebene Metallstäbe, die immer noch heiße Oktobersonne des französischen Südens flirrte durch das trocken zischelnde Laub der Platanen an den Straßenrändern, stand gleißend über dem Dunkelgrün der Weinstöcke, und in der Ferne war ein großes, ockerfarbiges Gehöft zu erkennen, wahrscheinlich das Weingut.

Claus ging ins Feld hinein, vorbei an den schulterhohen Rebstöcken, schwere, dunkelrote, fast schwarze Trauben, gelbstaubige, von der Trockenheit aufgerissene Erde, und fragte die beiden Frauen, die der Straße am nächsten waren, nach dem Weg.

Geradeaus, sagte die eine.

Aber nein, sagte die andere, rechts ab, nach Osten also. Das sei eine Abkürzung. Nach sieben oder acht Kilometern käme eine weitere Kreuzung, und dort müsse man sich dann links halten ...

Also gut. Aber nach zwölf Kilometern war die versprochene Kreuzung noch immer nicht in Sicht. Die schmale, sehr unregelmäßig asphaltierte Straße, gesäumt von Korkeichen und Platanen, zog sich in sanften Schwüngen über das hitzeflirrende Hochplateau, zwischen dessen karstigen Felsen verbranntes Gras wuchs; ab und zu sah Claus Gruppen weidender Schafe, einmal zwei Ziegen, die im Schatten unter einer Korkeiche angebunden waren. Wenn irgendwo auch noch ein Panflöte spielender Hirte aufgetaucht wäre, hätte er sich vermutlich kaum gewundert. Auf der Straße herrschte praktisch kein Verkehr, und während der ganzen Strecke kamen ihm in kurzen Abständen lediglich drei oder vier Mülltransporter entgegen, die gewaltige Staubfontänen hinter sich herzogen, so daß er die Fensterscheibe hochkurbeln mußte. Er überlegte, ob er umdrehen sollte, als er durch ein lichtes Pinienwäldchen eine kleine Gebäudeansammlung schimmern sah; je näher er kam, desto stärker schlug ein widerlicher Gestank aus schwelendem Feuer und Verwesung durch die Lüftungsklappen ins Innere des Wagens. Dann sah er aus einem der vor Dreck und Staub ocker und grau schimmernden Gebäude einen Schornstein aufragen, der schwefelfarbenen Rauch ins durchsichtige Hellblau des Nachmittagshimmels stieß.

Die Gebäude der Müllverbrennungsanlage waren mehrere Stockwerke hoch; aus Öffnungen quoll stinkender Rauch, als ob der Schornstein allein den Pesthauch nicht bewältigen konnte. Vor den Hallen lagen riesige Betonpfeiler herum, wie weggeworfen und vergessen. Aus einem geöffneten Eisentor kam ein Mülltransporter und bewegte sich auf die Straße zu. Claus fuhr noch ein paar hundert Meter weiter, hielt dann am Straßenrand an und stieg aus, um einen der Müllfahrer nach dem Weg zu fragen.

Er konnte von seiner erhöhten Position aus das Gelände überblicken, das an seinen Flanken von den Ausläufern des Pinienhains umgeben war. In den oberen Stockwerken der Gebäude schienen Glasscheiben zu sein, aber sie waren so stumpf, daß sich in ihnen die Bäume nicht mehr spiegelten und der helle Himmel so düster in sie einfiel, als werde es jeden Moment Asche zu schneien beginnen. Die Atmosphäre war von staubig-stickiger Luft durchsogen, dick wie Löschpapier, das in eine Latrine gefallen ist, und über den Müllbergen kreisten Krähenschwärme im Aufwind aus Schwelbrand und Gestank. An den sanften Abhängen dieser Hügel und Krater aus Überfluß und Auswurf stieg Rauch aus unsichtbar schwelenden Bränden in die hitzeflirrende Luft. In den Schründen zwischen den Müllbergen war an einigen Stellen noch die rote Erde des Hochplateaus zu erkennen. Fleisch war da weggeworfen worden, ganze Wagenladungen voll; der Schimmel saß nicht nur auf den Oberflächen, sondern mußte sich längst um jede einzelne Faser im Innern geschlossen haben. Die Lagerinsassen haben das Gleiche gegessen, was auch die Vietminh zu essen hatten. Zwischen bizarren Erhebungen schwarzer Strünke und Schalen wälzte sich in der Superzeitlupe des Verwesens ein Strom aus Bananenmatsch zu Boden. Kadaver von Katzen, Hunden, Kühen und Schweinen bleckten gelbe Zähne, Hälse und Extremitäten absurd verdreht, ein Huf wie ein Stiefel, die toten Augen nicht geschlossen, sondern in blödem Staunen zum Himmelsblau gekehrt. Ein Krieg kroch aus dem vorhergehenden, und der letzte Grund war der ewige Krieg des Menschen gegen die Natur. Kohlköpfe, rot und schwarz und schmierig, wie Köpfe verhungerter, verreckter, vergewaltigter Menschen, die man schließlich verbrannt hatte, um alle Spuren zu tilgen, aber sie ließen sich nicht verbrennen, als ob etwas in ihnen stärker war als Feuer. Die Krähenschwärme auf den verschiedenen Müllbergen machten den Hunden, die mit eingezogenen Schwänzen durch die Schluchten schnüffelten, die Beute nicht streitig. Die Vietminh hatten es offenbar zugelassen, daß Heinrich Haresch sogar noch im Lager Geschäfte machte. Und dann waren da zigarettenlange, grünliche Raupen. Sie sammelten sich auf dem verrottenden Kohl, und die Krähen fraßen sie nicht. Und es gab auch Käfer, die ihre Eier in den Leib anderer weichhäutiger Insekten ablegten und ihre Larven mit deren Fleisch ernährten. Die Käfer liebten nicht das Fleisch, sondern die Verwesung an sich; sie fraßen es erst, wenn es durch die Hitze und die Bakterien zu einer halbfesten Masse geworden war, wenn die Uniformen verrottet waren, die Waffen verrostet, Fleisch, bevor es zu Erde wurde, Fleisch, bevor es sich in Luft auflöste. Hier und da Gebüsch von einsamen, melancholischen Pflanzen und Sträuchern, Überlebende oder Gefangene oder solche, die sonst keinen Ort hatten, Fremdenlegionäre aus

Verzweifelung, aus Mangel an Liebe, Aussätzige in einer fremden Welt. All das sah Claus Haresch wie mit einem einzigen, langen Blick, der wie einer jener Alpträume war, aus denen man noch im Traum zu erwachen hofft, um dann, in sich spiralförmig nach unten drehender Beklemmung, noch eine Schicht tiefer gestoßen zu werden.

Ein Mülltransporter kam mit aufheulendem Motor auf ihn zu, hupte, der Fahrer gestikulierte wild. Natürlich, dachte Claus, ich muß den Weg freimachen. Was tue ich denn hier? Er stieg wieder ins Auto, wendete und fuhr die gleiche Straße zurück, auf der er gekommen war. Die Sonne stand jetzt tief und blutig zwischen den Platanen.

Noch in Paris hatte Claus sich in einem Restaurantführer vergewissert, daß eine Marie Leblanc Inhaberin des Hotel-Restaurants LE VIEUX CANADIEN, zwei Sterne, zehn Gästezimmer, in Millau war. Er hatte telefonisch ein Zimmer reserviert, was wohl unnötig gewesen war, denn als er in der wie ein durchsichtiger, grauer Schleier über die Farben fallenden Abenddämmerung ankam, stellte sich heraus, daß er der einzige Hotelgast dieser Nacht war. An der Rezeption wurde ihm von einem etwas schläfrig aussehenden jungen Mann der Schlüssel ausgehändigt; das Zimmer im zweiten Stock war schlicht, aber geschmackvoll rustikal eingerichtet. Claus duschte und ging dann zum Essen wieder nach unten.

Die meisten der etwa zwanzig Restauranttische waren bereits besetzt. Zwischen Wänden aus unverputzten, sandfarbenen Basaltquadern, einer Decke aus massigen Eichenbalken und der auf einen kleinen, innenhofartigen Platz der Altstadt geöffneten Doppeltür, fühlte er sich sogleich wohl. Er bestellte das Tagesmenü, geräucherte Forelle, Wildkaninchen in Thymiansauce, Apfeltörtchen nach Art des Hauses, Ziegenkäse, trank den leichten, sehr trokkenen Landwein dazu. Die Bedienung bestand aus dem verschlafenen Jungen von der Rezeption, einer etwa siebzigjährigen Frau, die einmal sehr schön gewesen sein mußte und von den Gästen mit »Madame« angesprochen wurde, sowie einer Frau in Claus' Alter, die, wenn er recht verstand, Catherine hieß – unverkennbar Mutter und Tochter.

Als er seinen Café getrunken hatte und rauchend vor einem Gläschen Armagnac hockte, hatten fast alle Gäste das Restaurant verlassen, und auch der junge Mann war verschwunden; nur ein verliebt schäkerndes Paar saß noch in einer Ecke und konnte sich offenbar nicht entschließen, ob man zu ihr oder zu ihm gehen sollte. Aus dem Durchgang zur Küche war vor wenigen Minuten ein Mann in weißer Jacke gekommen, hatte sich die Schürze abgebunden, sich zu den beiden Frauen gehockt, die inzwischen an einem Tisch saßen, und trank Rotwein. Sie unterhielten sich lebhaft; manchmal lachte die junge Frau.

Pierre Leblanc ist tot, dachte Claus. Die da sitzen, sind seine Witwe, dessen Tochter und ihr Mann. Er ging zu ihrem Tisch, entschuldigte sich für die Störung und fragte, ob er sich dazusetzen dürfe.

Selbstverständlich, sagte der Mann, rückte einladend einen Stuhl zurecht, gähnte jedoch demonstrativ und sagte, man wolle bald schließen. Ein langer Tag, Monsieur habe gewiß Verständnis ...

Er wolle sie nicht lange aufhalten, begann Claus, erzählte in groben Zügen und stark verkürzt, warum er gekommen sei, erfuhr, wie er bereits vermutet hatte, daß Pierre Leblanc vor einigen Jahren gestorben war und daß nunmehr seine Frau Marie gemeinsam mit Tochter Catherine und Schwiegersohn André als Koch das Haus führte.

Papa hat oft über Indochina erzählt, sagte Catherine, uns und den Gästen. Aber von einem Henri hat er nie gesprochen.

Dein Papa war ein echter Abenteurer, sagte seine Witwe mit glänzenden Augen.

Und ein echter Aufschneider, schnappte André. Mir ist er auf den Wecker gefallen mit seinen ewigen Kriegsgeschichten, mit seinen verrückten Geschäftsideen, mit seinen ungeschriebenen Büchern ...

Das genügt, sagte Marie Leblanc streng. Dein Schwiegervater war ein wundervoller, tapferer, phantasievoller Mann. Was man von dir nicht gerade behaupten kann. Das Kaninchen war schlecht gewürzt heute, mehrere Gäste haben sich beschwert.

Mir hat es aber ausgezeichnet geschmeckt, wollte Claus wahrheitsgemäß zur Ehrenrettung des gescholtenen Kochs beitragen, hielt es aber für angebracht, das Familiendrama der Leblancs nicht weiter zu verkomplizieren und schwieg.

Aber Mama ..., versuchte Catherine, nicht sehr wortgewaltig, abzuwiegeln.

Wenn nicht die Krankheit gewesen wäre, hätte er auch sein Buch geschrieben, beharrte Marie Leblanc, das ist so sicher wie das Amen in der Kirche.

Wenn der Hund nicht geschissen hätte, knurrte André, hätt er den Hasen gefangen.

Du bist unverschämt, sagte seine Schwiegermutter.

Was denn für ein Buch? Claus hatte aufgehorcht.

Ein Scheißbuch, sagte André, trank sein Glas in einem Zug leer, stand auf, befahl seiner Frau, mitzukommen, und verschwand, sie hinter sich herziehend, im Durchgang zur Küche.

Entschuldigen Sie, Monsieur, sagte Marie Leblanc, aber dieser Mann ist eine Katastrophe. Kein Respekt. Hat sich sogar vor dem Armeedienst gedrückt. Bevor dieser Schlappschwanz meinen Laden übernimmt, hat mein Mann mal gesagt, geh ich wieder in die Legion. Aber was soll man machen?

Catherine liebt ihn, sie haben zwei süße Kinder, wirklich entzückend, und außerdem ...

Madame, Sie sagten vorhin etwas von einem Buch, das Ihr Mann geschrieben habe oder schreiben wollte. Das würde mich sehr interessieren.

Das wäre auch sehr interessant gewesen, aber er hat es nicht mehr geschafft. Leider. Der Tumor war schneller. Der Arme. Und früher hatte er ja auch keine Zeit. Material gesammelt hat er ununterbrochen. Da stehen noch zwei Kisten in der Garage, das sollte sein Buch werden, seine Memoiren. Er hat alles aufgehoben, was ihm wichtig schien, Papiere, Notizen, Zeitungsausschnitte, was Sie wollen. Wenn Pierre aufgeschrieben hätte, was er alles erlebt hat, das wäre ein Riesenerfolg geworden, Monsieur. Allein schon die Geschichte, warum er in die Fremdenlegion gegangen ist. Ein Roman für sich. Er ist nämlich 1945 mit der canadischen Armee nach Deutschland gekommen, war stationiert in irgendeiner Hafenstadt an der Nordsee. Das gehörte damals ja zur britischen Zone, nicht wahr? Offizier war er, Captain. Muß damals schon fabelhaft gute Figur gemacht haben, ach ja, der Arme. Mein Katerchen. Geschäftstüchtig war er, sowas gibt's nicht wieder. Und die Idee war einfach großartig. Mein Gott, wie oft hat er davon erzählt ...

Ich bitte Sie, Madame, erzählen Sie weiter. Mich interessiert das sehr, feuerte Claus sie an. Hier öffnete sich vielleicht die letzte Tür zu Heinrich Hareschs Geheimnis, zu Lea Grünbergs verlorener Geschichte, und wenn diese Tür zufiele, wäre der Rest endgültig Schweigen.

Pierre, fuhr Marie Leblanc lebhaft fort, erfreut über ein Interesse, das ihr Schwiegersohn offenbar verweigerte, mein Mann also hatte damals eine phantastische Idee. Hier, trinken Sie doch noch ein Glas Wein, Monsieur. Er machte Geschäfte, indem er zusammen mit anderen Besatzungs-Offizieren, Briten, Canadiern, Amerikanern, aber auch mit einigen deutschen Zivilisten, einen komplizierten und komplexen Geldkreislauf erfand. Ja, komplexen Geldkreislauf, so nannte er das. In der US-Armee kursierte noch nach der Währungsreform in Deutschland eine interne Währung, der sogenannte Scrap, nein, Scrip, ja, Scrip hieß das. Mein Gott, wie oft hat er hier gesessen und davon unseren Gästen erzählt. Das war eine schöne Zeit, Monsieur. Leblanc machte das folgendermaßen: Er fuhr in die US-Zone, kaufte auf dem Schwarzmarkt den amerikanischen GIs ihre Scraps, nein Scrips ab, und zwar für die neu eingeführte D-Mark. Das muß etwa 1949 gewesen sein, so etwa, nicht wahr? Und dann wechselte er die Dings, diese Scrips in US-Dollar um, wobei er ein ganzes Netzwerk von Helfern hatte. Pierre hatte immer viele Freunde, damals schon. Dann fuhr er mit den eingewechselten Dollar in die

Schweiz, oder er schickte Kuriere dahin. Denn in der Schweiz konnte man wiederum D-Mark für viel weniger kaufen, als die Mark im amerikanischen Sektor Deutschlands tatsächlich wert war. Ich hoffe, ich krieg da jetzt nichts durcheinander, es klingt etwas kompliziert. Aber mein Katerchen hat immer gesagt, es sei ganz einfach gewesen, wenn man wußte, wie's ging. Ja, und dann verkaufte er die billig eingewechselte D-Mark wieder für Scrips, verwandelte die wieder in Dollar, brachte die Dollar wieder in die Schweiz und so weiter und so weiter auf dem Geldkarussell, ja Geldkarussell, sagte er dazu, und dann lachten unsere Gäste natürlich besonders. Die Gefahr bei der ganzen Sache war minimal. Denn das Militärpersonal mußte sich an den Sektorengrenzen zwar kontrollieren lassen, aber die Kontrolle für Offiziere war wohl sehr lax, weil Offiziere doch Ehrenmänner sind, nicht wahr? Einmal sagte der alte Dumielle, einer unserer Stammgäste, auch schon tot jetzt, also Dumielle sagte, das sei eine Verletzung internationaler Währungsbestimmungen gewesen. Darüber konnte mein Pierre natürlich nur lachen. Er habe sich nur seinen ehrlichen Anteil geholt. Die Schweiz, sagte er immer, hat den Rest der Welt mit ihren Spekulationen immer an der Nase rumgeführt, tut es heute noch, hat im Krieg sogar Geschäfte mit Hitlerdeutschland gemacht. Da habe er doch wohl sein kleines Geldkarussell in Schwung bringen dürfen, nicht wahr? So weit, so gut. Irgendwann aber flog die Sache doch auf, als sich einer von seinen vielen Freunden übervorteilt fühlte und alles den Behörden verriet. Mein armes Katerchen wurde verhaftet und sollte vor ein Militärgericht gestellt werden, stellen Sie sich das mal vor! Da man ihn als Offizier aber nicht ins Gefängnis sperrte, sondern nur unter Hausarrest stellte, konnte er fliehen. Er ist dann ins Saarland gegangen, das damals noch zu Frankreich gehörte oder wieder zu Frankreich gehörte, ich weiß es nicht so genau. Und da schrieb er sich in die Fremdenlegion ein, wo er natürlich auch sofort eine steile Karriere machte. Er hat dann in Indochina gekämpft, geriet in Gefangenschaft und hat lange in einem Lager verbringen müssen, mein armes Katerchen. Da hat er aber gleich wieder Geschäfte gemacht, und von denen hat er uns auch oft erzählt. Ach, war das schön, wenn mein Pierre erzählte ...

Madame Leblanc hatte während ihrer Geschichte mehrfach ein Gähnen unterdrückt. Es ist Zeit, sagte sie jetzt und stellte die Gläser zusammen. Ich muß morgen früh aufstehen. Schlafen Sie gut, Monsieur.

Gute Nacht, Madame.

Die Nachtluft wehte fernen Lavendelduft, der ihn ans Parfüm seiner Großmutter erinnerte, und auch schon einige ganz feine Kältebisse ins Zimmer; im geöffneten Fenster stand der Herbstmond, sein Licht lag kühl und fahl auf Möbeln, Wänden, Laken, dessen Falten wie Wege und Pfade ins Dunkel liefen, Fußspuren schließlich nur noch, niedergetretenes Gras oder Schnee, kaum zu erkennen, Spuren und Schritte im Takt eines Herzens, die in einem Garten begannen, Birnen im Gras zertraten, ein mürbes Gatter passierten, sich auf Kopfsteinpflaster verloren, im Sand von Wüstendünen wieder sichtbar wurden, über Schiffsplanken hallten, durch Sumpf und Morast stapften, dessen schleimige Oberfläche sich über den Spuren sofort wieder schloß, durch Berge von Leichen gingen, verdrehte Augen, verrenkte Gliedmaßen, verbrannte Köpfe, und Großmutter legte den Finger auf den Mund, Lippen wuchsen zusammen, Gras wuchs über verweste Körper, Wind ging übers Land und die Erinnerungen stoben auseinander wie Blätter im Herbst, bis alles still war, erstarrt und entschlafen.

Beim Frühstück im Restaurant fragte er Madame Leblanc, als sie ihm Milchcafé mit Croissants vorsetzte, ob sie etwas dagegen habe, wenn er sich einmal das von ihrem Mann gesammelte Material ansehe, das, wie sie erzählt habe, in zwei Kisten aufbewahrt sei. Wer weiß, vielleicht fände sich dort noch ein Hinweis auf seinen Onkel, und im übrigen sei er Schriftsteller und als solcher gewissermaßen berufsbedingt neugierig.

Schriftsteller, staunte Marie Leblanc, wie wunderbar. Mein Mann hat auch viel gelesen, die Bücher sind noch in den Kisten. Schade, daß er das nicht mehr erleben kann. Wie gern hätte er alles aufgeschrieben, aber es sollte nicht sein. So ist das Leben. Ja, sehen Sie sich alles in Ruhe an. Vielleicht gerät mein Katerchen ja doch noch in die Literatur. Aber machen Sie es jetzt gleich, so lange meine Tochter und mein Schwiegersohn auf dem Markt sind; sonst gibt es nur wieder Streit. André ist ein Ekel. Kommen Sie, ich zeige Ihnen die Kisten.

Die Garage, eine ehemalige Scheune hinter dem Haus, war mit allerlei Gerümpel vollgestellt, alte Landmaschinen, kaputte Fahrräder und Mofas, Gartengeräte, ausrangierte Möbel; durch das schadhafte Schieferdach fiel streifiges Licht, in dem Staub tanzte, und unter den Sparren nistende Vögel hatten überall ihre Exkremente hinterlassen. Madame Leblanc führte ihren neugierigen Gast zu einem riesigen Kleiderschrank, der mit Kartons, Kisten und vollgestopften Plastiktüten gefüllt war.

Da, sie hob einen Plastiksack beiseite und zeigte auf zwei Weinkisten, *Bordeaux Superiore*, das ist es. Ich weiß gar nicht genau, was drin ist. Sehen Sie sich alles an und packen es danach wieder ein. Ich hab im Haus zu tun. Bis gleich.

Sie verschwand durch das Scheunentor im gleißenden Weiß des Tageslichts. Claus drehte einen verrosteten Eimer um, setzte sich darauf und öffnete die erste Kiste. Er wußte nicht recht, wonach er suchen sollte, hatte aber oft die Erfahrung gemacht, daß die entscheidenden Funde genau diejenigen waren, nach denen man nicht gesucht hatte, und so blätterte er durch Briefbündel, zusammengeheftete Zeitungsausschnitte, die sich mit dem Indochinakrieg befaßten, Bücher über die Fremdenlegion und über Waffensysteme, mehrere Broschüren und Reiseprospekte über Kanada, besonders Montreal, das offenbar die Heimat Leblancs gewesen war, fand aber nichts, was ihn weitergebracht hätte. Wenn der Nachlaß des verhinderten Memoirenschreibers Leblanc nur aus diesen nichtssagenden Papieren bestand, Notizen oder gar Aufzeichnungen gab es überhaupt nicht, hatte der respektlose André mit seiner Einschätzung des verblichenen Schwiegervaters wohl recht. Claus öffnete die zweite Kiste, fand ein Soldbuch Leblancs, ein paar Orden und die Entlassungsurkunde aus der Legion, darunter etwa zwanzig *Playboy*-Ausgaben aus den siebziger und frühen achtziger Jahren. Wie hatte Madame Leblanc so schön gesagt? Mein Katerchen war ein phantasievoller Mann ... Ganz unten, auf dem Grund der Kiste, lag ein in rotes Wachstuch eingewickelter, verschnürter Gegenstand im Format eines Taschenbuchs, und bevor er noch mit zitternden Fingern den Knoten gelöst und das Wachstuch beiseite geschlagen hatte, wußte er bereits, daß er fündig geworden war.

Das daumendicke Oktavheft, stark abgegriffen, fleckig und berieben, war in feste, grüne Pappe gebunden, der Rücken mit einem aufgeklebten, grauen Leinenstreifen verstärkt. Er erkannte die Schrift sofort wieder, diese kleine, etwas nervöse, aber sehr sichere Handschrift, in der auch die Briefe abgefaßt waren, die in dem blauen Ordner gelegen hatten, Heinrich Hareschs zwischen Begeisterung und Heimweh, Fernweh und Angst schwankende Briefe aus Amsterdam und Nordafrika. Und dies hier war ein Journal, eine Art Tagebuch, einsetzend am …

Monsieur? Marie Leblancs Stimme. Monsieur 'aresch? Claus steckte das Buch in seine Jackentasche, schob das Wachspapier unter die *Playboy*-Hefte, legte die anderen Sachen wieder darauf und schloß den Kistendeckel.

Ja, Madame? Sie stand im Scheunentor und winkte ihn zu sich.

André wird gleich zurückkommen. Ich möchte nicht, daß er sie hier sieht. Das verstehen Sie doch?

Selbstverständlich, Madame.

Haben Sie sich alles angesehen?

Ja, Madame. Sehr interessant, wirklich sehr interessant.

Nicht wahr? Ja, an meinem Pierre ist ein Schriftsteller verlorengegangen. Das hat er selbst gesagt. Meinen Sie nicht auch?

Unbedingt, Madame, keine Frage. Aber nun muß ich mich leider verabschieden. Ich möchte heute abend noch in Paris ankommen.

Paris, aber ja ... Was für eine Stadt. Ich beneide Sie. Millau ist nett, aber langweilig. Hier findet man nichts, was man nicht schon längst kennt.

III. BUCH

Ein Dschungelbuch

Heinrich Hareschs Journal war kein regelmäßig geführtes Tagebuch im eigentlichen Sinn. Vielmehr bestanden seine Aufzeichnungen zum größeren Teil aus eher praktischen und sachlichen Notizen wie Adressen und Telefonnummern, Wegbeschreibungen und Geländeskizzen, Fahrplanauszügen, Orts- und Straßennamen, Aufstellungen über erhaltene Nachschublieferungen, über seine Soldbezüge oder auch über Verluste und Zugänge seiner Kompanie. Zahlreiche Seiten des Journals waren überdies herausgerissen, so daß immer wieder Zusammenhänge fehlten. Die für seine Geschichte aufschlußreichen und entscheidenden Passagen hatten gleichwohl den Charakter eines sporadisch und unsystematisch niedergeschriebenen Tagebuchs.

*

12. 1. 1948

Ich hatte gehofft, hier in Amsterdam auf einem Schiff anheuern zu können, das mich nach Übersee bringt. Aber der Hafen ist voll von Seeleuten, die auf

Heuer warten, voll auch von Gestrauchelten und Gestrandeten, die fort wollen, nur ganz weit fort. Wohin ist ihnen egal. Die Holländer hassen die Deutschen – wer könnte es ihnen verübeln? Das macht meine Situation noch aussichtsloser. Ich habe einige Male als Tagelöhner beim Entladen von Kohleschiffen arbeiten können, aber nun ist mein letztes Geld verbraucht, und ich fürchte mich (...)

2.2.1948

Antwerpen. Ich habe gut gegessen. Ich habe sogar einen Becher Wein getrunken! Der Raum, in dem ich sitze und diese Zeilen schreibe, ist warm – warm durch den glühenden Kanonenofen, dessen Rohr den halben Raum durchzieht, warm durch die Nähe der Kameraden. Ja, Kameraden. Vor drei Tagen habe ich mich bei der Fremdenlegion eingeschrieben und auf fünf Jahre dienstverpflichtet. Auf die Idee hat mich der belgische Binnenschiffer gebracht, mit dem ich von Amsterdam hierher gekommen bin. Ich habe für Kost und Logis auf seinem Kahn arbeiten können, weil sein Maat in Amsterdam wegen Alkoholschmuggels verhaftet wurde und der Schiffer sofort einen Mann brauchte. Der Kapitän war selber in der Legion und hat wunderbare Geschichten von Nordafrika erzählt. Ich kann es kaum erwarten, dort hinzukommen. Morgen oder übermorgen soll unsere Gruppe mit den Neuangeworbenen nach Pa-

ris in Marsch gesetzt werden, wo wir eingekleidet werden und alles seinen offiziellen Gang gehen wird. Paris!

15. 2. 48

Der Fußmarsch vom Gare du Nord bis zur Sammelkaserne der Legion war alles, was ich von Paris zu sehen bekam. Allerdings hätte ich auch nichts unternehmen können, wenn es Ausgang gegeben hätte, da der erste Sold erst nächste Woche ausgezahlt wird. Jetzt sitzen wir frisch eingekleidet schon wieder im Zug nach Marseille. Frankreich ist ein schönes Land. An den kleinen Provinzstationen gibt es Bilder des Wiedersehens und des Abschieds. Einmal mußten zwei junge Frauen durch den für uns reservierten Waggon – das gab natürlich Gepfeife und Gejohle. Ich habe mitgemacht, und zugleich hat es mich geschmerzt. Die jüngere der beiden Frauen hatte Ähnlichkeit mit Lea Grünberg, aber in einsamen Momenten scheinen alle dunkelhaarigen Frauen mit ihr Ähnlichkeit zu haben. Warum gab es kein Schiff für mich von Amsterdam nach London? Ich hätte sie wiedergefunden. Alles wäre wie früher gewesen.

3.3.48

Seit 14 Tagen Marseille. Bald soll es rüber nach Afrika gehen. Knüppelharte Ausbildung. Aber immerhin schon etwas Sold in der Tasche und mit Kame-

raden auf der Pirsch durchs Hafenviertel. Es gibt Gerüchte, daß unsere Kompagnie in Afrika nur fertig ausgebildet werden soll und dann nach Indochina geht, wo ein kommunistischer Aufstand ausgebrochen ist. Ich habe keine Lust auf den Krieg; niemand hat Lust auf den Krieg; aber wenns gegen den Weltbolschewismus geht, muß es sein. Eine Aufgabe, auch für Deutschland. Wie's Mutti wohl geht und den anderen? Ich habe Briefe nach Haus geschrieben. Keine Antwort. Manchmal würde ich gern oben im Kinderzimmer liegen und aus dem Fenster in den Birnbaum sehen, oder der Duft von Malzkaffee an Wintermorgen, wenn (...)

12.4.48

(...) ist ein furchtbarer Schinder. Jagt uns durch die Sanddünen, bis wir verbrannt und ohnmächtig sind. Sidi-bel-Abbes, das klingt nach Afrika, nach Karawanen und Oasen. Manchmal ist es die Hölle. Viele hoffen, daß es bald nach Indochina geht.

28.4.48

Endlich Post aus Deutschland. Ernst hat mir geschrieben. Aber was für entsetzliche Nachrichten! Fritz Breucken hat mit Hilfe irgendeines Winkeladvokaten Mutti eingeschüchtert und Kompensation verlangt, sonst würde man mich anzeigen, Schwarzhandel und Diebstahl. Das Schlimmste aber ist, daß Mutti diesem Erpresser und Betrüger, diesem Nazi, diesem Frauenschänder, Leas Flügel abgetreten hat! Natürlich konnten weder sie noch Ernst wissen, daß Leas und meine Aufzeichnungen im Flügel versteckt sind. Wußte Breucken das? Wollte er den Flügel deswegen haben? Oder ist das nur ein grausamer Zufall? Jetzt wird man ihm nie mehr etwas nachweisen können.

Ernst schreibt, nun sei alles geregelt, und ich könne zurückkehren. Jetzt ist es zu spät, hier komme ich nicht wieder raus. Fünf Jahre! Und Indochina als Drohung am Horizont. Wenn ich das überlebe, komme ich zurück. Und dann werde ich Fritz Breucken umbringen.

Mai 48

Bin krank. Geschwüre überall. Fußkrank. Krank vor Heimweh. Krank vor Angst. Niemand kommt hier lebend raus.

4. 6. 48

(…) vorgestern Marschbefehl nach Indochina. Niemand jubelt, aber alle sind froh, daß wir aus dieser Schinderhütte rauskommen. Extrarationen Wein. Es wurde gesungen. Die Angst wurde niedergesungen, die Einsamkeit.

26. 8. 1948

Bei der Passage des Suez-Kanals hat es einen Zwischenfall gegeben: Die Flucht des Legionärs Möller, mit dem ich mich in den letzten Wochen angefreundet hatte. Er sprang über Bord und erreichte auch das Ufer. Mehrere von uns beobachteten durch Feldstecher, wie er auf der Westseite des Kanals erschöpft zusammenbrach. Alle fluchten und schimpften auf den Deserteur, aber die meisten von uns wären gern an seiner Stelle gewesen. Es gab auch keinen Befehl, auf ihn zu schießen: Niemand hätte ihn befolgt (ich jedenfalls nicht).

30. 8. 1948

Wir haben gestern nacht die Straße von Malakka passiert. Die See war spiegelglatt. Man sah die Lichter der Küste und hätte meinen können, die Stadt Kelang sei in Rufweite, obwohl wir gut 10 Seemeilen davon entfernt waren. Und es roch nach Sand und Land. Ich mußte plötzlich an die Ferien meiner Kindheit denken, der Strand von Wangerooge, die Harzreise im Winter mit Vater, und bekam schreckliches Heimweh, bis (...)

3. 9. 48

Die Kajüten sind überbelegt und stickig. Abends stehen wir, solange es geht, auf Deck, starren auf die phosphoreszierenden Fluten des Indischen Ozeans, spielen Skat oder Belote. Je näher wir unserem Ziel kommen, desto feuchter und wärmer wird die Dunkelheit.

An Bord sind etwa fünfzig Angehörige des weiblichen Hilfspersonals, von denen sich um diese Zeit immer einige in der Nähe der Rettungsboote herumtreiben und darauf warten, von Offizieren angesprochen zu werden. Unter den Planen der Rettungsboote geht es dann zwischen Ruderbänken und Pinne zur Sache. Viele dieser Frauen haben gute Gründe, aus Frankreich zu verschwinden, manche, weil sie sich mit Soldaten der deutschen Besatzungsarmee eingelassen hatten, andere, weil sie für die deutschen Verwaltungen gearbeitet haben.

7.9.48

Gestern Nacht stand ich an der Reeling und blickte zu den Sternen, als sich ein französischer Leutnant zu mir gesellte. Er war sturzbetrunken, lallte irgendwelche Chansonfetzen vor sich hin, sagte, die Mischung aus schlechtem Wein und gutem Opium sei ihm wohl nicht bekommen, und kotzte ins Wasser. Dann stammelte er etwas, was wie Bruchstücke eines Gedichts klang: Wie ein Falkenflug ... Müde ihr hochmütiges Elend zu ertragen ... Trunken von einem kriegerischen und brutalen Traum ... Über den Bug der weißen Caravellen geneigt, entdecken sie bei Nacht jene neuen Gestirne, die aus der Tiefe des Meeres in unbekannte Himmel steigen ... So ähnlich. Hat er sich das ausgedacht?

Es war einer der französischen Offiziere, die unter der Enttäuschung leiden, zu spät zu kommen auf der Jagd nach Größe und Ehre. Manche haben unter de Gaulle bei den »Freien Franzosen« gedient und galten unter der Vichy-Regierung als Landesverräter; andere stellten sich in Nordafrika unter amerikanischen Oberbefehl; aber die meisten haben die Demütigung der deutschen Besatzung erfahren müssen. Diese Schmach wollen sie jetzt im Wasser des Mekong und des Roten Flusses abwaschen. Sie sind scharf auf das exotische Abenteuer, das starke Erlebnis. Sie fliehen vor der bürgerlichen Welt, die sie verraten hat, sie suchen Freiheit, suchen Erde ohne Asphalt. Ich bin ihnen verwandt, aber zugleich fürchte ich mich vor ihnen. Und vor der Freiheit fürchte ich mich auch. Vielleicht habe ich immer nur Angst gehabt, und mein Leben war immer ein Davonlaufen. Damals mit Lea, die furchtbare Nacht, in der Fritz Breucken sich an ihr vergangen hat – damals hatte ich keine Angst, nur Wut, aber was konnte ich ausrichten gegen die (...)

10.9.48

An Bord der »Kairouan« sind drei Kompanien Fremdenlegionäre, die zu zwei Dritteln aus Deutschen bestehen. Viele kommen aus französischer Kriegsge-

fangenschaft; sie haben sich nach Indochina gemeldet, weil der Krieg sie nicht losläßt oder weil sie keine Beziehungen zu Deutschland mehr haben, das in Trümmern liegt. Und ihre Familien sind tot, vertrieben, verschollen. Einige Legionäre sind von der SS und wollen den Entnazifizierungsverfahren in der Heimat aus dem Weg gehen. Dann gibt es ein paar schwere Jungs, Kriminelle, Räuber und Mörder, die in der Legion untergetaucht sind. Und schließlich eine Handvoll Versprengter, Verlorener, wie mich. Sie wissen nicht mehr, warum sie sich plötzlich auf diesem Schiff wiederfinden, das Kurs auf den nächsten Krieg nimmt. Sie hatten Abenteuer im Kopf, träumten von der Ferne, aber je näher die Ferne rückt, desto drückender werden die Träume.

Es gibt auch eine Gruppe »belgischer« und »schweizer Legionäre« – in Wirklichkeit Franzosen, die eine andere Staatsangehörigkeit angegeben haben, um in die Legion zu kommen. Es sind Kollaborateure, die im Krieg auf deutscher Seite in der »Legion gegen den Bolschewismus« gedient haben, später auch in der ss-Brigade »Karl der Große« – Kommunistenhasser, die es nicht abwarten können, dem Vietminh an die Gurgel zu gehen. Einer von ihnen sagte mir neulich, unser wirkliches Ziel sei gar nicht Saigon oder Hanoi; Indochina sei nur eine Durchgangsstation. Das geheime Ziel unseres Ein-

satzes werde schon bald Wladiwostok und die sowjetische Fernost-Provinz sein. Die westliche Welt verbünde sich gegen den Weltkommunismus, Franzosen und Deutsche würden auf diese Weise wieder zu Brüdern.

2.10.48/Thu-Duc

Von Saigon habe ich nur den Hafenkai gesehen. Als wir dort nach dreiwöchiger Schiffspassage ankamen, herrschte feuchte Hitze. Wir gingen schweißgebadet von Bord, behinderten uns mit unserem dreißig Kilo Gepäck und den schweren Enfield-Gewehren gegenseitig. Überall Durcheinander, konfuse Anweisungen beim Sammeln der Kompanien. Keine Spur von Schatten. Wir mußten mehrere Stunden am Kai warten. Fliegende Händler, die den ganzen Tag lang zwischen uns herumliefen und Obst, Gemüse und Wasser anboten. Schließlich kam ein Oberst und gab unserer Kompanie Marschorder nach Thu-Duc, fünfzehn Kilometer nördlich Saigons. Da kein Offizier zur Verfügung stand, übernahm ich als Sergent den Befehl über die 120 Mann. Ein Zug brachte uns hin; der Triebwagen und die Waggons mit Sandsäcken geschützt, hinter denen Maschinengewehre verbarrikadiert waren. Über die ganze Länge des Zugs Einschußlöcher und Geschoßspuren, alle Fenster zerschossen. Für die 15 km brauchte der Zug eine Stunde.

Nach einem kurzen Fußmarsch vom Bahnhof erreichten wir den Posten, der geräumige Massivbau einer aufgegebenen Gummibaum-Pflanzung, schwer zu verteidigen und vor allem ungeeignet, die wenigen Strohhütten zu schützen, die, rund hundert Meter entfernt, ein Dorf bilden. Im Posten empfingen uns drei Polizisten der vietnamesischen Miliz mit einem Dolmetscher und wiesen uns ein. Die Kolonialinfanterie, die hier bis vor kurzem gelegen hat, ist in den Norden abgerückt. Es gibt Gerüchte, daß die Rotchinesen sich mit dem Vietminh zusammenschließen. Das würde bedeuten, daß die Front nach Norden rückt und wir hier gar nichts zu tun bekommen. Abwarten.

10.10.48

Meine Gruppe hat sich eingerichtet, einen großen, ehemaligen Lagerraum gesäubert und Betten gebaut. Die kahlen Wände beleben sich, aus den Tornistern kommen merkwürdige Dinge zum Vorschein, Fotos von Verwandten und Geliebten, Pin-Up-Fotos und Heiligenbilder in trauter Nachbarschaft. Jansen aus Hamburg hat ein Buddelschiff neben dem Bett stehen.

Wir sind dabei, den Posten zu befestigen. Gräben werden angelegt, Drahtverhau gezogen. Scheißarbeit in der feuchten Hitze. Nachts monotones Gezirpe der Insekten. Fremde, unheimliche Geräusche aus den Reisfeldern. Die Wachen schießen manchmal auf Verdacht ins Dunkel.

15.10.48

Die Asphaltstraße ist durch tiefe Gräben zerwühlt, die die Bauern unter Anleitung der roten Kommissare bei Nacht immer wieder ausheben müssen. Die Ausschachtungen sind so regelmäßig, daß wir sie »Klaviertasten« nennen. Ich erinnere mich, wie Vater einmal zu David Grünberg sagte, ein Deutschland ohne Juden sei wie ein Klavier ohne schwarze Tasten. Was wohl aus Lea geworden ist? Ob sie in London lebt? Und ihren Flügel, unseren Flügel, hat jetzt der Hurensohn Breucken.

In dem Drecknest Thu-Duc, dem Ort unserer wahr gewordenen Träume, gibt es eine Spielhölle, eine Opiumhölle und zwei Kneipen, von denen das Mère casse-croûte zugleich als Bordell dient. Eine der Nutten kann ganz passabel Klavier spielen, und natürlich (...)

20.10.48

Morgens gehen ein Unteroffizier und sechs Mann auf Patrouille. Wir machen mit dem Guerillakrieg Bekanntschaft, ein Krieg aus dem Hinterhalt, ohne Regeln, ohne System, ohne Logik. Horden von Affen huschen durchs Bambusdickicht, wenn die Sonne hochsteigt und die Hitze zu dampfen beginnt. Das

Grün der Pflanzen wirkt dann ganz schwarz. Wir gehen als klar erkennbare Silhouetten, Zielscheiben wie Scherenschnitte gegen den Himmel, über die Dämme zwischen den nackten Reisfeldern. Sie sind von der Sonne zu steinhartem Ziegel gebrannt. Der Schweiß brennt in den Augen. Manchmal sieht es aus, als weinten wir.

Aus einem Hinterhalt im Bambus fallen ein paar Schüsse. Wir gehen in Deckung, pflanzen die Bajonette auf die Sten-Maschinenpistolen und stürmen das Dickicht. Ein paar Schatten fliehen übers Reisfeld, geraten in unsere Salven, flattern zu Boden. Herbstlaub. Die Toten wie kleine gelbe Puppen mit verrenkten Gliedern. Ihre altmodischen Karabiner wie Spielzeug daneben. Die dürren Beine in kurzen Hosen. Auf den schwarzen Kitteln rote Stoffetzen mit dem gelben Stern, Wahrzeichen der indochinesischen Revolution.

Die gelben Sterne flimmerten mir lange vor den Augen. Lea trug keinen gelben Stern, das kam erst danach; aber wenn sie nicht gegangen wäre, hätte sie ihn bald tragen müssen. Wäre abtransportiert worden wie die anderen auch. Und wäre tot.

24. 11. 48

(...) wird zur Routine. Das Töten und Getötetwerden. In der Kompanie kursiert eine fixe Idee, die fast zur Psychose geworden ist: Bloß nicht in Gefangen-

schaft geraten, lieber Selbstmord begehen, wenn es keinen Ausweg mehr gibt.

Die Gruppen von Mersmann und Bruno sind in den Ruinen eines niedergebrannten Dorfs gefunden worden, vierzehn Mann. Gekreuzigt, zwischen den Schulterblättern war ihnen die Rückenhaut horizontal aufgeschlitzt worden und an die Querbalken der Kreuze genagelt. Die Hände hinter den senkrechten Pfosten so zusammengebunden, daß sie daran herunterrutschen mußten. Wahrscheinlich hat es Tage gedauert, bis sie starben: Wenn sie sich vor Müdigkeit nicht mehr halten konnten, rissen sie sich selbst die Rückenhaut ab. Andere Kameraden sind mit Bambusrohr gepfählt worden. Auf in der Mitte durchlöcherten Stühlen festgebunden, wurden sie von einem darunter eingepflanzten, zugespitzten Bambusrohr langsam zerrissen; eine Bambuspflanze wächst täglich mehrere Zentimeter. Oder sie werden mit Zuckersirup bestrichen und gefesselt in einen Ameisenhaufen gelegt; die roten Ameisen sind so groß wie Bienen. Zwei Mann meiner Gruppe, Wachstein und Blum, sind im Fluß treibend gefunden worden; man hatte ihnen die Hoden abgeschnitten und in den Mund gestopft.

3.1.49

Wir hatten zu Weihnachten eine Palme als Tannenbaum, geschmückt mit Orden, Patronenhülsen und Präservativen. Ich spielte Mundharmonika, Stille Nacht, alle sangen in ihrer Sprache, ein wildes Durcheinander und doch ein gemeinsamer Ton.

15.2.49

Seit Wochen Gammeldienst. Patrouille ohne Zwischenfälle, Saufen, Puff, manchmal eine Opiumpfeife, ohne die das Leben unerträglich wäre. In dieser Gegend läßt sich kein Vietminh mehr blicken. Man munkelt, daß wir nach Norden verlegt werden, wo mehr los sein soll. Besser, als hier zu (...)

3.3.49/Haiphong

Vor einer Woche sind wir zusammen mit drei anderen Kompanien des Bataillons in Saigon an Bord des Hilfskreuzers Jules Verne eingeschifft worden und nach drei Tagen in Haiphong gelandet. Die Bucht bot ein gespenstisches Bild. Aus dem flaschengrünen Wasser ragten bizarre Kalkfelsen, als die Nebeldecke sich lüftete. Unaufhaltsam ging ein dünner, kalter Regen nieder. Im Dunst erkannte man Dschunken, in deren Wohnkajüten ganze Sippen hausen. Mit ihren dunklen Segeln huschten die flachen Boote wie Fledermäuse über das Wasser. Die vietnamesischen Bootsleute suchten sofort Kon-

takt zu uns, wie zu allen anderen einlaufenden Schiffen. Sie boten Fische und Krabben zum Verkauf an. Es mußte ihnen sehr schlecht gehen, denn sie rauften sich um die Speisereste, die wir aus der Küchenluke warfen, und fischten sogar die leeren Konservendosen auf und sammelten sie wie Kostbarkeiten. Als wir mit den Mädchen schäkern wollten und diese uns zulächelten, stellten wir entsetzt fest, daß sie ihre Zähne schwarz lackiert hatten.

Das Gefühl, in einem Lemurenhafen angekommen zu sein, aus dem es kein Zurück mehr gibt.

18.3.49

Überall sieht man noch Spuren der Kämpfe und des Bombardements von 1946, zerschossene Häuser, aufgerissene Straßen, Industrieanlagen in Schutt und Asche. Unsere Kompanie ist vorerst in einem unzerstörten Viertel am Stadtrand einquartiert, und zwar in einem prunkvollen Herrensitz, Nachahmung eines chinesischen Palastes. Das wertvolle Mobiliar ist intakt, endlose Teppiche bedecken die Marmorböden, in Wandspiegeln sehen wir uns durch diese Märchenwelt poltern. Die Mannschaften haben sich im Untergeschoß eingerichtet, wir vier Unteroffiziere haben die Zimmer im ersten Geschoß unter uns ausgelost. Ich habe ein Schlafgemach in Samt und Seide erwischt, mit angrenzendem Marmorbad; leider ist die Wasserzufuhr unterbrochen.

Wir haben Order, in der Stadt Patrouille zu gehen, bis wir weitere Marschbefehle bekommen, vermutlich Richtung Cao Bang.

6.4.49

Meine Freizeit verbringe ich im »Paramount«, einem Etablissement am Hafen für Offiziere, Kolonialbeamte, Journalisten und reiche Vietnamesen, das einem gewissen Latour gehört – ein Franzose, der früher Journalist war und heute diesen Laden betreibt. »Journalismus ist Nepp«, sagte er einmal zu mir. »Dies Lokal auch. Aber das weiß zumindest jeder.« Die rote Leuchtschrift im ersten Stock fällt wie fahles Feuer über die ausgestorbene Straße, durch die nur die Schritte der Patrouillen und die Stöckelschuhe der Girls hallen. Drinnen wird zu Klängen einer schmalzigen Kapelle chinesischer Tango getanzt, der in die Beine und dazwischen geht. Die Girls fordern für jeden Schwof einen Plastikjeton, den man an der Kasse kauft. Sie sind gekleidet in die sittsam-hochgeschlossene Landestracht, aber die Schminke verwandelt die zarten Gesichter in frivole Masken. Pensionstöchter sind es jedenfalls nicht. Aus den Fensterritzen sickert die Feuchtigkeit der Nacht. Die Girls sitzen auf einer Stuhlreihe nebeneinander, Hühner auf der Stange. Wenn man sie zum Tanzen auffordert, lächeln sie ihr wunderbares Lächeln. Es sind eigentlich keine Huren, denn sie gehen nur mit solchen Gästen ins Bett, die ihnen gefallen. Und man muß mindestens drei Abend lang um sie geworben haben. Sonst, sagen sie, verlieren sie ihr Gesicht. Am besten gefällt mir eine gewisse Li, die sehr jung ist, möglicherweise erst siebzehn oder achtzehn, obwohl sie natürlich behauptet, über zwanzig zu sein. Sie erinnert mich an Lea, glaube ich manchmal. Oder fürchte ich diese Erinnerung? Mit Lea habe ich nie geschlafen. Als es soweit war, geschah das Furchtbare.

Wenn ich bei nächtlichen Einsätzen blind ins Dunkel schieße, sehe ich manchmal die vermummten Gesichter, und endlich ereilt sie die verdiente Strafe. Warum habe ich Breucken nicht damals schon umgebracht, als er mir das Geschäft vorschlug? Es wäre die einfachste Lösung gewesen. Aber damals wußte ich noch nicht, wie leicht das Töten ist.

1.5.49

Vor einigen Wochen hat mich ein amerikanischer Frachterkapitän, den ich im »Paramount« kennenlernte, mit an Bord der »Cocteau« genommen. Das ist ein abgetakelter Stückgutfrachter, der in einem Hafenbecken liegt, das wegen zu vieler Wracks und Minen unbrauchbar ist. Nachts um elf durchquerten wir die menschenleeren Lagergassen, vorbei an ausgebombten Schuppen und umgekippten Krä-

nen, und kletterten über eine Strickleiter an Deck. Wir stiegen über Kabel, umgingen Lüfter und Schotts, vorbei an Stützsäulen, durch Labyrinthe aus Maschinen, Schatten und Mondlicht, bis uns der unvergleichliche Duft auf die richtige Fährte verwies.

Von allen Gerüchen der Welt, sagte der Amerikaner, ist der Geruch des Opiums der am wenigsten dümmste. Ich wollte ihn gerade fragen, inwieweit ein Geruch denn überhaupt dumm sein könne, als wir schon den Frachtraum betraten. An den Bordwänden lagen und hockten auf Holzplanken, immer zwei Reihen übereinander, etwa sechzig Personen, rauchten oder träumten bereits vor sich hin. Der leere Raum zwischen den Planken war durch einen langen Tisch gefüllt, auf dem man seine Garderobe ablegen konnte. Es kam mir vor, als ob mein Körper von einer flachen, unbeweglichen Rauchwolke in halber Raumhöhe entzweigeschnitten würde. Zurückgeschraubte Ölfunzeln, über denen die Droge knisterte, warfen flackerndes Licht. Die Leiber lagen ineinandergeschachtelt wie auf dem Friedhof irgendeines vergessenen, archaischen Kults. Ohne Aufsehen oder Unfreundlichkeit zu erregen nahmen wir Platz, wo auf den ersten Blick kein Platz mehr zu finden war; aber wer geschmeidig ist, findet überall eine Stelle, an der er willkommen ist. Die Beine angezogen wie Karabinerhähne, den Nacken an

Holzstühle gelehnt, fanden wir unseren Ort in dieser Heimat der Heimatlosen. Unser Einbruch störte nicht einmal meinen Nachbarn, der im Traum seinen Kopf an meine Schulter legte. Ein Alp schien ihn zu schütteln, schien unterzugehen in den Tiefen des Schlafs, der ihn würgte und durch seinen offenstehenden Mund einfuhr; die weit geöffneten Nasenflügel bebend, das leicht gedunsene Gesicht verschlossen wie eine zornige Faust. Seine Grimassen standen in befremdlichem Gegensatz zur Ruhe der andern, in die nun auch ich einging, nachdem der Rauch mich durchströmte, eine pflanzliche Ruhe, die keinen Ortswechsel mehr kannte, keine Flucht, kein Getriebensein, kein Heimweh, eine Ruhe, die in mir etwas Versunkenes wachrief. Was? Das Bild der Birken, wenn sie im Mai ihr durchsichtiges Grün anlegen und die weißen Stämme über den Wiesen meiner Heimat zu schweben scheinen. Aber dann verwandelten die Bäume sich in Skelette zurück, in Bilder aus Konzentrationslagern, die ich nach dem Krieg gesehen habe, ineinander verkrümmte Leiber, abgemagert bis auf die Knochen, zusammengescharrt und gekarrt wie Müll, wandelten sich zu den Spanten des Boots, das über den Grund der irischen See schabt und jeden Moment bersten muß, bis ich einen tieferen Zug nahm und etwas in mir Platz griff, an das ich mich nicht erinnern kann, etwas, das mich glauben machte, daß nur durch solche

Schwerelosigkeit die Schiffe zu schwimmen vermögen und den Hafen finden.

16. 6. 49

Übermorgen werden wir nach Norden in Marsch gesetzt. Dann hat das feudale Leben ein Ende. Die Nachrichten von der chinesischen Grenze klingen nicht sehr ermutigend. Unsere Armeen sollen schwere Verluste haben, obwohl die Heeresleitung alles schönredet. Außerdem gehe ich ungern, weil mir Haiphong ans Herz gewachsen ist, und die Trennung von Li wird mir schwerfallen.

3. 7. 49/Dong Khe

(...) vorgestern also, mit drei Kompanien in der Festung Dong Khe angekommen, nach einer einigermaßen bequemen Bahnfahrt über Hanoi. Ab Lang Son ging es dann schwerfällig mit mehreren Fahrzeugkonvois die RC4-Straße über den Lung-Phai-Paß bis hier. Am Paß sind wir in einen Hinterhalt geraten; unsere Kompanie hat zwölf Verluste und über zwanzig Verwundete. Aus meiner alten Gruppe sind nur noch Jansen, der Funker Brinkmann und ich am Leben. Vier Neue sind dazugekommen, zwei »Belgier« aus Paris, ein Schweizer und ein ehemaliger SS-Leutnant aus Berlin.

20.7.49

Das Oberkommando hat beschlossen, gegen die Infiltrationen und Nachschublieferungen der Rotchinesen alte Grenzposten im Bergdschungel, die vor Jahren aufgegeben wurden, neu zu besetzen. Meine und zwei andere Gruppen der Kompanie haben Marschbefehl zu einer ehemaligen Missionsstation, die nur etwa fünf Kilometer vor der Grenze liegt. Wir sollen alle zwei Wochen Nachschub und Proviant bekommen, werden aber weitgehend auf uns selbst gestellt sein. Vielleicht ist das eine Chance zur Beförderung, aber auch zu mehr Unabhängigkeit und (...)

4.8.49/Station Saint Pierre

Sitze bei Kerzenlicht im ehemaligen »Pfarrhaus« der Station, das wir drei Unteroffiziere uns teilen. In der Befehlsgewalt werden wir uns wöchentlich abwechseln. Die Mannschaft logiert in der Kirche. Beide Gebäude sind aus Stein, gedeckt mit Bambus und Palmstroh. Wir werden noch einige Tage brauchen, um es hier einigermaßen wohnlich zu bekommen. Zu verteidigen wäre der Platz im Ernstfall kaum, jedenfalls nicht gegen Geschütze. Aber die lassen sich auch nicht herschaffen, höchstens durch die Luft.

Etwa fünfzehn Minuten von hier entfernt liegt ein Dorf auf einer Dschungellichtung. Die Eingebore-

nen scheinen uns freundlich gesinnt zu sein. Sie leben von Trockenreis und Tauschhandel. Wir haben uns durch ein paar kleine Geschenke eingeführt.

Der Anmarsch war äußerst schwierig. Wir hatten zwar keine Feindberührung, aber ich wurde die ganze Zeit das Gefühl nicht los, beobachtet zu werden. Je weiter man in den Dschungel vordringt, desto undurchdringlicher, geheimnisvoller, endloser scheint er zu werden. Vielleicht ist der Dschungel das Herz der Ferne?

Ein vietnamesischer Milizionär, der die Gegend kennt (und dem dennoch – oder eben deshalb – unbehaglich zumute war), hat unsere Karawane hergeführt: 19 Mann und 8 Packpferde, auf denen wir Proviant, Waffen, Generator und Funkgerät hertransportierten. Stellenweise war der Pfad wie eine Treppe ins Gestein gehauen; dann knieten die kleinen, robusten Gebirgspferde mit den Vorderbeinen auf die erhöhte Stufe, federten mit den Kruppen und überwanden das Hindernis. An anderen Stellen war der Pfad so verfilzt und zugewachsen, daß wir ihn mit Macheten freischneiden mußten – hier ist lange niemand mehr gegangen. Allerdings kann der Vietminh durch diese Gegend gehen, ohne daß man auch nur seinen Schatten zu Gesicht bekommt.

12.8.49

Bei Blutegelbefall muß man der Versuchung widerstehen, die Schleimtiere abzureißen, weil sonst eitrige Wunden entstehen; man kann die Egel aber leicht loswerden, wenn man sie mit einer brennenden Zigarette berührt (als ich das zum ersten Mal tat, dachte ich an Breuckens Visage). So sind auch die überzeugtesten Nichtraucher hier zu Kettenrauchern geworden. Gegen die Moskitoschwärme helfen allerdings auch keine Zigaretten mehr. Im Übrigen geht es uns nicht schlecht, außer (...)

22.8.49

Fast täglich kommen die Weiber aus dem Dorf zum Tauschen in die Station. Sie tragen Kiepen mit Reis, Yam, Bambussprossen auf dem Rücken und ständig Tonpfeifen im betel-geröteten Mund. Mit den schweren Lasten erklimmen sie noch die steilsten Hänge im Laufschritt. Ihr einziger Schmuck besteht aus den Silberschnallen vor den roten Schürzen. Unsere Leute bändeln natürlich mit ihnen an, warum auch nicht?

Die Männer des Dorfs tragen durchweg schwarze Pyjamas; es sind Krieger, die mit vorsintflutlichen Vorderladern und Steinschloßgewehren hantieren. Der Dorfälteste hat uns mehrfach zu verstehen gegeben, daß er von den Vietminh nichts wissen wolle, von den Chinesen sowieso nicht. Er empfindet uns wohl als eine Art Schutzmacht.

1. 9. 49

Die erste Nachschubkarawane ist pünktlich angekommen, hat sogar Rotwein mitgebracht und ist mit drei an Gelbfieber erkrankten Männern wieder nach Dong Khe abgestiegen.

Die Stimmung ist gereizt, weil nichts passiert, weil alles ungreifbar ist und immer vager zu werden scheint, je länger wir hier sind. Die Männer langweilen sich, Aggressionen brechen auf. Wir gehen in Sechsergruppen Patrouille bis zu dem Höhengrat, der vermutlich die chinesische Grenze bildet, haben aber bis heute nichts gehört oder gesehen, was auf Nachschublieferungen oder Truppeninfiltrationen aus China schließen ließe. Demnächst soll (...)

15. 9. 49

Nachdem die zweite Nachschubkarawane schon mehrere Tage überfällig war, bekamen wir einen Funkspruch, sie sei angegriffen worden. Keine Überlebenden. Heute ist aber eine stärker bewachte Karawane durchgekommen. Man warnt uns eindringlich vor einer angeblich bevorstehenden Offensive der Vietminh.

Allerdings behauptete einer der vietnamesischen Führer, daß der Überfall auf die Versorgungskarawane gar nicht von den Vietminh ausgeführt worden sei, sondern von der Bande des legendären Colonel Bref. Bref soll ein korsischer Legionär sein, der, nachdem er sich mehrfach Befehlen verweigert hat, unehrenhaft entlassen wurde; er soll dann weitere Unzufriedene, Deserteure sowie vietnamesisches Gesindel um sich gesammelt haben und seitdem eine Art privaten Bandenkrieg gegen alle Parteien führen. Angeblich erpreßt er von der Dorfbevölkerung Opium und finanziert sich durch den Verkauf. Zu Gesicht bekommen hat man ihn nie, aber wenn es Zwischenfälle gibt, die sich nicht vollständig aufklären lassen (und davon gibt es viele), wird von Bref gemunkelt, der so zu einem Gespenst dieses Kriegs geworden ist.

2.10.49

Eine unserer Patrouillen ist angegriffen worden. Von den sieben Leuten kamen nur zwei zurück. Wir sind jetzt also nur noch elf Mann auf dem Posten. Möglicherweise hatten sie, ohne es zu bemerken, schon die chinesische Grenze überquert. Wer sie beschossen hat, ist unklar. Außer dem Mündungsfeuer eines Maschinengewehrs haben die Überlebenden im Dschungel nichts erkennen können. Chinesen? Vietminh?

20.10.49

Meo, der Dorfälteste ließ durch eine der Frauen ausrichten, wir möchten zu einer Unterredung in seine Hütte kommen. Ich ging mit Sergent Malvesi und einigen Leuten hin. Meo erklärte uns, daß bewaffnete vietnamesische Männer ins Dorf gekommen seien, sich umgesehen hätten und wieder verschwunden seien – offenbar Späher des Vietminh. Sie hätten angekündigt, in drei Tagen wiederzukommen, um Lebensmittel einzutauschen. Ob die Männer etwas von unserer Station herausbekommen haben, wußte Meo nicht, aber die Wahrscheinlichkeit war natürlich groß.

Am betreffenden Tag bezog ich mit vier Mann, einem Maschinengewehr und Handgranaten Stellung über dem Pfad, der vom Dorf in südlicher Richtung den Hang hinaufführt. Am späten Nachmittag standen plötzlich sechs Vietnamesen, bewaffnet mit Karabinern und Maschinenpistolen, vor Meos Hütte; sie waren aus dem Dschungel gekommen, ohne daß wir sie gesehen hatten, aber sie hatten auch unsere Stellung offenbar nicht bemerkt. Nach einem kurzen Palaver kamen vier Frauen mit ihren Tragekiepen aus dem Vorratshaus und setzten sich, zusammen mit den Männern, in Richtung unserer Stellung in Marsch. Als sie um die Biegung des Pfads direkt in unser Schußfeld liefen, ließen sich die Frauen zu Boden fallen, wie wir es mit Meo verabredet hatten, und Drenkmann erwischte vier Mann mit seiner MG-Salve, die beiden anderen flohen in den Dschungel. Eine Frau bekam einen leichten Streifschuß ab, die anderen blieben unverletzt.

Meo erzählte uns dann, die Männer hätten behauptet, Vietminh zu sein; da sie aber nicht den gelben Stern auf ihren Pyjamas trugen und die Vietminh bislang auch nicht dafür bekannt waren, Proviant zu erpressen, hielt Meo die Männer für Brefs Leute. Bref sei ein Phantom, sagte ich, ein Hirngespinst, aber Meo blieb bei seiner Meinung, denn die Männer hätten nicht nur Verpflegung gewollt, sondern auch Opium.

Wir wunderten uns, weil wir bislang weit und breit kein Opiumfeld gesehen hatten, und so führte uns Meo nun durch einen Abschnitt des Dschungels, der so verwuchert war, daß wir ihn ohne Führung nie betreten hätten. Nach einigen hundert Metern erkannten wir im grünen Zwielicht einen Pfad, und nach einem Marsch von etwa einer halben Stunde bot sich uns ein herrlicher Anblick. Hinter einer Biegung lichtete sich der Dschungel, und im Dunst des Abends leuchtete in allen Farben des Regenbogens ein riesiges Feld von Mohnblumen. Die Frauen standen mitten im Mohn. Sie schnitten mit einem winzigen Messer die dickbäuchigen Blütenansätze auf, aus denen zähflüssiger, weißer Saft träufelte.

15. II. 49

Da das Oberkommando offenbar nicht mehr davon ausgeht, daß an dieser Stelle der Grenzlinien mit einer Offensive zu rechnen ist, sind die Verluste un-

seres Postens nicht aufgefüllt worden. Die Nachschublieferungen kommen einigermaßen regelmäßig, und die Transporte bleiben unbehelligt.

Mit einem der vietnamesischen Führer bin ich ins Geschäft gekommen. Ich kaufe Meo Opiumkugeln ab und verkaufe sie zum zehnfachen Preis an den Führer weiter, der sie seinerseits in Dong Khe an Legionäre weiterverkauft. Damit schaffe ich mir vielleicht eine Zukunft, die (...)

3.12.49

Vor einer Woche hat der Gefreite Völkers den Unteroffizier Malvesi im Streit erschossen. Sie hatten mit zwei anderen Männern Tarot gespielt, und Völkers hatte Malvesi des Falschspiels bezichtigt, worauf dieser zur Pistole gegriffen haben soll. Völkers war darauf vorbereitet und zog schneller.

Jetzt bringen wir uns also schon gegenseitig um. Da wir hier den Fall nicht entscheiden wollten und konnten, haben wir Völkers unter Arrest gestellt und ihn dann mit der nächsten Nachschublieferung nach Dong Khe verbracht; dort soll er sich vor einem Kriegsgericht verantworten. Ich habe ihm schriftlich ein günstiges Zeugnis ausgestellt, denn er hat es nicht verdient, füsiliert zu werden.

Die zwei Mann, die Völkers als Bewachung begleitet haben, sind zu allem Überfluß nicht zurückgekommen, da sie in Dong Khe angeblich dringen-

der gebraucht werden. Wir sind also nur noch acht. Manchmal habe ich das Gefühl, daß man uns hier oben vergessen hat, vergessen will. Ich möchte auch vergessen, aber es ist schwer, denn (...)

Ende Februar 1950

Nichts passiert. Die Stunden, Tage, Wochen verfließen, ohne daß man es recht bemerkt. Ohne Meos Opium wäre es hier oben überhaupt nicht mehr auszuhalten. Wir sind zusammen, und doch geht jeder seiner eigenen Wege, träumt seine Träume, ist in der Geborgenheit seiner Erinnerungen, Wünsche, Vorstellungen. Die exotischen Welten haben mich enttäuscht; meine Sehnsucht danach ist in diesem Krieg wie eine Rauchwolke zergangen. Verläßlicher sind die Abenteuer des Opiums. Schmerz und Trauer verschwinden im magischen Lack, der alle Ängste besänftigt. Das Rauschen des Regens auf dem Palmdach wird zu Musik, jedes gesprochene oder gedachte Wort bekommt Bedeutung. Man kann stundenlang in den Lampendocht schauen. Es gibt da Städte voller Denkmäler und Pyramiden, und in den Häusern sind Zimmer, und in jedem Zimmer öffnen sich Welten. Man beginnt, das Geld zu verachten, die Macht, sogar die Frauen, denn man ist Herrscher eines anderen Reichs.

14.3.1950

Wir gehen nur noch selten auf Patrouille, eigentlich nur noch aus Gewohnheit, um eine gewisse Disziplin aufrecht zu erhalten und um die Langeweile zu bekämpfen. Wir gehen stets zu zweit. Gestern bin ich mit De Moult gegangen, einem der »Belgier«, Ex-Leutnant der Waffen-SS. Ich wußte, daß er zu denen gehört, die dauernd den Frauen und Mädchen von Meos Dorf nachlaufen, und dagegen ist auch nichts einzuwenden. Ich vergnüge mich auch manchmal mit einer von ihnen.

Nun erzählte mir De Moult aber, der gern mit seinen Eroberungen prahlt, daß er ein junges, vielleicht erst fünfzehnjähriges Mädchen gehabt habe; es war uns allen wegen seiner Schönheit aufgefallen, aber trotz unserer Verkommenheit hat sich bislang keiner an ihr zu vergreifen gewagt. Als De Moult sagte, er habe sie sich genommen, war ich ganz außer mir, aber nicht aus Eifersucht. Sie hat sich natürlich gewehrt, sagte De Moult, hat gebettelt und geschrieen, aber so sind die Frauen immer, meinen das Gegenteil. Du hast sie vergewaltigt, sagte ich ganz kalt. Was heißt vergewaltigt, sagte er, das ist doch nur 'ne kleine Gelbe, und als er das sagte, sah er plötzlich so aus wie Fritz Breucken. Da habe ich ihn mit einer Salve meiner Maschinenpistole aus nächster Nähe buchstäblich in zwei Teile gesägt.

Im Posten erzählte ich, daß wir auf eine chinesi-

sche Grenzpatrouille gestoßen seien. De Moult war sowieso unbeliebt. Jetzt sind wir noch sieben.

Anfang Mai 1950

In den Nächten des Rauchens denke ich mir Geschichten aus, die schöner und wirklicher sind, als sie in Büchern stehen; alles Papier der Welt reichte nicht, wollte man sie aufschreiben. Ich sehe Bilder, phantastischer und präziser, als Maler sie malen könnten, höre und komponiere Musiken, die kein Musiker zu spielen vermöchte, kein Instrument hervorbringen könnte, es sei denn, es wäre ein erdachtes, erträumtes, erfundenes Instrument, ein Flügel der Phantasie.

Meine Träume sind aber nicht die naiven Träume der Kindheit. In ihnen gelten Sprachen, die ich erfunden habe. Zuletzt, gegen Morgen, wenn die Fledermäuse sich zurückziehen und die Affen zu schreien beginnen, kommen die Figuren. Einfache Figuren – Dreiecke, Vierecke, Ringe, Muster wie auf Muscheln und Schachbrettern, Farben, durchscheinender als die Farben des Dschungels. Es sind die Figuren, nach denen die Welt errichtet ist. Es sind nur ganz wenige; vielleicht ist es nur eine einzige, eine achtförmige Spirale. Sie ist wie ein (...)

4.6.1950

(...) sind zwei Mann von ihrer Patrouille nicht zurückgekommen. Wir sind noch Fünf.

20.7.1950

Manchmal habe ich das Gefühl, nicht mehr ich selbst zu sein. Wenn ich etwas betrachte, vergesse ich meine Existenz und gehe in dem auf, was ich betrachte. Ich sehe die vom Wind bewegten Wipfel der Bäume, und die Bäume sind identisch mit meinen Wünschen, Ängsten, Hoffnungen. Das Seufzen und Zittern der Äste ist mein Seufzen und Zittern. Ich sitze und rauche und starre in die bläulichen Wolken, die der Pfeife entsteigen – der Gedanke an ein langsames, ständiges, ewiges Verdampfen ergreift mich, bald fühle ich mich selbst verdampfen, und die Pfeife, in der ich mich hocken und brennen fühle, raucht mich. Solche Phantasien sind ewig, dauern aber nur Augenblicke, wenn es gelingt, auf die Uhr zu schauen. Es ist, als lebte ich mehrere Menschenleben in einer Stunde. Bin ich ein Roman, der gelebt statt geschrieben wird?

1.8.50

Benoit hat in einer Mischung aus Fieberwahn und Opiumhalluzination das Funkgerät kurz und klein geschlagen. Wir brauchen es nicht mehr, sagte er, wir sind mit allem verbunden.

Niemand nimmt es ihm übel, weil er recht hat. Wir sind mit allem verbunden und verraten und verkauft und vergessen.

12.8.50

Zwei an Malaria erkrankte Männer sind von der Versorgungskarawane, die nur noch aus dem Vietnamesen und zwei Packpferden besteht, nach Dong Khe gebracht worden; ich habe ihnen das Geld anvertraut, das ich aus dem Handel mit Meo erlöst habe. Sie werden es an den Zahlmeister übergeben, der es meinem Soldkonto gutschreiben soll.

Wir sind jetzt nur noch drei Mann in Saint Pierre, Benoit, Jansen und ich.

Anfang September 1950

Der Vietnamese kommt nur noch des Opiums wegen – wir machen also eine Art Tauschgeschäft, Proviant gegen Opium. Er berichtet, daß Cao Bang, Lang Son und Dong Khe evakuiert werden.

Für uns gibt es keine Befehle, keine Informationen. Man hat uns vergessen. Wir beschließen nach kurzer Diskussion, den Posten zu räumen und mit dem Vietnamesen zurückzugehen.

23.11.1950

Bin vor etwa zwei Wochen zusammen mit den etwa hundert anderen Gefangenen aus dem provisori-

schen Dschungellager ins zentrale Gefangenenlager Cao Bang überführt worden. Es liegt außerhalb der Ortschaft in einer Talebene, die am Ende sanft nach Osten abfällt. Die umgebenden Berge sind mit dichtem Dschungel bedeckt. Es gibt keinen Zaun um das Lager; Fluchtversuche sind völlig sinnlos, weil niemand ohne Ausrüstung und Verpflegung den Marsch schaffen würde. Die Vietminh freuen sich über jeden Gefangenen, der verschwindet – ein Esser weniger.

Jansen, Benoit und ich waren mit dem Vietnamesen in Richtung Dong Khe aufgebrochen, um uns den Rückzugskolonnen auf der RC4 anzuschließen, aber obwohl wir nach zwei Tagen Gefechtslärm hören konnten, erreichten wir nicht einmal mehr die Straße. Auf dem schmalen Bergpfad fanden wir uns plötzlich von über 50 Vietminh umzingelt; ein französisch sprechender Offizier forderte uns auf, die Waffen niederzulegen. Für den Fall, daß Gefangenschaft droht, hatten wir zuvor Lose gezogen, wer von uns erst die anderen, dann sich selbst erschießt – das Los war auf mich gefallen. Jansen sagte: Los, es ist so weit. Aber ich konnte es nicht tun. Wenn du's nicht tust, mach ich es, sagte Benoit und richtete die Maschinenpistole auf uns. Da hab ich ihn und Benoit erschossen, in Notwehr! Der Vietnamese stand angstschlotternd daneben. Die Vietminh nahmen mir die Waffen ab, ließen mir aber alles andere:

Papiere, die Uhr, Geldscheine, das Taschenmesser, sogar den Proviant im Beutel und die kleine Opiumkugel, die ich noch in der Brusttasche hatte. Inzwischen habe ich festgestellt, daß fast alle, die sich widerstandslos ergeben haben, so behandelt worden sind. Manche halten das für einen Propagandatrick des Vietminh; gut möglich, aber es spricht jedenfalls für die (...)

16. 12. 1950

Lag fast drei Wochen im Krankenrevier des Lagers, das im Gegensatz zu den Bambushütten der Unterkünfte aus Wellblech besteht. Was mir fehlte, weiß ich nicht genau. Fieber, Schüttelfrost, Magenkrämpfe, Dünnschiß, Erbrechen, alles durcheinander, manchmal zusammen, manchmal abwechselnd. Außer Kohletabletten und grünem Tee gibt es keine Medikamente; trotzdem geht es mir inzwischen wieder ganz gut. Die Krankheit hatte den Vorteil, daß ich nicht mit zum Straßenbau mußte; ich hasse es, den Leuten Vorschriften zu machen. Offiziere müssen gar nicht arbeiten, aber wir Unteroffiziere werden als Vorarbeiter eingesetzt. Es gibt natürlich viel passiven Widerstand und Sabotage.

2. 1. 1951

(...) aber alles, was man uns an Geschichten über die grausamen Vietminh erzählt hat, waren Lügenmärchen. Man behandelt uns hier so korrekt, wie es unter den üblen Bedingungen überhaupt möglich ist. Wäre die Verpflegung besser, wäre es hier fast schon gemütlich. Manche von uns beteiligen sich an den ideologischen Umschulungen, das bringt gewisse Vorteile mit sich.

Ich habe andere Mittel und Wege gefunden, meine Situation zu verbessern. Im Krankenrevier hatte ich Pierre Leblanc kennengelernt, einen Canadier aus Montreal, der als Besatzungsoffizier in Bremerhaven stationiert gewesen war, und mich mit ihm angefreundet. Der Mann ist ein Genie des schwarzen Marktes, den es hier auch im Lager gibt. Denn die Vietminh sind zwar von ihrer Führung angewiesen, uns unsere persönliche Habe zu lassen, aber niemand hindert sie und uns daran, Tauschgeschäfte zu machen. Leblanc hat das als erster entdeckt und seine Uhr gegen einen achtel Sack Reis eingetauscht. Dann hat er den Reis tassenweise an Legionäre verkauft und dafür Spiegel, Uhren, Taschenmesser und so weiter einkassiert, auch Bargeld. Das Zeug geht wieder alles an Lin, einen der Vietminh, der es wiederum auf seiner Seite verschiebt. Und Leblanc bekommt Reis, manchmal auch Bambussprossen. Und wieder zurück und immer so weiter.

15.3.1951

Ich bin vom Assistenten Leblancs zu seinem vollen Partner geworden. Mein Stammkapital war die Opiumkugel, die ich immer noch aufgehoben hatte, ohne irgend jemand etwas davon zu sagen. Vor einer Woche sagte Leblanc, wenn man Opium hätte, käme man noch größer ins Geschäft. Er hatte nämlich herausgefunden, daß bei den Vietminh Opiumrauchen verboten ist, aber natürlich gibt es jede Menge Süchtige, auch unter den Offizieren. Für Opium, sagte er, bekäme man vielleicht sogar ein Huhn, und was man dafür von den französischen Offizieren bekäme, könne ich mir ja vorstellen. Kurz und gut, es war der große Augenblick meiner kinderfaustgroßen Opiumkugel, und seitdem bin ich voll im Geschäft. Damit läßt sich einige Monate wunderbar haushalten. Im Grunde bin ich jetzt Leblancs Chef, aber ich muß vorsichtig sein, denn er ist skrupellos und gewalttätig. Neulich hat er im Streit einen Mann fürchterlich (...)

An dieser Stelle setzte in Heinrich Hareschs Journal eine regelrechte Buchführung über seine Tauschgeschäfte im Lager ein; er vermerkte hier ebenso kommentarlos wie geschäftstüchtig, welche Geldsummen oder Gegenstände er von welcher Person erhielt bzw. wer bei ihm wie hoch verschuldet war – er gab inzwischen also auch Kredit – und welche

Naturalien er dafür tauschte; außerdem tauchten immer häufiger Summen unter dem Stichwort »Schuldenstand Leblanc« auf. Vermutlich hatte sich durch den Handelswert des Opiums das Verhältnis zwischen den beiden völlig umgekehrt: Leblanc war jetzt zu Heinrich Hareschs »Assistenten« geworden und verschuldete sich offenbar immer stärker bei ihm. Demgegenüber brachen die tagebuchartigen Sequenzen seit dieser Zeit völlig ab, und erst Ende Mai machte er noch zwei Eintragungen – seine letzten.

15. 5. 1951

Leblanc besteht darauf, daß ich sofort den allerletzten Rest des Opiums in Tausch gebe, da er bereits andere Sachen in Kommission genommen hat und unter Druck gesetzt wird. Ich will den Rest aber lieber aufbewahren, bis mehr dabei herausspringt als zwei Flaschen Reiswein. Was will Leblanc mir überhaupt befehlen? Soll er doch die Prügel bekommen, die er verdient.

29. 5. 1951

Ich muß auf der Hut sein. Man hat mir zugetragen, daß Leblanc damit gedroht habe, mich umzubringen. Zutrauen würde ich es ihm. Seine Habgier ist unerträglich, und er haßt mich, weil hier nur einer die Geschäfte führt: Ich.

Spuren

Die Nacht im Zug ging dem Ende entgegen, das Dehnen, das Atmen, das unruhige Wälzen, die kleinen Lämpchen im Abteil wie Lampen der Schlaflosigkeit, die Entladungen von Assoziationen und Erinnerungen im Halbschlaf, die sich in kurzen Träumen aussieben, und die Versuche, die Spur solcher Visionen im Erwachen zu rekonstruieren, ihr Auseinanderfallen im ersten kalten Licht dadurch zu verhindern, daß man sie sich erzählt. In der diffusen Morgendämmerung eines Novembertags blickte Claus Haresch aus dem Nachtexpreß Paris-Kopenhagen in die Erstarrung der norddeutschen Tiefebene, Grau des Frostes, der zu Perlmutt wurde; Kristallisationen des Rauhreifs auf den Stacheldrähten der Weiden, Wind, der Staub über die Straßen trieb, Erdschollen auf den Äckern, hart wie Steine in den Bergen Nordafrikas, das Marschland durchziehende Gräben wie »Klaviertasten«, die ein unsichtbares Kommando Nacht für Nacht ausheben muß, Spuren, die in ein weißes Land weisen und irgendwann an ein Ende kommen, hinter den Deichen am frostgrauen Meer.

Die Spuren, denen er bislang, ohne recht zu wissen, warum, nachgegangen war, die Spur, die sich nun abzuzeichnen begann, erschienen Claus Haresch plötzlich als etwas offenkundig Zusammenhängendes, als ein übergreifendes Bild, das auch seine eigenen Bilder der Vergangenheit enthielt.

Später zog er dann die immer noch unvollständige Übersetzung aus dem Koffer und legte sie auf den Schreibtisch, den mißglückten Essay, sein Notizbuch und zum Schluß das aus einem Schuppen in Millau nach Oldenburg heimgekehrte Journal seines Onkels, und mit diesem Journal war wohl der Vorhang über Heinrich Hareschs letzte Lebensjahre gefallen, aber viele Fragen blieben offen. Hatte Pierre Leblanc ihn umgebracht? Und wenn Leblanc der Mörder Heinrich Hareschs war, warum hatte er dann das Tagebuch, das diesen Schluß immerhin nahelegte, nicht vernichtet, sondern an sich genommen und bis an sein eigenes Lebensende aufbewahrt? Hatte er vielleicht anhand von Heinrichs »Buchführung« andere Lagerinsassen erpreßt, Gegenleistungen gefordert für ihre »Schulden«, möglicherweise sogar noch in späteren Jahren? Oder war der Sergeant und Träumer, der Opiumhändler und Heimwehkranke Heinrich Haresch, armes Schwein und skrupelloser Schwarzhändler, Opfer und Täter zugleich, im Lager Cao Bang eines »natürlichen«, eines banalen Todes gestorben, an Malaria, Amöbenruhr, Sumpffieber? Es würde sich nie mehr feststellen lassen; die letzte Spur verlor sich in den unbeschrieben gebliebenen Blättern seines Journals, im Knistern der brüchigen Bindung, in den undeutbaren Mustern der Wasser- und Stockflekken, die wie verirrte Seelen über das vergilbende Papier geisterten.

Eine andere Spur jedoch begann sich abzuzeichnen, war aus dem vagen Schatten der Initialen F. B. herausgetreten und hatte die Form eines Namens gebildet: Fritz Breucken. Und diese Spur schien nicht nur in den weißen Fleck zu führen, in dem die Geschichten und Schicksale Lea Grünbergs und Heinrich Hareschs einmal zusammengefallen waren, sondern sie schlug offenbar auch einen Bogen in jenes Zwielicht, aus dem Heinrich 1947 geflohen war. Ob es den Flügel der Grünbergs noch gab, war zweifelhaft, und noch zweifelhafter, wenn er überhaupt aufzufinden wäre, ob die – wie aus dem Journal hervorging – darin versteckten Aufzeichnungen, »Beweise« gar (Beweise für was?) dann noch vorhanden waren. Jedenfalls schien der Flügel wie ein Bauplan zu sein, mit dem sich die Teile des Mosaiks sinnvoll zusammensetzen ließen, und sein geheimnisvoller Inhalt der Schlüssel zum Schloß, das seit fünfundfünfzig Jahren den Zutritt zu einer Kammer versperrte, die außer Lea und Heinrich vielleicht noch nie ein Mensch betreten hatte.

Als er ein paar Tage später zusammen mit Anne und den Kindern über die Steintreppe das Haus seiner Mutter betrat, sein Elternhaus, das Elternhaus seines Vaters und Tante Käthes, das Elternhaus seines Onkels Heinrich, fiel ihm Käthes Bemerkung ein, daß mit Heinrichs für damalige Verhältnisse beträchtlichem Nachlaß von über 10 000 Mark das Haus entschuldet worden sei. Woher stammte das Geld? Ersparter Sold? Sehr unwahrscheinlich. Waren nicht zwei Kranke nach Dong Khe gebracht worden? Und hatte Heinrich ihnen nicht Geld anvertraut, das er aus dem Opiumhandel mit Meo und dem vietnamesischen Führer erlöst hatte? Und sollte dies Geld nicht an den Zahlmeister übergeben werden, der es dann Heinrichs Soldkonto gutschrieb? Eines Tages würde Claus das Haus erben, wie seine Mutter es geerbt hatte und zuvor seine Großmutter, dies inzwischen längst schuldenfreie Haus einer gutbürgerlichen Familie, dies Haus mit dem sauberen Keller und der feuchten Stelle unterm Dach. Wer stand in wessen Schuld?

Das ist aber schön, daß ich euch endlich mal wiedersehe. Und der Papa ist auch aus Paris zurück. Paris, ja ... Ach, wie gern wär ich da auch mal hingefahren. Aber euer Opa, der reiste gar nicht gern. So, nun setzt euch erst mal und eßt euch richtig satt.

Ich hab aber gar kein Hunger, Oma, maulte Till.

Ich auch nicht, schloß Marie sich an.

Ach was, Appetit kommt beim Essen. Und es gibt so viele arme Kinder auf der Welt, die sich freuen würden, wenn sie einen Teller Suppe bekämen. Euer Papa hat als kleiner Junge auch immer am Essen rumgenörgelt.

Laß mal gut sein, Mutti. Claus brachte das Tischgespräch in eine andere Richtung. Was ist denn eigentlich mit der feuchten Stelle?

Feuchte Stelle? Was meinst du?

In der Mansarde? Das hat dir doch schlaflose Nächte bereitet.

Ach so. Das ist längst erledigt. Da wird halt ein Dachdecker bestellt, und schon ist das Problem gelöst. Das hab ich alles gut im Griff. Mit Handwerkern muß man nur richtig umgehen können, das ist eine Wissenschaft für sich. Schmeckts euch denn wenigstens?

Ja, danke. Sag mal, Mutti, kannst du mit dem Namen Breucken was anfangen?

Ach, das ist ja so ein Oldenburger Allerweltsname. Warum fragst du? Da gibt's bestimmt mindestens zwanzig von. Dorle Brunken kennst du doch selbst, dann die Apotheke von Brunkens in der Bismarckstraße, na siehst du, Till, es schmeckt doch. Bei Oma schmeckts immer am besten.

Breucken, Mutti, nicht Brunken. Breucken mit CeKa.

Aber natürlich, daran müßtest du dich doch selber noch gut erinnern! Das Konfektionshaus. Ist das eigentlich ein neuer Pullover, den du da anhast, liebste Anne? Steht dir aber sehr gut. Muß ja sündhaft teuer gewesen sein.

Nein, gar nicht. Den hab ich bei ...

Breucken, ja ja. War früher da am Markt, Ecke Lange Straße, nein Ecke Kurwickstraße. Ist dann irgendwann mal verkauft worden, vor zehn Jahren wohl, so etwa. Heute steht da dies Kaufhaus mit den furchtbaren Badezimmerkacheln an der Fassade. Diese Großkonzerne machen den Einzelhandel kaputt, das sagt Georg Zöllner auch. Also, wir haben jedenfalls nie bei denen gekauft.

Ich glaub, ich hab mir da mal eine Jeans gekauft, sagte Claus, kann das sein?

Das weiß ich doch nicht, wo du dir als Jugendlicher deine Jeans gekauft hast. Mit eurem Taschengeld konntet ihr machen, was ihr wolltet. Wie viel Taschengeld kriegen Marie und Till eigentlich? Röhrenhosen hießen die damals. Oder Texashosen.

Levi's heißen die, Oma, sagte Till.

Ja, iß schön, mein Junge.

Gab's denn eigentlich einen Grund dafür, daß wir nicht bei Breucken gekauft haben? hakte Claus nach, der jetzt versuchte, sich das etwas düstere, klobige Eckhaus mit seiner wilhelminischen Gründerzeitarchitektur ins Gedächtnis zurückzurufen.

Einen Grund? Wieso? Wir haben doch fast immer bei Stange & Hampe gekauft, oder wenn's mal was Besonderes sein sollte, bei Dreyer. Da kauft man auch immer noch sehr gut. Anne, da mußt du mal hingehen. Die haben ganz entzückende Damenblusen. Ich geh nie in diese großen Kaufhäuser, das taugt nicht viel, diese Massenware. Die Bedienung ist auch besser. Und gegen Breucken hatte dein Vater was.

Opa? fragte Marie.

Ja, der gute Opa, mein Liebes. Es ist ein Jammer, daß er das alles nicht mehr erleben kann.

Was hatte Vati denn gegen Breucken?

Ja, was weiß ich. Jeans trug er sowieso nicht. Ach nein, warte mal ... Ich glaub, der alte Breucken soll ein Nazi gewesen sein. Na, es wurde ja viel getuschelt damals. Genau, so war es, jetzt weiß ich es genau. Auf mein Gedächtnis kann ich mich Gott sei Dank noch verlassen. Dein Vater hat mal gesagt, der Breucken wollte nicht, daß wir bei Juden kaufen, und deswegen kaufen wir nichts bei ihm. Genau.

Oma, fragte Till, was sind Nazis?

Wart mal ab, bis du zur Schule kommst. Da kriegt ihr dann auch Nazis, ich meine, ihr nehmt die durch, äh ...

Und was sind Juden? wollte Marie wissen.

Ja, du lieber Gott, wie soll ich dir das erklären,

mein Schätzchen? Juden sind … Claus, hilf mir doch mal! Juden, das waren Menschen, die … also nein, ich meine, ihr mögt doch jetzt sicher gern ein bißchen Kompott?

… und wer kann es je verstehn?

Schlecht gehört hat Frau Breucken immer schon; Sie müssen also recht laut sprechen, erklärte der zauselbärtige Jüngling im knielangen Pullover, ein Palästinenser-Tuch in verwegener Melange aus Schal und Supermann-Cape um Hals und Schultern drapiert. Und seit dem Schlaganfall ist sie auch etwas wunderlich geworden. Aber über Besuch freut sie sich immer. So, da wären wir schon.

Der Zivildienstleistende, der Claus Haresch durch das nach Scheuerpulver und Mottenkugeln, Rosen und Porree riechende Labyrinth der Senioren-Wohnanlage »*Margarethenstift*« führte, hielt am Ende eines mit PVC-Fliesen schachbrettartig ausgelegten Flurs, klopfte neben dem Namensschild *Erna Breucken* heftig gegen die Tür, öffnete und ließ Claus eintreten. In dem mit offensichtlich wertvollen Antiquitäten eingerichteten Zimmer saß, mit Blick durch ein fast bis zum Boden reichendes Panoramafenster ins wattige Weiß des verschneiten Parks, eine kleine, zusammengesunkene Gestalt in einem Rollstuhl, die einen Kopfhörer auf den Ohren und den Verstärker offenbar bis zum Anschlag aufgedreht hatte, denn die Stimme von Hans Albers war gedämpft im Raum zu hören, ... auf Matrosen, o-hee-eee ...

Sie liebt nämlich Musik, erläuterte der pazifistische Altenpfleger, ... wie die wogende See-hee ..., und legte Frau Breucken vorsichtig eine Hand auf die Schulter, ... so ist das Leben ...

Die alte Dame nahm mit einer fahrigen Bewegung den Kopfhörer ab, lauter jetzt, ... ein Kommen ...

Besuch! brüllte der Jüngling, ... und Gehn ..., Besuch für Sie, Frau Breucken!

Hä? ... und wer kann es ... Ich versteh Sie nicht. ... je verstehn ... Die Musik ist so laut.

Der Pfleger griff zum Lautstärkeregler, ... einmal muß es vorbei sein ... Sie haben Besuch!

Betrug? Wie meinen Sie das?

Guten Tag, Frau Breucken! versuchte Claus nunmehr, die Gehörgänge der Alten zu durchdringen. Mein Name ist Haresch! Ich komme ...

Wie war Ihr Name?

Haresch!!! donnerte Claus. Ich wollte ...

Schreien Sie mich doch nicht so an, junger Mann. Mögen Sie Hans Albers? Oder Rühmann? Rühmann als Quax war herrlich ...

Der Hauptmann von Köpenick! schrie Claus militärisch, um sich auf Erna Breuckens Wellenlänge einzuschmeicheln.

Möwenpick, nickte die Alte, selig lächelnd, ja, das ist gutes Eis, besonders Walnuß. Herr Balzer, sie wandte sich wieder dem Zivildienstleistenden zu, das müssen Sie mir mal wieder mitbringen. Und ein Video von O. W. Fischer. War O. W. Fischer nicht auch in »Wenn der weiße Flieder wieder blüht«? Oder war das »Jud Süß«? Ich seh auch gerne »Einspruch« im Fernsehen, wo die immer so brüllen. Kennen Sie das, junger Mann?

Ja, gnädige Frau, eine wundervolle Sendung! Sagen Sie, kennen Sie die Grünbergs?!

Hä?

GRÜN!!BERG!!

Ja, gewiß. War das nicht mit Luis Trencker? Leni Riefenstahl? Wunderbar, auch die Olympiade.

Claus sah hilfesuchend Herrn Balzer an.

Sie ist heute richtig gut drauf, sagte der.

Na ja, murmelte Claus halblaut, dann darf ich mich wohl verabschieden. Das bringt ja nichts.

Tuscheln Sie nicht hinter meinem Rücken, erboste sich Frau Breucken, das gehört sich nicht.

Auf Wiedersehen! Alles Gute!!

Vielen Dank. Kommen Sie bald mal wieder. Herr Balzer, Musik bitte. Komm auf die Schaukel, Luise ...

Sehen Sie, meinte der Pfleger, als er Claus wieder zum Ausgang führte, sie hat sich über Ihren Besuch gefreut. Nächste Woche wird wohl ihr Sohn wiederkommen. Der ist verreist, glaube ich. Dann freut sie sich natürlich noch mehr.

Ach, sie hat einen Sohn? Im Telefonbuch stand aber nur *ihr* Name.

Ja, der Sohn wohnt nämlich in Bad Zwischenahn. Dieter heißt er, glaub ich.

Sohn eines Vaters

Bremers, Brenner, Brenningmeyer, Bressem, Brestoff, Breucken, da, Breucken, Dieter. Tatsächlich. Null vier vier null drei ...

Bad Zwischenahn, ein Kurort mit den üblichen Bädern, Pensionen, Promenaden, einem Spielcasino, Bootsverleih sowie diversen Segel- und Surfschulen, liegt knapp zwanzig Kilometer nordwestlich von Oldenburg am Südufer eines einigermaßen idyllischen Binnensees, den die Einheimischen in werbewirksamer Vollmundigkeit nicht nur als Zwischenahner »Meer«, sondern auch als »Perle des Ammerlands« bezeichnen. Außerhalb des Orts stehen an den mit Schilf und Reet bewachsenen Ufern ebenso exclusive wie teure Villen, Privatweg, Seeblick, eigener Bootssteg. Breuckens Haus war ein der traditionellen Ammerländer Bauernarchitektur nachempfundenes Anwesen, ein Wohnhaus, mehrere Nebengebäude, alle, sogar noch die Doppelgarage, aus mit dunkelroten Ziegeln ausgemauertem Eichenfachwerk unter tief nach unten gezogenen, reetgedeckten Walmdächern.

Claus Haresch parkte auf dem geharkten Kies

vor der Garage, läutete an der Tür und wurde vom Hausherrn persönlich empfangen. Dieter Breucken war Mittvierziger, dessen Freude an den Genüssen des Lebens man seinem leicht geröteten Gesicht und der Fülligkeit im Hüftbereich ansah; er trug einen an den Schläfen ergrauenden, kurzgetrimmten Vollbart, die dunkelblonden Haare glatt zurückgekämmt.

Ich freue mich, Sie kennenzulernen, begrüßte er Claus und führte ihn durch eine riesige Diele, in der überall moderne Skulpturen standen und die Wände mit Zeichnungen und Gemälden zeitgenössischer Kunst vollgehängt waren. Man nahm auf bequemen Weidenrohrstühlen in einem Wintergarten auf der seewärtigen Seite des Hauses Platz. Eine streng aussehende, ältere Frau, Haushälterin wohl, in einem grauen Kostüm servierte Tee auf filigranen ostfriesischen Silberstövchen und verschwand dann wieder. Durch die von Aluminiumträgern gegliederten Isolierglaswände öffneten sich weite Blikke auf den winterlichen See, über dessen matten Spiegel Möwen bizarre Flugbahnen zogen, Emigranten von der Nordseeküste, die im Binnenland überwinterten. Der Schnee der vergangenen Tage war geschmolzen; es regnete, und dicke Tropfen schickten ihre Wellenkreise aus, die sich entlang der alten Mauern widerspiegelten. Wenn sich ein Wellenkreis mit denen schnitt, die sich in seiner Nähe bildeten, ergaben sich Muster, die immer anders und nie vorhersehbar waren.

Ihr Name ist mir natürlich ein Begriff, sagte Breucken, Sie sind ja wohl der einzig ernstzunehmende Schriftsteller in dieser geographischen und kulturellen Tiefebene. Ich habe sogar mal ein Buch von Ihnen gekauft, ist noch gar nicht lange her. War 'ne gute Kritik in der Zeitung. Irgendwas über Paris oder Rom, *Letztes Licht*, kann das sein?

Rom, sagte Claus, *Letzte Siesta*.

Richtig, ja. Also, wenn ich gewußt hätte, daß wir uns persönlich kennenlernen, hätte ich es natürlich auch gelesen. Vielleicht können Sie es mir signieren, wo Sie gerade hier sind?

Gern, sagte Claus, ärgerte sich, warf ein Stück Kandis in den Tee und lauschte dem Knistern und Platzen des Zuckers.

Sie sagten am Telefon, es handele sich um eine eher persönliche Angelegenheit? Sie meinen vermutlich meine private Kunstsammlung. Aber ich habe bereits mit dem Landesmuseum vereinbart, daß …

Nein nein, fiel Claus ihm ins Wort. Es geht …, wie soll ich sagen? Also, um gleich mit der Tür ins Haus zu fallen: Es geht um die Familie Grünberg.

Grünberg? Leben die denn noch? Kennen Sie die etwa? Wissen Sie womöglich, wo die wohnen? Breucken setzte die Teetasse klirrend auf den Tisch, war sichtlich erregt und gab sich auch keine Mühe, es zu verheimlichen.

Eine Tochter Lea Grünbergs, erwiderte Claus, eine gewisse Sarah McColby, lebt heute in den USA.

USA? Und ich habe die Familie in London gesucht ...

Sie haben die Grünbergs gesucht? Claus, der mit Abwehr oder Desinteresse, geheuchelter oder echter Ahnungslosigkeit gerechnet hatte, war überrascht.

Natürlich. Ich wollte die doch entschädigen. Ich habe vor zehn Jahren sogar Annoncen in großen, englischen Zeitungen aufgegeben. Da haben sich dann gleich ganze Gebirgsketten von Grünbergs, Greenbergs, Greenburghs, Grenboroughs gemeldet, aber leider nicht die richtigen. Da mußte ich doch davon ausgehen, daß von der Familie niemand mehr am Leben ist. Ich habe dann die als Entschädigung vorgesehene Summe dem Eli-Wiesel-Fond gespendet.

Entschädigung? Ich verstehe nicht ganz. Wofür denn eine Entschädigung? fragte Claus.

Das wissen Sie nicht? Ich denke, deshalb sind Sie hier?

Ja, das heißt, eigentlich ... stotterte Claus.

Also, ich erklär Ihnen das mal, sagte Breucken. Nehmen Sie noch Tee? Das Oldenburger Textilhaus Breucken, das ich nach dem Tod meines Vaters

Friedrich Breucken vor dreizehn Jahren geerbt habe, hat mein Großvater Wilhelm Breucken 1938 von David Grünberg übernommen. Und zwar für einen Spottpreis. Es war de jure zwar keine Arisierung, weil mein Großvater das Geschäft kaufte, aber de facto war es eine. Eine große Schweinerei. Wissen Sie, was mein Großvater war? Ein ganz übles Nazischwein war das. Tischlermeister, der es in wenigen Jahren zum Ortsgruppenleiter brachte. Und sein Sohn Friedrich Breucken …

Wurde der Fritz genannt? erkundigte sich Claus.

Klar, Fritz, auch Fritzchen. War aber gar nicht niedlich … Mein Vater also, das war ein noch größeres Nazischwein. HJ-Führer, glühender Fanatiker, Denunziant und außerdem ein Feigling, der den Krieg im Versorgungsamt der Stadt erlebte. Der machte jedenfalls in den dreißiger Jahren eine Lehre als kaufmännischer Angestellter. Und wissen Sie auch, wo? Dreimal dürfen Sie raten. Genau, bei David Grünberg. Mein Vater hat meinen Großvater dazu angestiftet, Grünbergs Geschäft zu übernehmen, nachdem man die Familie aus Oldenburg vergrault hat. Wahrscheinlich hat man sie sogar aus der Stadt vergrault, weil meine ehrenwerten Vorväter den Laden an sich reißen wollten. Letzte Wahrheiten habe ich darüber nie erfahren, denn nach dem Krieg war das Thema bei uns natürlich tabu. Ich bin 1948 geboren, aufgewachsen in dieser Nazifamilie, die inzwischen die christdemokratische Tarnkappe aufgesetzt hatte. Es wäre alles eine riesige Übertreibung, das überwundene Damals, eine Propagandaangelegenheit der Linken. Exzesse gegen Juden, in Oldenburg? Mit Antisemitismus könnten auch die anderen Nationen aufwarten, da herrschte kein Mangel; und wer bitte, hätte denn unseren Herrn Jesus ans Kreuz geschlagen? Im übrigen, mal ganz unter uns, mein Sohn, wäre es den Deutschen unter den Nazis so schlecht gar nicht gegangen; nur hätte man draußen das Volk mit Hitler identifiziert; und außerdem sollten nach diesem Krieg und allem, was man erlebt hätte, die anderen sich endlich an die eigene Nase fassen; man hätte den Einmarsch der fremden Truppen erlebt, Neger dabei, man hätte die Vertreibungen im Osten erlebt, Russen, die deutsche Frauen vergewaltigten, man hätte die Jahre der Okkupation überstanden – und so weiter und so weiter, Sie kennen diesen geistigen Dünnschiß, diese Reden, die die Lippen braun färbten, bestimmt selbst zur Genüge. Begriffen hab ich die Zusammenhänge erst, als ich 1967 zum Studium nach Berlin ging. Ich fing an mit Betriebswirtschaft, klar, sollte ja den Laden mal übernehmen, aber mein Examen hab ich in Soziologie gemacht. Mein Vater hat getobt. Sollte er auch, ha ha. Ja ja, das waren halt die wilden Jahre, Sie wissen, was ich meine. Demos gegen den Schah, Demos gegen Notstandsgesetze,

Demos gegen Fahrpreiserhöhungen, Demos gegen die NPD, Demos gegen Kiesinger, Demos gegen den Vietnamkrieg, im Grunde eine einzige, ununterbrochene Großdemo gegen unsere Väter, dazu Seminarbesetzungen, Springer-Blockaden, Uni-Streiks, Wasserwerfer auf den Straßen, knüppelnde Polizei, Benno Ohnesorg, Rudi Dutschke ... Ach ja, lang ist's her. Ich hab mich später noch mal in Nicaragua engagiert, aber jetzt mach ich nur noch in Kunst, hab eine Galerie in Bremen, eine in Köln und eine in der Toskana, die aber eher so aus Spaß. Jedenfalls hab ich die Firma damals sofort verkauft, nachdem sie mir überschrieben worden war. Meiner Mutter war das egal, die interessiert sich sowieso nur für Schlager und Filme aus den dreißiger und vierziger Jahren. Wird immer schrulliger, arme Frau. Na ja, und nach dem Verkauf hab ich dann halt versucht, Grünbergs ausfindig zu machen, um sie zu entschädigen. Aber das ist mir, wie gesagt, nicht gelungen. So. Und jetzt sagen Sie mir doch mal, woher Sie eigentlich diese Grünberg-Tochter kennen?

Da muß ich Ihnen wohl auch eine längere Geschichte erzählen, sagte Claus und nippte an seinem Tee. Und es sieht so aus, als sei die Geschichte der Grünbergs nicht nur mit der Geschichte meiner Familie verknüpft, sondern auch mit der Geschichte Ihrer Familie. Übrigens keine sehr erfreulichen

Verknüpfungen, aber nach dem, was Sie mir erzählt haben, wird jedenfalls langsam das Webmuster sichtbar, obwohl der letzte Knoten noch fehlt.

Während Claus Haresch erzählte, was er wußte, begann Nebel vom See aufzusteigen und den Garten zu überschwemmen; er floß und rieselte, teilte sich in Ströme, schloß sich zu einem See aus dem See zusammen, der Ausläufer vorschickte; das Niveau stieg, das luftige Weiß kroch zwischen Baumreihen entlang, füllte die Zwischenräume, bis alle Konturen verschwanden; dann hing einige Minuten Schweigen im Raum, während die Dämmerung sich in den Nebel mischte, ihn grau und schwarz werden ließ, und die Dunkelheit dehnte sich breit in den Winkeln des Wintergartens.

Unglaublich, murmelte Dieter Breucken schließlich tonlos.

Hier, sagte Claus, zog den blauen Ordner, Heinrich Hareschs Journal und den Brief Sarah McColbys aus der Tasche und legte alles auf den Tisch, wenn Sie sich überzeugen wollen …

Nein nein, ich glaube Ihnen jedes Wort, wehrte Breucken ab. Es paßt ja auch alles zusammen. Es paßt zu meinem Vater, wie die Hakenkreuzbinde zu ihm gepaßt hat und später die Mitgliedschaft im Kirchenchor; er hat's sogar zum Bundesverdienstkreuz gebracht, der alte … Fehlt also nur noch der Flügel.

Fehlt nur noch der Flügel, Sie sagen es. Wissen Sie etwas davon? Haben Sie ihn womöglich noch?

Meine Eltern hatten in ihrem Oldenburger Haus in der Tat einen Flügel. Ob es jedoch der von Grünbergs war, der über den Umweg Ihrer Familie bei uns landete, weiß ich nicht genau. Möglich wäre das schon, denn unsere ganze Familie war völlig unmusikalisch, und die Marotte meiner Mutter, die Schlagermusik liebt, ändert nichts daran, daß dieser Flügel bei uns bloß dekorativ im Salon herumstand, ein großer Staubfänger. Merkwürdigerweise kann ich mich auch nicht daran erinnern, daß jemals ein Gast darauf gespielt hätte. Nachdem ich Ihre Geschichte gehört habe, könnte man auch sagen, der Flügel stand da wie eine Trophäe. Übrigens wollte meine Mutter ihn immer loswerden, aber mein Vater bestand darauf, ihn zu behalten. Nach dem Tod meines Vaters hat sich meine Mutter sofort freiwillig in so eine Seniorenwohnung verzogen, und das Haus meiner Eltern ist heute vermietet. Was den Flügel betrifft, so wußten wir erst gar nicht, was wir damit machen sollten. Nachdem er über ein Jahr im Keller gestanden hat, habe ich ihn schließlich verschenkt. Das ist jetzt gut zehn Jahre her.

Verschenkt? Aber an wen denn?

An einen meiner Neffen, beziehungsweise an den Jugendclub der Gemeinde, in der die Schwester meiner Frau mit ihrer Familie lebt – Dristede, kennen Sie ja bestimmt, nicht sehr weit von hier. Da wurde damals ein Treffpunkt für Jugendliche eingerichtet, ich glaube, von einem Pfarrer. Mein Neffe sah den Flügel im Keller stehen, als er uns mal besuchte – und so ist der Flügel in den Jugendclub von Dristede gekommen. Der Neffe ist natürlich längst aus dem Haus, studiert irgendwo Physik oder Chemie; aber wenn es den Jugendclub noch geben sollte, dann gibt es womöglich auch noch den Flügel.

Der Flügel

Als die lackierten Paraden des Gebrauchtwagenhandels und die flachen Aluminiumschachteln des Gewerbegebiets am Ende der Stadt passiert waren und die Disziplin der Einfamilienhäuser, in deren gezirkelten Gärten Edeltannen strammstanden und die perfekte Rasur des Rasens bewachten, aus dem Rückspiegel verschwand, rückten die Chausseebäume enger zusammen, bis ihre nackten Kronen ineinandergriffen und sich über den unregelmäßigen Reihen der Stämme eine Berührung aus Ästen und Zweigen bildete. Von Westen krochen graublaue Wolken herauf, der milde Südwestwind sank in sich zusammen, und dann flockte nasser Schnee herab. Immer neue Schübe weißer Massen brachen durch die Chausseebäume, bis das Zweigwerk verklebte; engmaschig drängte sich die Vielfalt weißer Bänder, den Konturen der Äste und Stämme folgend, durcheinander, verdunkelte die Sicht, sank in schmelzenden Brocken auf die Fahrbahn. Kurz vor dem Ortseingang Dristede waren die Äcker und Wiesen verschneit; nur die Bäume und Wallhecken verrieten, daß unter dem unfruchtbaren Weiß braune, moorige Erde lag.

Am Tag zuvor hatte Claus den Gemeindepastor, einen Herrn Sandbek, angerufen, sich auf Dieter Breucken berufen und gefragt, ob es den Flügel noch gebe, der seinerzeit dem Jugendclub geschenkt worden sei.

Ja, hatte Sandbek gesagt, den gebe es noch. Er werde aber nicht mehr benutzt, sei vermutlich auch völlig verzogen und verstimmt. Wer von den jungen Leuten spiele denn heute noch Klavier? Die spielten doch nur noch Walkman und CD. Aber Herr Haresch möge gern vorbeikommen und sich den alten Zossen ansehen. Er stehe hier eigentlich nur im Weg, was am Ende ein Jammer sei …

Das Pfarrhaus war, ebenso wie die Kirche mit dem klobigen Turm, aus Klinkern erbaut und bis unters Dach mit Efeu bewachsen, den der Schneeschauer in eine Daunendecke verwandelt hatte. Pastor Sandbek, ein schlaksiger, melancholisch aussehender Mann in Claus' Alter, saß vor einem Computer und bereitete seine Sonntagspredigt vor, als Claus von Frau Sandbek, die ihm geöffnet hatte, ins Arbeitszimmer geführt wurde. Er wolle über Rechtsextremismus und Neofaschismus sprechen, sagte er halb zu sich selbst, halb zu Claus gewandt; die Leute, die es unmittelbar angehe, kämen zwar nicht in die Kirche, aber es gebe auch in seiner Gemeinde die Zaungäste und Balkonsteher, die sich selbst nie und nimmer zu irgend etwas hinreißen lassen würden, aber mit gar nicht so klammheimlicher Freude tolerierten, wenn die wilden Jungs, wie Sandbek sich ausdrückte, Randale machten. Seit auch im Gemeindegebiet Aussiedler und Asylanten Unterkunft gefunden hätten, gebe es unter den Jugendlichen »zunehmende Gewaltbereitschaft«. Ein paar Spinner, Siebzehn-, Achtzehnjährige ohne Arbeit, die sich den ganzen Tag in Kneipen und Spielhallen langweilten, hätten sogar eine Vereinigung mit dem absurden Namen »Die wahren Deutschen« gegründet. Anfangs habe er, Sandbek, das für einen Scherz gehalten, etwa so, wie den Auftritt eines Punksängers vor einigen Jahren, der sich als »der wahre Heino« ausgegeben habe; aber inzwischen sei ihm das Lächeln vergangen, da diese Gruppe immer öfter im Sportverein, in den Discotheken, aber auch im Jugendclub der Gemeinde auftauche, dort Flugblätter mit rechtsradikalem Inhalt hinterlege und offen agitiere. Dazu das entsprechende Outfit: Kurzgeschoren, schwarze Lederjacken, Springerstiefel.

Sandbek, der wohl glaubte, Claus Haresch wolle den Flügel begutachten, um ihn eventuell wieder spielbar zu machen, führte ihn in den Jugendclub, der sich im Erdgeschoß des Gemeindehauses befand, nur ein paar hundert Meter von Kirche und Pfarrhaus entfernt.

Unten links, sagte er, liegt noch die Bibliothek, und im ersten Stock ist die Verwaltung. Die Mansarde haben wir vor einigen Monaten ausbauen lassen; da sind jetzt zwei Familien aus Bosnien und zwei Asylbewerber aus Nigeria untergebracht. Paßt unseren »wahren Deutschen« natürlich nicht. Arme Irre im wahrsten Wortsinn. Verirrte Schafe. So, da wären wir. Geöffnet wird erst um fünf; jetzt ist noch niemand da.

Der Jugendclub war ein etwa achtzig Quadratmeter großer Raum, Tische mit Stühlen, eine Leseecke mit zwei alten Sofas, eine Bar, daneben ein Tischfußballspiel und ein Pool-Billard, an den Wänden Poster von Pop- und Rockgruppen, Mannschaftsfotos von Fußballvereinen, Plakate des Evangelischen Kirchentags, Brot für die Welt und Mein Freund ist Ausländer. Es roch nach abgestandenem Bier, kaltem Zigarettenrauch und faulendem Holz.

Toll ist das alles nicht, sagte Sandbek, aber besser als gar nichts. Als ich hier anfing, gabs für die Kids bloß die Disco und die Daddelhalle. Die Leute hier sind schwerfällig, ammerländer Dickköpfe. Die Kinder sollen arbeiten, sagen die. Dann kommen die auch nicht auf dumme Gedanken. Und wenn's keine Arbeit gibt? Wer wirklich Arbeit will, der findet auch welche, sagen sie dann. Oder daß die Ausländer ihren Kindern die Arbeit wegnehmen. Je nachdem, wie's gerade paßt. Faseln von Überfremdung ihrer Heimat. Neulich wollte ein Pole in den Chor eintreten. Da hat es einen richtigen Aufstand gegeben. Nazis sind das alles nicht; die Leute haben Angst, Angst vor dem Fremden, Angst vor dem Neuen, Angst vor der Zukunft.

Der Flügel stand hinter der Bar in einer Ecke, die Rundung an der Wand, die gerade Seite nach vorn, und diente als Abstellfläche für Flaschen und Gläser; er war mit einem ausrangierten, verschlissenen Samtvorhang bedeckt, der bis auf den Dielenfußboden fiel, so daß er auf den ersten Blick gar nicht als Flügel erkennbar war, sondern wie ein leicht erhöhter Tisch aussah.

Ich setz mich noch mal an meine Predigt, sagte Sandbek. Sehen Sie sich das Instrument in Ruhe an, probieren Sie's aus, machen Sie, was Sie wollen. Hier ist der Schlüssel für den Saal. Schließen Sie nachher ab und bringen mir den Schlüssel wieder vorbei.

Es war kalt und klamm im Saal. Der Atem gefror im schummrigen Zwielicht zu Wölkchen. Claus stellte die Gläser und Flaschen auf den Tresen und zog dann die lindgrüne Samtgardine ab. Der Flügel, ein *Bechstein*, verschnörkelt, verblichene, blätternde Goldschrift, war mindestens hundert Jahre alt und übel ramponiert: Die hintere Fußrolle abgebrochen und durch einen Stapel Bierdeckel ersetzt; der Lack matt, überall rissig, an mehreren Stellen in größeren und kleineren Partien abgeplatzt; an der Seite Grafitti mit Messern oder Nägeln eingeritzt, Initialen, Herzchen, sinnlose Linien; der aufklappbare Notenständer abgebrochen. Es war schwierig, die Klaviaturabdeckung aufzuklappen, da sie verzogen war und klemmte. Auf der rechten Seite fehlten zwei nebeneinanderliegende Tasten, eine schwarze und eine weiße, ausgerissen, ausgeschlagen. Die Klaviatur mit ihren staubrandigen schwarzen, den vergilbten weißen Elfenbeintasten, bleckende, schadhafte Zähne, ein Grinsen des Verfalls und der Zerstörung, ein riesenhaftes Puzzle, milliardenfach zu lösende, nie zu erledigende Konstellationen des Klangs, zu einer graphischen Linie aus Schwarz und Weiß geronnene Möglichkeit unendlicher Melodien, Modulationen, Harmonien, eine Collage, die als kalte Tastenabstraktion vor dem Spieler liegt, wie nie berührt, wie vor allem Klang und Ton. Claus Haresch schlug eine weiße Taste an, eine schwarze, zwei merkwürdig hohle, nach innen schwingende Töne, deren Verebben sich mit dem gefrierenden Hauch seines Atems zu einem Schatten aus Klang und Bild mischte, eine Frau, ein Mädchen noch; sie erinnerte ihn an das Mädchen, das er eines Tages in Paris in diesem besonnten Mansardenfenster sitzen gesehen hatte, lesend, selbstvergessen; ein Lauf, eine Kadenz wie die Suche nach einem Ausweg, ein Umherirren in Tönen, die sich beschleunigen zu Atemlosigkeit und Angst, zu stimmlosem, hechelndem Schweigen.

Er klappte den Deckel hoch, konnte im dunkler werdenden Grau der Dämmerung kaum etwas erkennen, leuchtete mit dem Feuerzeug hinein, erblickte im Schein des flackernden Gaslichts die komplizierte Maschinerie, die Hebeglieder, Dämpferarme, Stecherdrähte, Stoßzungen, Hammerköpfe, Stabgestänge, verspannt im gußeisernen Rahmen. Faulender, säuerlicher Geruch wie nach Erbrochenem schlug ihm entgegen, unverwüstlicher deutscher Humor mußte Bier ins Innere der romantischen Seele gekippt haben, verfilzte Flusen aus Staub und Schmier wirbelten träge im Luftzug. Wo hätte sich hier Geschriebenes verstecken lassen? Mit den Fingerspitzen tastete er durch die Staubschicht des Bodens, zog Spuren, Suchlinien in den Dreck der Vergangenheit, strich mit der flachen Hand über die Geraden und Wölbungen der Wände. Und gab es da nicht eine deutlich spürbare Unebenheit, eine Erhebung im Ebenmaß des Holzes, als ob ein Stück Holz von innen gegen die Zarge gesetzt worden sei, um sie zu verstärken? Er leuchtete die Stelle mit dem Feuerzeug aus, kratzte mit dem Daumennagel darüber. Das war kein Holz, sondern etwas Nachgiebigeres, Weicheres, auf die Zarge geklebt und dann mit Lackfarbe überstrichen. Er nahm ein Messer aus dem Besteckkasten hinter dem

Tresen und arbeitete sich von den Rändern her vorsichtig an die Stelle heran; Staub wirbelte, Lack platzte, plötzlich löste sich ein Gegenstand vom Holz, fiel ihm in die Hand. Es war ein Umschlag, etwas größer als ein einfach gefalteter Briefbogen, zwei Zentimeter dick, auf der Vorderseite mit dem schwarzen Lack übermalt und ganz steif, auf der Rückseite dunkelbraunes, festes Papier, an den Rändern mit Heftpflaster gegen die Zarge geklebt.

Nachts, als Claus Haresch am Schreibtisch saß und den Umschlag öffnete, fiel noch einmal Schnee, der so fein wie Staub, vom Wind getragen, über den gläsern gefrorenen Grund nieselte, gegen die Scheiben pickte und sich dann mit dem Strom einer härteren Kälte in den nassen Schichten verlor, die vorher gefallen waren.

Vergilbtes Papier

Der im Flügel versteckte Umschlag enthielt ein liniertes, schwarzes Schreibheft im Format 14 x 20 Zentimeter mit Aufzeichnungen Heinrich Hareschs aus dem Jahr 1938 sowie einen Nachtrag, geschrieben im November 1947. Dem Heft waren einige Zeitungsausschnitte der *Oldenburger Nachrichten* aus dem November 1938 sowie ein Brief Lea Grünbergs an Heinrich Haresch beigelegt.

14. Mai 1938

Es gibt keinen besseren Grund, ein Tagebuch zu beginnen, als die Liebe. Und ich bin verliebt wie nie zuvor. Wenn ich morgens aufwache, denke ich an sie, den ganzen Tag lang geht sie mir nicht aus dem Kopf, beim Einschlafen sehe ich ihr Lächeln und nachts träume ich von ihr: Lea Grünberg. Wir kennen uns von Kindheit an; sie ist zum Spielen in unseren Garten gekommen, ich in den der Grünbergs; unsere Eltern sind miteinander befreundet. Aber seit sie vor einigen Jahren zu der Schönheit wurde, die sie heute ist, habe ich Scheu vor ihr empfunden, sie heimlich verehrt und mich nie getraut, mich ihr zu erklären. Sie schien mich auch nicht mehr zu beachten und hatte verschiedene, meist ältere Verehrer, zumeist Musiker und andere Leute vom Theater. Einer hat sie sogar manchmal mit einem Automobil von zu Hause abgeholt. Da kam ich mir klein und arm und viel zu jung vor, obwohl ich ein Jahr älter bin als sie.

Aber gestern hat sich alles geändert. Und das kam so: Zusammen mit den Mädchenklassen der Cäcilienschule haben die Primaner-Parallelklassen unserer Schule seit zwei Wochen Tanzstunde bei Beuys. Beim ersten Mal gab es nur Anstandsunterricht: Wie man der Dame aus dem Mantel hilft, in welchen Situationen der Herr voraus gehen darf und so weiter. Lauter albernes Zeug. Die Mädchen haben die ganze Zeit gekichert, wir haben gelacht und blöde Bemerkungen gemacht. Aber gestern wurde es dann ernst: Das erste Auffordern. Wir in unseren steifen, schlecht sitzenden Anzügen schwitzend auf der einen Saalseite, die Mädchen wie Hühner auf der Stange auf der anderen, dazwischen das Parkett des Tanzsaals. Und dann der Spurt, um im richtigen Moment vor der richtigen Dame zu stehen. Ich hatte es gar nicht auf Lea abgesehen, weil ich mich nicht getraut hätte, sie zu bitten, sondern hatte schon seit einiger Zeit ein Auge auf Mareike Biedensal geworfen (die mir auch immer ganz aufmunternd zulächelt). Ich steuerte also auf Mareike zu, kam aber ins Stolpern, so daß Heinz Felmhofer vor mir anlangte – aber da stand ich plötzlich ungewollt vor Lea, wurde knallrot und sagte, weil es ja sonst nichts zu sagen gab: Darf ich bitten? Ich wußte gar nicht, wie ich sie anfassen sollte, machte alle Schritte verkehrt, hätte gern mit ihr geplaudert und brachte kein Wort über die Lippen. Es war schrecklich peinlich. Aber als ich sie dann zu ihrem Platz zurückbrachte und mich bedankte, sagte sie: Es ist schön, daß du der Erste warst. Ich war wahnsinnig aufgeregt und habe die ganze Zeit überlegt, wie sie das meinte und wie ich ihr antworten könnte. Schließlich ist es mir gelungen, sie auch zum letzten Tanz des Tages aufzufordern, und zum Schluß sagte ich: Es wäre schön, wenn ich auch der Letzte sein könnte. Da ist sie knallrot geworden.

Und von da an stolperte ich nicht mehr. Ich schwebe.

23. Juni 1938

Ich habe Lea um ein Rendezvous gebeten, und sie hat sogleich zugesagt. Gestern trafen wir uns nachmittags am Bootsverleih. Ich war schon eine halbe Stunde vorher da, sie kam fünf Minuten später, die mir wie fünf Jahre vorkamen, und dann sind wir am Schloßgarten entlang die Hunte hinuntergefahren. Sie saß auf der Rückbank und ich ruderte, so daß wir uns in die Augen sehen konnten. Und wir haben die ganze Zeit fast nichts anderes getan, als uns in die Augen zu sehen. Wir haben natürlich auch geredet, aber ich weiß nicht mehr, über was. Beim Aussteigen knickte sie mit dem Fuß um und stolperte mir in die Arme, so daß ich sie auffangen konnte. Und dann haben wir uns geküßt, obwohl der Mann vom Bootsverleih zusah.

7. Juli 1938

Mein Klassenkamerad Kurt Preusmann erzählt, daß sein älterer Bruder Gerd, der in Göttingen studiert, verhaftet worden ist. Irgendein Schwein hat ihn wegen »Rassenschande« angezeigt, weil er ein Verhältnis mit Rahel Kohn hat. Kurt nahm mich beiseite und sagte, ich solle mich vorsehen; wegen Lea werde auch schon überall gemunkelt.

Die Grünbergs sind zwar schon lange keine Juden mehr, aber die Leute glauben, daß sie welche sind. Es gibt auch Hetze gegen sie wegen des Geschäfts.

21. Juli 1938

Grünbergs haben ein Gartenfest gefeiert, wie früher auch schon, aber diesmal war es anders. Lea und ich haben nicht weiter versucht, unsere Verbindung zu verheimlichen – es wußte sowieso schon jeder davon.

Viele ehemalige »Freunde« der Grünbergs kommen nicht mehr zu ihren Gesellschaften. Die Familie wird geschnitten. Leas Vater sieht sehr mitgenommen aus, und auch Lea macht einen unglücklichen Eindruck. Ich fürchtete erst, das habe etwas mit mir zu tun, aber das ist es nicht. Als ich sie fragte, ob sie mich liebe, hat sie geweint und gesagt: Ich liebe dich, aber vielleicht ist es zu spät für uns. Sie wollte oder konnte mir nicht erklären, wie sie das meinte.

28. Juli 1938

Lea und ich wollen uns verloben; ihr Vater weiß Bescheid, und gestern bat er mich zu sich. Er sagte, daß er nichts gegen mich habe und daß er auch wisse, daß Lea mir sehr zugetan sei. Er wolle auch nicht mit den üblichen Einwänden kommen, daß wir noch viel zu jung seien, noch nicht einmal Abitur hätten und so fort, obwohl diese Einwände ihre Berechtigung hätten. Aber er könne seine Einwilligung deshalb nicht geben, weil man damit zu rechnen habe, daß er und Lea bald Deutschland verlassen müßten. Man setze ihn geschäftlich unter Druck, worüber er mir natürlich keine Details mitteilen wollte, und er und Lea seien auch zunehmend antisemitischer Hetze ausgesetzt. In einer Woche beginnen die Sommerferien, sagte Grünberg, dann werde ich mit Lea eine Reise nach London machen, wo ich Dinge zu regeln habe. Und Sie und Lea haben Zeit, über alles nachzudenken. Vielleicht ändert sich die Lage in Deutschland auch, aber das glaube ich nicht mehr.

2. September 1938

Seit vier Tagen sind Grünbergs aus London zurück. Die Zeit ohne Lea war furchtbar, aber jetzt, da wir uns wiederhaben, sind wir auch nicht glücklich, können es nicht sein. Denn ihr Vater hat beschlossen, daß sie in spätestens einem Jahr nach London auswandern. Er hat jetzt schon mit den Vorbereitungen begonnen, um nichts überstürzen zu müssen. Er will sein Geschäft nicht unter Wert verkaufen und verhandelt mit verschiedenen Interessenten.

19. September 1938

Vorgestern war ich mit Lea zum Tanztee im »Kaiserkeller«. Wie üblich waren auch einige HJ-Führer in Uniform da; es gibt genug Mädchen, die das schneidig finden. Einmal mußte ich auf der Toilette verschwinden, und als ich zurückkam, stand einer dieser Arschlöcher, Fritz Breucken nämlich, an unserem Tisch und redete auf Lea ein. Ich sagte, er solle die Dame nicht belästigen. Belästigen? sagte er. Ich fordere Fräulein Grünberg doch nur zum Tanzen auf. Aber Sie sehen doch, daß Sie nicht mit Ihnen tanzen möchte, sagte ich. Das werden wir ja sehen, sagte er, und zerrte an Leas Arm. Daraufhin gab ich ihm einen Stoß vor die Brust, so daß er über die Stufen neben dem Tisch stolperte und hinfiel. Es gab großes Gelächter ringsum, der Bursche marschierte mit hochrotem Kopf ab und zisch-

te mir zu: Das werden Sie und Ihre Vierteljüdin noch bereuen.

Lea erzählte mir dann, daß Breucken Angestellter bei ihrem Vater sei, und ihr Vater beklage sich, daß Breucken immer unverschämter werde.

15. Oktober 1938

Lea und ich sehen uns kaum noch. Ihr Vater hält sie gezielt von mir fern, und auch Mutti macht jetzt Versuche, mich zu beeinflussen, daß ich mir Lea aus dem Kopf schlage. Auch in unserem Bekanntenkreis gibt es genügend Leute, die von Grünbergs als »Vierteljuden« tuscheln.

Aber Lea und ich haben beschlossen, uns heimlich zu verloben. Und wenn ich mein Abitur gemacht habe, folge ich ihr nach London. Oder der Nazispuk ist bis dahin vorbei, und die Grünbergs kehren zurück. Und wenn es den Krieg gibt, von dem alle schon reden?

2. November 1938

Ende November will Mutti für einige Tage Tante Ida in Dortmund besuchen; dann ist meine Bude sturmfrei, Lea und ich werden uns verloben und zum ersten Mal eine Nacht zusammen verbringen. Sie hat ihrem Vater gesagt, daß sie an dem Wochenende zu einer Freundin nach Bremen fahren werde, was ihr Vater auch gestattet hat.

12. November 1938

Es ist etwas Furchtbares geschehen. Ich weiß nicht, wie ich es sagen, wie ich es aufschreiben soll. Vor drei Tagen bin ich mit Lea im Theater gewesen. Anschließend haben wir mit Freunden ein Glas Wein im Ratskeller getrunken und haben uns dann auf den Heimweg gemacht.

Es war schon ziemlich spät, kurz vor Mitternacht. Am Julius-Mosen-Platz sahen wir Feuerschein in Richtung Peterstraße. Leute hasteten vorbei, manche offenbar auf der Flucht, andere in Richtung des Brandes. Die Synagoge, sagte Lea. Sie haben die Synagoge angezündet. Und so war es. Als wir in der Peterstraße ankamen, schlugen die Flammen schon aus dem Dachstuhl und den Fenstern. Auch die jüdische Schule stand in Flammen. Feuerwehr war weit und breit nicht zu sehen. Auch keine Polizei. Vor den brennenden Gebäuden standen ein paar Burschen, zwanzig vielleicht, die zwar keine Uniform trugen, die ich aber auch so erkannte – angeführt von Fritz Breucken und Otto Wörer. Sie hinderten einige Leute daran, das Feuer zu löschen, indem sie immer brüllten: Behindern Sie nicht die Löscharbeiten, gehen Sie weiter! Lea und ich drängten uns durch die Schaulustigen, die sich auf der anderen Straßenseite gesammelt hatten und untätig zusahen. Und dann muß Breucken uns erkannt haben, denn er zeigte auf uns und redete mit seinen Kumpanen.

Lea sagte: Laß uns hier verschwinden, und wir gingen schnell weiter.

Im Herbartpark setzten wir uns auf eine Bank, um uns voneinander zu verabschieden, aber wir saßen kaum, da waren wir schon von fünf Gestalten umringt, die ihre Hüte und Mützen tief in die Stirn gedrückt hatten und ihre Gesichter hinter Schals und Tüchern versteckten. Wegen der Dunkelheit waren sie sowieso kaum zu erkennen. Blutschänder Haresch mit seiner Judenhure, sagte einer; und was dann passierte, weiß ich nicht, weil ich einen Schlag auf den Kopf bekam und ohnmächtig wurde.

Morgens wachte ich im Evangelischen Krankenhaus auf, den Kopf verbunden, Gehirnerschütterung. Der Arzt sagte, Passanten hätten mich im Park liegen sehen und den Rettungswagen verständigt. Ich bin dann noch am gleichen Tag nach Haus entlassen worden, muß aber noch Bettruhe halten.

Und Lea? Sie hat mich heute besucht, in Tränen aufgelöst. Haben sie Dir etwas getan? habe ich sie gefragt, aber sie hat immer nur mit dem Kopf geschüttelt und geweint, krampfhaft geweint und kein Wort herausgebracht. Schließlich hat sie gesagt: Zu spät, Heinrich, es ist zu spät für uns.

Und dann ist Mutti ins Zimmer gekommen und hat Lea hinausgeführt.

An dieser Stelle waren dem Heft einige Ausschnitte aus den *Oldenburger Nachrichten* beigefügt. Der erste Artikel vom 8.11.1938 berichtet unter der Überschrift »Jüdisches Revolverattentat in Paris! Das internationale Judentum hat wieder einmal in den Spiegel geschossen«, daß der Student Herschl Grynszpan in die deutsche Botschaft in Paris eingedrungen war und den Attaché Ernst vom Rath erschossen hatte. Am 9.11.1938 lautete die Schlagzeile: »Deutsche Trauer um einen neuen Märtyrer« und darunter fand sich ein anderer Artikel: »Jüdische Unholde aus Danzig entflohen. Abscheuliche Vergehen an arischen Mädchen«. Der Rubrik *Aus Stadt und Land* war am 11.11.1938 unter der Überschrift »Vergeltungsaktion in Oldenburg« schließlich folgendes zu entnehmen: »Als Vergeltung für den jüdischen Mord an dem deutschen Diplomaten in Paris gingen in Oldenburg, Jever, Delmenhorst, Brake usw. in der Nacht zum Donnerstag die Judentempel in Flammen auf. Überall wurde von der Feuerlöschpolizei dafür gesorgt, daß die anliegenden Gebäude vor den Flammen geschützt wurden. In Oldenburg sind die Synagoge und die jüdische Schule in der Peterstraße vollständig ausgebrannt. Eine große Menschenmenge umstand den ganzen Tag über die Brandstätte. Auch an zwei jüdischen Geschäften in der Kurwickstraße und am Markt wurden Vergeltungsmaßnahmen verübt. Die Geschäfte waren den ganzen Tag über durch Polizeibeamte gesichert.«

20. 11. 1938

In der Nacht, die jetzt Reichskristallnacht genannt wird, haben die Schweine im Erdgeschoß von Grünbergs Wohnhaus die Scheiben mit Steinen eingeworfen und versucht, das Geschäft am Markt in Brand zu stecken. Das ist aber verhindert worden.

Leas Vater hat das Geschäft jetzt verkauft. Sie wollen noch in diesem Jahr nach England gehen.

Vor einer Woche sind die jüdischen Männer in Oldenburg verhaftet und abtransportiert worden. Als ich Mutti darauf ansprach, sagte sie nur: Schweig still.

14. Dezember 1938

Gestern sind die Grünbergs nach Hamburg abgereist, wo sie ein Schiff nach England nehmen. Ich bin leer und wund und weiß nicht, wie ich ohne Lea leben soll. Man hat mir mein Herz herausgerissen.

Kurz vor der Abreise hat Herr Grünberg den Bechstein-Flügel, auf dem Lea immer spielte, von den Möbelpackern zu uns bringen lassen; mitnehmen lohne sich nicht, sagte er, das Instrument sei zu alt, zu schwer, aber wenn der braune Spuk vorbei sei, kämen sie zurück und holten den Flügel wieder ab.

Wir wissen alle, daß sie nie wiederkommen werden. Grünberg selbst weiß es am besten ...

Ich habe mich von Lea im Garten verabschiedet, an der kleinen Pforte; in das leergeräumte Haus mochte ich nicht hineingehen. Ich komme nach London, sagte ich, und Lea sagte, ich werde auf dich warten, aber wir wußten beide, daß es nicht stimmte. Dann hat sie gesagt, im Flügel liege ein Brief für mich; ich dürfe ihn erst lesen, wenn sie abgereist sei.

Als wir an der Gartenpforte standen, ich wortlos, sie weinend, begann es zu schneien, und als wir uns trennten, sah man die Fußspuren im Schnee, die Lea auf ihrem Weg zurück ins leere Haus, die ich zurück in unser Haus hinterließen. Nachts schneite es noch mehr, so daß die Fußspuren jetzt zugedeckt sind. Für immer.

An dieser Stelle war dem Heft ein Brief Lea Grünbergs beigelegt.

Oldenburg, im Dezember 1938

Mein geliebter Heinrich!

Was zwischen Dir und mir gesagt werden konnte, ist gesagt. Ich habe keine Worte und keine Tränen mehr. Unsere Liebe war nicht möglich, zu früh oder zu spät, zur Unzeit auf jeden Fall. Dies sind die Unzeiten für Menschen wie Dich und mich, die Un-

zeiten der Liebe. Der Haß herrscht, und er hat uns vernichtet.

Vater hat sein Geschäft verkaufen müssen, und zwar nicht an Braumeier, mit dem er sich schon einig war, sondern ausgerechnet an Karl Breucken, diesen wildgewordenen Tischler, der bei den braunen Barbaren ein großes Tier ist. Vater hat nicht freiwillig verkauft, und er hat auch nur einen »symbolischen« Preis erzielt. Man hat ihn gezwungen, hat Enteignung und »Arisierung« angedroht, hat gehöhnt, ob es ihm denn nicht genüge, was mit mir geschehen sei, hat ihm und mir mit dem Konzentrationslager gedroht. So hat Vater verkaufen müssen.

Nun muß ich Dir noch sagen, was sonst nur mein Vater weiß. In der Nacht, in der man uns im Park überfallen hat, bin ich vergewaltigt worden, nachdem man dich mit dem Knüppel niedergeschlagen hatte. Sie haben mich festgehalten, und einer hat es getan, einer, den auch Du kennst: Fritz Breucken. Wenn das nicht geschehen wäre, hätten wir vielleicht noch etwas länger ausgehalten hier, obwohl es keine Zukunft für uns in Deutschland gibt.

Nun aber müssen wir gehen. Ich danke Dir für Deine Liebe, und ich fürchte, daß es für Dich und mich besser ist, wenn wir alles vergessen, was sich vergessen läßt.

Leb wohl.

Deine Lea

Mit diesen Aufzeichnungen war das Heft etwa zur Hälfte gefüllt; es folgten einige leere Seiten, und schließlich ein letzter Eintrag in Heinrich Hareschs Handschrift.

21. November 1947

Bevor ich Oldenburg verlasse, weil die Lage sich so zugespitzt hat, daß ich mit meiner Verhaftung rechnen muß, will ich in diesem alten Heft aufschreiben, was passiert ist. Dann werde ich das Heft in Leas Flügel verstecken, der auf dem Dachboden steht. Ich werde es dort verstecken, weil es der richtige Platz ist. Und ich hoffe, daß ich eines Tages zurückkehren und dann mit diesen Aufzeichnungen und Leas Brief die Wahrheit über Fritz Breucken ans Licht bringen kann.

Ich habe viele Fehler gemacht, aber jetzt ist es zu spät, darüber zu lamentieren. In den letzten Wochen liefen meine Geschäfte immer schlechter: Die britische Militärpolizei verschärfte ihre Razzien, die Kunden und Händler waren verunsichert; außerdem gibt es Gerüchte über eine bevorstehende Reform der Währung, weshalb sich viele Geschäftspartner zurückhielten.

Ich geriet jedenfalls in arge Zahlungsschwierigkeiten, als mir die fatale Idee kam, mein Wissen über die braune Vergangenheit der Breuckens gewinnbringend einzusetzen. Ich traf mich mit Fritz

Breucken, der natürlich auch auf dem Schwarzmarkt tätig ist, erzählte ihm von dem Brief Leas, der ihn und seinen Vater ja schwer belastet, und bot ihm den Brief zum Kauf für zwanzig Stangen Lucky Strike an. Er war sichtlich erschrocken und bat um einen Tag Bedenkzeit, die ich ihm auch gewährte.

Am nächsten Tag wollten wir uns wieder in der »Kutscherkneipe« treffen, aber er kam nicht. Als ich gerade gehen wollte, erschien ein mir unbekannter Mann, sprach mich an und sagte, er habe gehört, daß ich gute Geschäftsbeziehungen hätte. Er zeigte mir ein offenbar sehr altes, wertvolles Diamantencollier, fragte, ob ich es für ihn in Kommission verkaufen wollte und bot mir 30% vom Erlös an. Ich ging auf die Sache ein, brachte das Collier zu Drathwick, dem einzigen Juwelier der Stadt, der gelegentlich solche Geschäfte mitmacht, und bekam sechs Stangen Zigaretten.

Am nächsten Abend ging ich wie verabredet in die »Kutscherkneipe«, um dem Mann seinen Anteil zu geben. Er war auch da, aber nicht allein; vielmehr saß er zusammen mit Drathwick und Breucken am Tisch. Breucken gab mir die »Oldenburger Nachrichten« vom Vortag. Ein Artikel war rot angestrichen, aus dem hervorging, daß das Collier vor einigen Tagen aus dem Schloßmuseum gestohlen worden war. Und die drei Gauner behaupteten, daß sie bezeugen und beschwören würden, daß ich dies

Collier an Drathwick getauscht habe; Breucken wollte sogar beschwören, daß ich ihm gegenüber zugegeben hätte, den Einbruch begangen zu haben. Mir war sofort klar, was das bedeuten würde – Schwarzhandel geht vielleicht als Kavaliersdelikt durch, Museumseinbruch wohl kaum; und ein entsprechender Prozeß würde furchtbaren Skandal machen.

Ich dachte, Breucken wollte auf diese Weise in den Besitz des Briefs kommen, aber als ich ihm nun gezwungenermaßen das Angebot machte, lachte er mich aus. Er hatte inzwischen wohl mit seinem Vater geredet und sagte, so ein Brief beweise gar nichts, es gebe auch keine Kläger, keine Forderungen. Den Brief könne ich mir sonstwo hinstecken. Du wolltest mich erpressen, sagte er, aber jetzt hab ich den Spieß umgedreht. Er hielt mir eine vorbereitete Schuldverschreibung über 20 Stangen amerikanische Zigaretten hin. Wenn ich nicht unterschriebe, würde er mich anzeigen; »Zeugen« gebe es genug. Ich unterschrieb. Was hätte ich sonst tun sollen?

Ich hatte eine Woche Zeit, um die Zigaretten aufzutreiben. Es war unmöglich. Alle haben mich fallenlassen, viele voller Schadenfreude: Die Suppe mußt du selbst auslöffeln, das war der Spruch, den ich überall zu hören bekam. Nur Ernst hat versucht, mir zu helfen, aber er konnte auch nichts tun. Und

Käthe, die vielleicht mit Schweizer Franken hätte aushelfen können, war nicht erreichbar.

Morgen läuft die Frist ab. Mir bleibt nur eine Möglichkeit, nämlich zu verschwinden. Es ist äußerst unwahrscheinlich, daß Breucken dann zur Polizei geht. Vielleicht ist das auch ein Wink des Schicksals. Auf diese Weise komme ich endlich aus dieser furchtbaren Atmosphäre heraus, aus dieser muffigen, kleinen Stadt, in der die Verbrecher von gestern längst wieder die Honoratioren von heute sind.

Ja, ich habe Fehler gemacht. Der größte ist, daß ich versucht habe, mit Leas Brief zu handeln. Ich komme mir schäbig vor und gemein.

In dieser Stadt ist kein Platz für mich, wie keiner für Lea war.

Ich muß gehen.

Wahre Deutsche

Mit dem Blick in die Tiefe auf Rollbahnen, Straßen, Lagerhallen, Elektrizitätswerke, Sportplätze, hatte Sarah McColby Städte überquert, dichtbesiedelte oder bewaldete Täler, das Blau des Atlantik und das Grau der Wolken, und auf der anderen Seite gab es eine andere Sprache, andere Blicke und Anblicke, eine andere Art des Essens, die Betten zu machen, die Kinder zu erziehen – eine Art, die Lea Grünberg gekannt hatte, die ihre gewesen war, aus der sie hatte fliehen müssen vor fünfundfünfzig Jahren, und nun kam Sarah zurück, noch einmal zurück, stellvertretend für ihre Mutter. Der Zug passierte einen den Fußgängern vorbehaltenen Übergang mit hohen, dichten Gittern, um Selbstmorde zu verhindern, und überall Schranken, Zäune, Argwohn und Umständlichkeit. Die Märzlandschaft schien nicht vorbeizuhuschen, sondern sich um ein fernes, unbekanntes Zentrum zu drehen. Knospen, blasse Kätzchen an den Weiden, Schneeglöckchen und vorschnelle Krokusse. Den Bauern klebte Erde an den Stiefeln. Zwischen zwei Graupelschauern verstreuten willkürliche Windstöße Blätter des letzten Jahres, die nicht zerfallen waren, Worte auf mürbem Papier, das die Jahre überlebt hatte, die Jahrzehnte überbrückt.

Vor drei Monaten hatte Claus Haresch ihr einen ausführlichen Brief geschickt, die Aufzeichnungen seines Onkels in Fotokopien und den Brief Lea Grünbergs beigefügt, der sich in diesem Schreibheft gefunden hatte. Damit war alles gesagt und erklärt; Sarah hatte sich bedankt und plötzlich und endlich verstanden, warum ihre Mutter nie wieder nach Deutschland zurückkehren wollte. Im Februar hatte die Redaktion des *Herald* angefragt, ob Sarah bereit sei, für eine Urlaubsvertretung noch einmal drei Wochen lang ihren alten Job in Frankfurt auszuüben. Die drei Wochen waren vorbei, und jetzt kam Sarah auf dem Oldenburger Hauptbahnhof an, um die Geschichten erzählt zu bekommen, aus denen sich die verlorene Geschichte ihrer Mutter zusammensetzte.

Sie stieg in einem Hotel in der Innenstadt ab, und abends traf man sich im Il Giornale, einem italienischen Restaurant am Waffenplatz, Sarah, Dieter Breucken und Claus Haresch mit seiner Frau Anne.

Wo jetzt das Parkhaus stehe, sagte Breucken, da drüben, und zeigte aus dem Fenster, habe sich früher die »Kutscherkneipe« befunden.

Und dann erinnerten sie sich gemeinsam an Menschen, Häuser und Dinge, die es einmal gab und nicht mehr gibt; jeder wußte etwas, was die anderen nicht wußten, und so wußten am Ende alle mehr über die anderen und über sich selbst. Die Geschichte war ein Mosaik aus persönlichen Geschichten, und die persönlichen Geschichten waren Mosaike aus unendlich vielen Bruchstücken, ein Scherbenhaufen, in dem sich Spuren erkennen ließen, die sich manchmal kreuzten, noch eine kurze Strecke nebeneinander herliefen, auseinanderstrebten und sich dann verloren.

Weil Sarah den Wunsch geäußert hatte, vor ihrer Abreise den Flügel zu sehen, holte Claus Haresch sie am nächsten Morgen vom Hotel ab und fuhr mit ihr nach Dristede. Vor dem Pfarrhaus standen mehrere Polizeiwagen und blockierten den Durchgang zum Gemeindezentrum.

Hier können Sie nicht durch, blaffte sie ein schnauzbärtiger Polizist an, als Sarah und Claus ausgestiegen waren und auf den Jugendclub zugingen.

Wieso nicht? fragte Claus.

Weil hier abgesperrt ist, Mensch, das sehen Sie doch.

Und warum ist hier abgesperrt?

Weil's hier gebrannt hat. Und jetzt gehen Sie bitte weiter. Hier gibt's nichts zu sehen.

Wir wollten bloß ..., versuchte Claus zu erklären, aber ein zweiter Polizist kam dazu und brüllte: Weitergehen!

Claus klingelte an der Tür des Pfarrhauses, Sandbek öffnete, bat ihn und Sarah herein. Es habe einen Brandanschlag gegeben, sagte er, vor Erregung zitternd, vorgestern nacht. Ob sie es nicht im Fernsehen oder in der Zeitung …? Im Treppenhaus zwischen erstem Stock und den Mansardenwohnungen seien Brandsätze gelegt worden. Das Feuer habe sich sofort nach oben ausgebreitet. Die Feuerwehr sei auch relativ schnell dagewesen, aber zwei Kinder der bosnischen Familien seien tot, wahrscheinlich Rauchvergiftung … Die Staatsanwaltschaft spreche von »unbekannten Tätern« aus dem rechtsradikalen Milieu. Er kenne die Täter, sagte Sandbek heiser, es seien diese Wahnsinnigen, die »wahren Deutschen«. Brandstifter. Mörder. Sie hätten ihre Spuren hinterlassen, Parolen, Schmierereien.

Sandbek führte Sarah und Claus auf den Dachboden des Pfarrhauses; aus einer Luke konnte man zwei Mansardenfenster des Gemeindezentrums sehen, die Scheiben von der Hitze geplatzt, aus den leeren Höhlen zogen keilförmige Rauchspuren über die Wand.

Ich möchte mir das ansehen, sagte Sarah ruhig.

Da kommen Sie jetzt nicht durch, sagte Sandbek, die Polizei läßt nicht einmal mich hinein, nur die Presse.

Ich habe einen Presseausweis, sagte Sarah.

Sie gingen wieder zu der Absperrung, Sarah zeigte dem schnauzbärtigen Polizisten ihren Presseausweis und durfte passieren. Nach zehn Minuten kam sie zurück, mit aschfahlem Gesicht und geröteten Augen.

Ich habe es gesehen, sagte sie mit mühsam beherrschter Stimme. Der Jugendclub ist völlig verwüstet. Sie haben überall ihre Spuren hinterlassen, an Türen und Wänden. Überall. Ich habe den Flügel gesehen. Sie haben ihn mit einem Hakenkreuz beschmiert und mit einer Aufschrift: »Deutschland erwache! Ausländer raus!«

Wir haben hier nichts mehr zu suchen, sagte Claus.

Ja, nickte Sarah und sah sich nicht mehr um. Es ist Zeit, nach Haus zu gehen.

Zur Erinnerung an
Otto Modick
* 1924 Eutin † 1951 Cao Bang / Tonking

*

September 1992 bis Januar 1994

*

Für Unterstützung, Hinweise und Informationen danke ich
der *Cité Internationale des Arts* / Paris,
dem Niedersächsischen Ministerium
für Wissenschaft und Kultur,
sowie Michael Daxner, Ralph Gätke,
Leigh Jamison Gifford, Jamie Gifford-Modick,
Dirk Grathoff und Marjanne Modick.

K. M.

Inhalt

I. Buch

II. Buch

III. Buch

Klaus Modick

Das Licht in den Steinen

Roman

Band 11760

Ein Mann, ein Schriftsteller, der ein Jahr in Rom gelebt hat, schildert seinen letzten Tag vor der Abreise. Er kennt die Stadt, er besucht ein letztes Mal »seine« Orte, genießt ein letztes Mal das Licht, die Gerüche, die Menschen und Plätze. So entsteht ein eigenes Bild der Stadt, die jeder zu kennen glaubt und die sich doch jedem anders erschließt. In einem Strom von Bildern, Erinnerungen und Beobachtungen wird eine faszinierende Welt gezeigt, die besonders die Dichter und Maler immer anzog.

Fischer Taschenbuch Verlag

fi 328 / 5

Klaus Modick

Die Schrift vom Speicher

Roman

Band 11759

Ein Mann kehrt in die Stadt seiner Kindheit zurück, um sein Erbe zu verkaufen und damit ein Stück eigener Geschichte. Er geht durch das Haus, die Räume, den Keller. Ein Strom der Erinnerung überfällt ihn, jedes Zimmer, jedes Detail bringt ihn zu sich zurück, evoziert Bilder, Eindrücke, Gerüche. Das seinem Abbruch entgegenträumende Haus wird dem Mann zur Chiffre, dann zu einer Art Organismus, in dessen Kopf, dem Speicher, sich Gedächtnisformen aufschließen, die dem Mann ein verändertes Verhältnis zu sich selbst geben. *Die Schrift vom Speicher* ist ein poetischer Roman über den letzten Besuch im Haus der Kindheit.

Fischer Taschenbuch Verlag

fi 331 / 5